我記憶中的瑪莉娜

Marlena

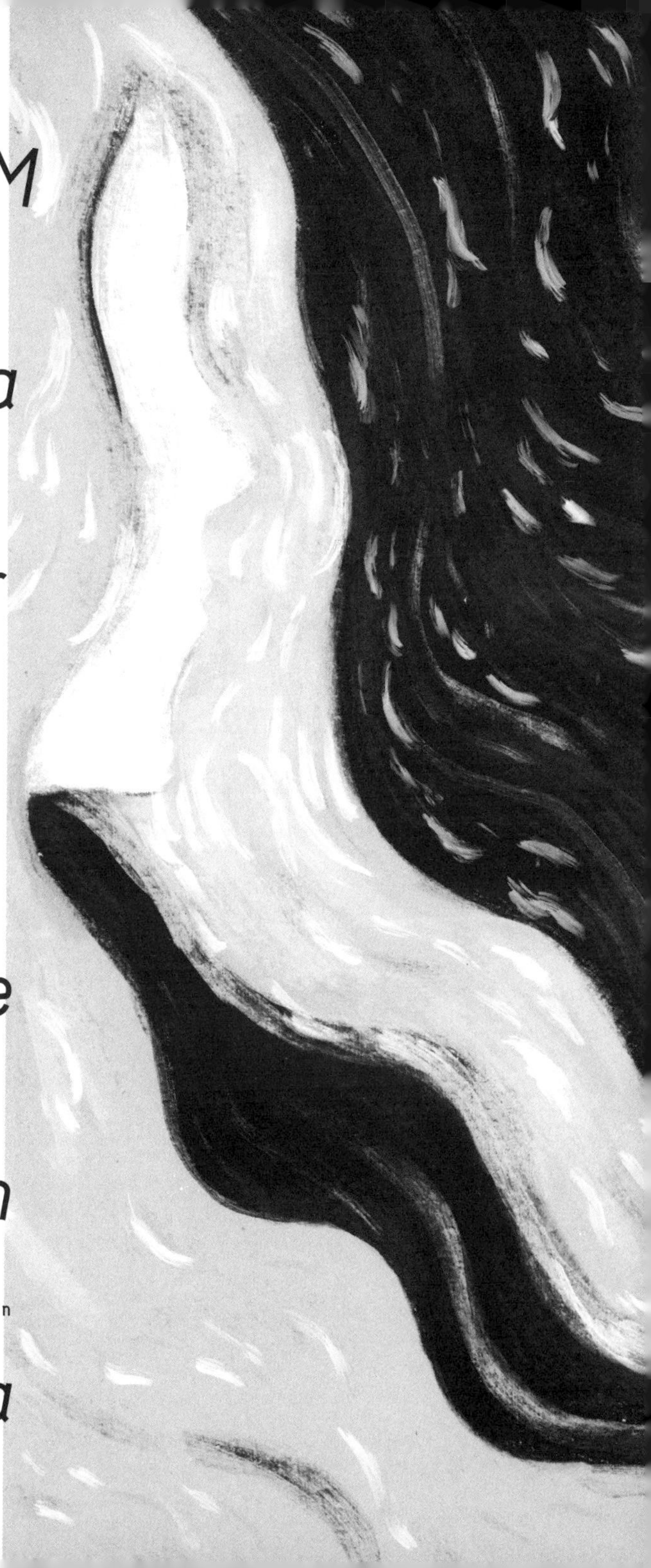

Julie Buntin

獻給姐姐，Kelsey，以及Lea

各界讚譽

「才華洋溢的年輕作家茱莉．邦廷寫了一本有深度的小說，展現高度的智慧、幽默與迷人的感情。了不起的處女作。」

——羅麗．摩爾，《誰來經營青蛙醫院》作者

「茱莉．邦廷以真摯的情感與獨特的洞見，呈現了長大成人前如臨深淵的那一刻。她的文字銳利而充滿啓示，讓你忍不住想讀給身邊的人聽，也讓你在多年之後發現自己還記得。」

——強納森．薩弗蘭．佛爾，《心靈鑰匙》作者

「《我記憶中的瑪莉娜》太令人心痛了。關於青春的痛苦、欲望、無聊與盲目，這是我讀過最精確的描繪。那不僅是一段友誼的紀錄，也不僅是側寫一名美麗而注定毀滅的少女。那是一段縈繞不去的往事，關於從不放過我們、也繼續影響我們的鬼魂。茱莉．邦廷傑出的文筆毫無破綻，讓人忘了這是一個虛構故事。我一口氣把《我記憶中的瑪莉娜》看完——擔心、害怕，又懷念起往事——震驚於我們之中有人將青春寫得這麼鮮活。」

——史蒂芬妮．丹勒，《苦甜曼哈頓》作者

「《我記憶中的瑪莉娜》讓我無法忘懷。這本小說寫得好極了，內容豐富，充滿感官刺激，架構出色。書中提到的地方如此完美，我連眼睛都不用閉上，就能假裝我在那裡。邦廷以急迫、懸

念和絕望寫出少女之間令人全心全意投入的感情。每個字我都愛。」

——安東．狄斯克萊芬尼（Anton DiSclafani），美國小說家

「茱莉．邦廷這本處女作的核心所描述的成長期友誼，超越同志愛，建立了一種塑造身分認同的深刻連結；那是等同於創作的友誼，是共同發揮想像力的作品……這是一本情感豐富、真摯、敏銳的小說……沒有太多解釋就讓人深陷其中，既是痛苦的驅心魔儀式，也是在追掉早已消逝的朋友與自我。」

——《紐約時報書評》

「非常傑出……狂野動人的呼喚……邦廷的文字精確而充滿啓示，展現極大的美感，必要時也展現極大的醜陋。《我記憶中的瑪莉娜》是一本關於青春的小說，那是一段既輝煌又污穢的時期，而邦廷讓我們兩者都看到、聽到，也感受到了。」

——《舊金山紀事報》

「生動地描述了兩名來自問題社區的少女的友誼，呈現了悲傷的青春期……每個轉折處都可見邦廷流暢的文字，展現傑出作家輕鬆、自信的節奏。故事情節其實沒什麼迷離之處，讀起來卻像懸疑小說一樣讓人停不下來……兩個朋友，一個成功、一個失敗，這樣的故事並不新鮮——艾琳娜．斐蘭德暢銷的《那不勒斯故事四部曲》講的就是這件事——但在邦廷能幹的手裡，還是一樣精彩迷人。」

——《波士頓環球報》

「在這本感人又敏銳的處女作裡，邦廷揭露了青春期的關鍵片刻，彼此交錯糾纏，即使逃過一劫，年少的陰影仍然揮之不去。」

——《洛杉磯時報》

「從羅麗．摩爾大力推薦，就知道茱莉．邦廷的《我記憶中的瑪莉娜》是值得注目的一本書。作者成功寫出一本千禧年美國中西部版的艾琳娜．斐蘭德《那不勒斯故事》。」

——《滾石雜誌》

「在這本清透、高明的處女作裡，還不習慣孤獨的少女和野丫頭般的瘋狂鄰居之間令人陶醉的友誼，數十年後，還深深影響著述說故事的人。」

——《歐普拉雜誌》

「《我記憶中的瑪莉娜》這類小說的價值……在於深刻地呈現少女複雜而強烈的感情，而這時的她們，還不明白那樣的感情又有多脆弱。」

——《大西洋月刊》

「茱莉．邦廷的處女作……一旦受到鼓舞，你就會很渴望有那種值得信賴又充滿魅力的朋友……可以的話，我建議你約名好友到黑暗的酒吧去討論這本書。」

——《紐約雜誌》

「一本有趣的處女作，融合了心理懸疑與純文學故事。」

——《赫芬頓郵報》

「敏感、慧黠又美得引人注目，初試啼聲的小說家邦廷筆下這個北密西根樹林裡的兩個女孩的故事，讓成長小說顯得既急迫又新鮮……邦廷創造了一個微妙、細緻又鮮活的世界，宛如記憶般留下深刻的印記。力量驚人，精彩且難以忘懷。」

——《科克斯書評》星級評論

「敏銳的青少年觀察成果……深切而難忘。」

——《出版人週刊》

「鮮活的處女作……邦廷的文字充滿感情與迫切，她所描繪的年輕女子內心生活與形影不離的摯友之間的關係，是斐蘭德式的。」

——《書單》

「驚人的第一本小說……邦廷完美地呈現了一段炙熱而重要的友誼，影響深遠，還有那可怕的一刻，在某個地方轉錯了彎，就無法回頭了。非常傑出的描繪，觀察精確，令人不安；非常推薦。」

——《圖書館學刊》

「絕對吸引目光的處女作……《我記憶中的瑪莉娜》充滿力量又引人注目……邦廷出色地掌握了青少年的渴望與激情……創造出活生生的角色，連你都覺得自己會記得她們。」

——《書之論壇》（Bookforum）

「驚人的處女作……傑出的第一本小說……邦廷掌握了青春期友誼的痛苦、迷幻與持久的影響。」

——《Real Simple》雜誌

「太出色了……《我記憶中的瑪莉娜》完美掌握了少女無底的需求與欲望，以及她們自暴自棄的人生……如果你曾是愛得太用力、活得太用力的少女，《我記憶中的瑪莉娜》絕對會引起你的共鳴。」

——《NYLON》雜誌

「像青少年的激情一樣痛快又充滿破壞力的小說，《我記憶中的瑪莉娜》談的是我們在人生中遇到——不論多短暫——且留下永恆印記的人。茱莉．邦廷耀眼的處女作具有一流成長小說的複雜情感，難怪《誰來經營青蛙醫院》的作者羅麗．摩爾要大力推薦。」

——Vulture網站

「既吸引人，又讓人心痛。」

——Buzzfeed網站

「難得有文學小說給我這樣的感覺……強烈而不可避免……一個如冰一般清透的故事，兩名少女，一名注定早夭，一名深陷其中，還有即將發生的事件，將兩人拖入自設的陷阱裡。」

——Lithub網站

我會把報告寫得像說故事，因為我從小在家鄉就學到，事實其實就是想像。

——娥蘇拉．勒瑰恩，《黑暗的左手》

第　一　部

紐約

告訴我你忘不了什麼，我就會告訴你你是誰。我關掉公寓的燈，她就跟著黑暗一起出現。隧道裡，列車張大眼睛，她就在軌道上，滿頭金髮飄動。雜貨店裡，一首我們熟悉的歌響起，我就在早餐穀片貨架走道上失神。有時候深夜返家，當我在公寓門口摸索鑰匙，瞥見自己在走廊鏡子裡的倒影時，也會看到她，等在那裡。

瑪莉娜和我開著萊德的廂型車。那天早上，她趁萊德還在睡，從他的牛仔褲口袋裡偷了鑰匙。春天正大刺刺地轉入夏天，耀眼又可笑，我們穿著藥妝店買來的夾腳拖，太陽穴邊的頭髮因爲鹽分而發黏，口氣裡都是菸、櫻桃唇蜜和昨天喝的酒的味道。我把涼鞋踢掉，腳彎起來靠在儀表板上，腳趾頭貼著擋風玻璃。每次只有瑪莉娜和我兩人時，我都這麼做。

我們把窗戶搖到底。微風把馬尾吹到我臉上，凌亂糾纏，於是我看到的一切都破碎不全。我們正要去海邊，度過平凡的一天。在水裡憋氣，直到肺痛苦求饒。讓大浪狠狠甩在肚子上，甩得我們不能呼吸。讓嘴裡充滿酸澀冒泡的啤酒，那是從沒人看守的冰桶裡偷來的。我們變換毛巾的角度跟隨日光的移動，兩本雜誌交換看，直到太陽下山，把水變成火。把埋在冷冷的沙子裡的腳拉出來、離開那裡，接下來我們會曬傷，然後會發燒。

我們假裝自己是有小祕密的女孩，把音量調大，聽瓊妮・蜜雪兒的歌，每句歌詞都像專門寫給我們的訊息。我唱得好大聲，瑪莉娜聽不到自己的聲音，要我閉嘴，害她頭痛死了。可是在這段記憶裡，我只是唱得更大聲。

瑪莉娜踩住油門，車子爬上大陡坡——是通往湖邊的死路。速度計瞬間往上跳——我們超過五十五，是鄉道的速限，不到一分鐘就到七十哩。車裡都是風，又強又吵，頭髮打在脖子上，讓我再也聽不到音樂聲。我的聲音卡住了，我把腳放回踏墊上。我想把窗戶搖上來，可是瑪莉娜從她那邊鎖住。她看著我時，笑得咧開嘴，我感覺車子偏向路肩，輪胎壓噴碎石子。她轉正回車道，速度計抖了一下，跳過八十。瑪莉娜的馬尾幾乎散開，我懷疑她到底看不看得到，也許她不知道我們已經開到九十哩。強風底下有一種新的味道，有點刺鼻，有點灼熱，是車子的機械燃燒的味道。我們的速度越來越快。我傻笑幾聲，要她開慢一點，過了幾秒，要她他媽的給我慢下來，她沒回答，我就大吼，說她瘋了，她嚇到我了，我要離開這輛鬼車，我說我們要死了，拜託，她會害死我們。我們飆到時速一百哩，左彎右拐又上了一個山頭，車子一路發抖。到了山頂，我們衝上天，落地時，我撞向置物廂，用兩條前臂擋住。下山時她沒踩煞車，我慌忙繫上安全帶。密西根湖，加勒比海藍，閃爍波光，突然在眼前升起。我們只剩半哩，或者不到，就到那塊陡下坡，然後是停車場、通往海邊的小路。

她不打算停下來了，有那麼一瞬間，我湧起一種陌生的感覺，一股摻雜了飢餓和害怕的憤怒。我心想，**來吧，儘管來吧**，我的胃湧到喉嚨，但是我已經不想再當那個說**不要，小心，停車**的人。她大吼：「我一直開下去會怎樣？」後來我才想到，她很可能正亢奮，因為那段時間在我的記憶中，奧施康定藥瓶，四十盎司瓶裝酒，藥丸，就像她的另一個人格一樣縈繞不去；跟她的眼睛、她沒洗的頭髮而參差凌亂的髮尾一樣。

現在湖比天空還要大。我們落水後，我要多久才能踢開乘客座這邊的窗戶？我的涼鞋多久會浮到車頂？而我的身體多久會力竭聲嘶渴求空氣？瑪莉娜幾乎不會游泳。

不過這時候，陡下坡過後十餘輛車身的距離後，車速開始慢下來。廂型車扭曲來回壓過虛線，往輪胎外緣傾斜。一陣抖動尖叫後，我們停下來。我猛然往前撞，安全帶刺進我兩乳間。車頭燈對著標示空地邊緣的板條籬笆，接著地勢陡下四分之一哩，到一個月牙形的石子海灘。我幾乎哭了，脈搏衝得好快，而我討厭讓她知道。車子也快受不了，引擎鬆口氣般地答答響了幾聲。

「哎，拜託，」瑪莉娜說話了，可是她喘得上氣不接下氣，好久才說下一句：「妳眞以爲我會害妳出什麼事嗎？」她焦慮或興奮時會出現的蕁麻疹，從鎖骨沿著頸部跳動的肌腱一路蔓延到下顎，像一片細緻的紅色蕾絲。她用幾片指甲刮擦我的膝蓋，我的身體一陣顫抖，感覺像小圈圈往外擴散。

我想朝她的臉吐口水，遠離她讓我做的每件事，不過問我的各種變卦。我是如此渴望，以至於有那麼一刻，彷彿這件事是有可能的，我幾乎那麼做了。我把雙手塞在大腿下，不讓她看到我的手在發抖，瞪著走味的松木芳香片。車子早就靜止不動，木片還在劇烈搖晃。她說：「凱特。」這不是問句。我喜歡這種狂野不羈。我渴望放肆。那爲什麼，我心裡的聲音問我，値得爲它毀掉人生嗎，我聽到的答案會是不？

我用力眨眼，把眼淚逼走。我搖搖頭，大笑，她也笑了，我們之間那種恐怖的東西就這麼消失了。除了無法消滅的一小部分，永遠跟著我。我們拿起後座的零食袋，沿著步道蹦蹦跳跳到海邊。我已經忘了幾分鐘前折磨我的感覺。**來吧，儘管來吧，妳這個臭女人**。她又唱起歌來，〈加州〉，唱到要親吻日落大道上的豬，唱到回家。我用我的聲音追隨她唱和。

瓊妮・蜜雪兒的歌很適合瑪莉娜。她唱高音很順，聲音輕快地落在每個音符上，也可以完美模仿瓊妮唱顫音的力道，把音節化成強烈的鐘聲。那是我記憶中最後一次聽到瑪莉娜唱〈加州〉[1]，只是那不應該是最後一次。瑪莉娜很喜歡那首歌，至少那是在她死前四個月的事。嚴格說來，她是溺死的。不是以那天我害怕的那種方式，坐在萊德的廂型車裡，衝破護欄。沒有轟轟烈烈的水花，沒有海灘上的尖叫聲，沒有衝過來的救生員。她可能比較喜歡那樣子。

瑪莉娜在不到六吋的碎冰河裡窒息身亡，那條河位於基沃尼市郊區，她沒理由在十一月傍晚去那種地方。她穿了一件我的舊外套，一雙破破爛爛的Keds，警察鐵定會拿來大做文章。她的托特包裡有好多散落的零錢，想必她走路時，零錢將會撞擊藥瓶、她的預付卡摺疊手機，一定一路鏗鏗鏘鏘。她的頭狠狠地、精準地撞在河裡一顆大石頭上，據推測，她失去意識，身體就這樣滑下去，直到嘴巴和鼻孔都泡在水裡面。

有些細節是事實，但是很少，她被發現的地點，她穿了什麼，帶了什麼。根據我哥吉米的說法，她活著被看到的最後時間，是下午五點十二分。在他的記憶裡，他車上的鐘非常清楚地閃著那三個數字。只是後來，喝醉的他沮喪地告訴我，他可能記得的是她上車的時間。他說，也可能

1　瓊妮・蜜雪兒（Joni Mitchell），加拿大女歌手，〈加州〉（*Califonia*）收錄於一九七一年發行專輯《Blue》。（編注）

五點十二分是他出門的時間，那時他根本還沒接到她。我瞭解不確定時間點這件事，爲什麼那麼困擾他。因爲我們兩個都不相信，發生在她身上的事純粹是意外。

※

在車子裡的那一天經過將近二十年後，下午一點多，我接到一通來自幽靈的電話。我正在第五大道，穿過一整排毫無特色的高樓大廈，跟千篇一律穿羊毛長大衣、留小鬍子的男人擠來擠去。聽到鈴響，我放慢速度，從口袋拿出手機。我還在宿醉，雙眼間感覺凝重，脈搏有點發顫。看到區域號碼二三一時，我按下拒接。我靠在一家熟食店的窗戶上，胸口緊縮。我早就跟北密西根的人沒有往來了；媽跟羅傑住在安納保，十年過去了，我還是把羅傑當成媽的新老公；吉米住在密西根州的上半島，在一家建設公司工作，專門蓋貴死人的度假別墅。

來電的人在語音信箱留了話。

嗨，那聲音說。是個男人，母音有明顯的鼻音，讓我想到家。他說，抱歉，然後又說了一次。這樣眞怪。這是銀湖的凱特，凱薩琳，的電話嗎？我是薩爾。我看到小男孩薩爾，家用電話線纏繞在他的手指上，用成年男子的聲音說話，彷彿在變魔術。這個想像幾乎讓我發笑。薩爾·喬伊納。我在紐約。他暫停了一下，接著拉長每個字說，大蘋果，彷彿要向聽的人證明，他是說眞的，證明這件事既不可思議，又千眞萬確。他說，妳很可能不記得我了，聽到這話，我眞的笑了，至少更像是笑，迅速倒抽一口氣，尾端捲起來，發出一種不是不開心的聲音。希望我打這通電話沒有太唐突。不知道妳有沒有一點時間，一個鐘頭都好，見個面，跟我談談我姐姐。

薩爾一說出他的名字，一切就回來了，當然，邊緣比我周遭這個城市還要銳利，還要清楚，而這個城市也變得模糊而遙遠了。只不過它早就在那裡了，不是嗎？我生命裡的那段時期如此短暫，幾乎一開始就結束了，然而我還是想知道某件事，宛如一顆尚未除役的地雷，一個在深處滴答響的問題。

二三一。有那麼一瞬間，我以爲是她。

密西根

第一次見到瑪莉娜．喬伊納，吉米和我正把東西從搬家貨車上搬下來。我們從密西根拇指區附近的舊家，開了五個鐘頭的車，一路來到同州的無名指區北部。那時值十二月初，正下著濕答答的雨雪。瑪莉娜穿過她家前院，曲折繞過潮濕倒扣的板條箱、錫桶、壞掉的引擎及各式各樣的廢鐵，一直走到我旁邊，打量貨車上的箱子。她穿了一件剪開領子的白T恤，一雙蜘蛛人雪靴。在我的記憶裡，關於她的細節是那麼碩大、清楚，幾乎不可能如此逼眞。融雪讓她的手臂顯得光滑，冷得冒雞皮疙瘩；她把頭髮從臉上甩開時，散發出一種木頭燃燒的味道。她開口說話前，常這樣甩一下頭髮。

「你們是新來的。」

吉米說：「看來是。」他把媽的搖椅扛上肩，頭也不回就消失在我們家車庫裡，這個動作讓我知道他覺得她很漂亮。

雖然那是一次平凡無奇的會面，一段熟悉故事的開端，然而接下來幾個月，我們會一遍又一遍提起那些細節，直到它們染上一種神祕的光輝。瑪莉娜住的地方離我們家不到二十步，是個翻新過的穀倉，有點下陷，塗了好幾層淡紫色的油漆，摸起來黏黏的。那時她的居住環境讓我有點不安，不過跟我們家相比其實也沒有差到哪裡去。我們買了一間平房模組屋，放在銀湖這塊髒亂的半畝土地上。那是一間還很新的三房組合屋，就是先在空地上組合好，再用卡車載過來放，讓我想到大富翁遊戲裡的房子。媽說這種沒有樓梯的房子很方便，還有個大後院。我和吉米都知道，她沒說的是：模組屋比拖車屋好一點，而少了爸，我們家一貧如洗。

瑪莉娜從頸子處拉起頭髮，扭成一條濕麻花。好幾磅重的頭髮，長及腰，異常蒼白，額前有斜瀏海——中學快畢業前我試過這種髮型，結果慘不忍睹。她漂亮得讓人吃驚——淘氣、女性化的臉蛋，明顯的顴骨，眼睛眨呀眨——要我說老實話，那是我想跟她當朋友的第一個理由。十五歲的我，既太胖也太瘦，耳朵明顯突出在腦袋瓜上。只是，我相信我隨時有可能變漂亮；我很迷已經是美女的女生。

她說：「我是瑪莉娜。」

我回答：「凱特。」對家人來說，我是凱薩琳或凱西，不過我已經決定我不要在那裡當那個女孩子。

「呃，看來我們沒什麼選擇。」她微笑，眼睛又藍又大。我聽不出來這句話到底是好還是不好。

每次聽到「危險」兩個字，我就會看到瑪莉娜和我盯著那輛小貨車的車頭，在那個冬天，介於黃昏和天黑之際。兩個充滿計畫的女孩子，十五歲和十七歲，置身荒郊野外。我想對我們說，停下來，一起留在原地。**不要動**。可是我們會動。我們一直在動。時間已經開始向前走了。

把箱子都搬到該去的房間後，媽、吉米和我盤腿坐在客廳地上吃冷凍披薩。桌子還沒撐起來，電視茫然地瞪著我們。媽喝著塑膠高杯裡的東西。新冰箱沒有製冰機，更別說是碎冰機了，所以她把一個裝化妝品的夾鏈袋洗一洗，翻面，把製冰盒的冰塊丟進去，用一個番茄醬的瓶子把冰塊敲碎。她又問了一次吉米獎學金的事，問他密西根州立大學有沒有明確回覆他，給他的獎學金能不能延到明年入學再用。我把披薩放進烤箱之後，她至少問了他三次。媽喝超過兩杯酒之後，她的大腦就會繞著同一件事打轉，重複一次又一次。

她說：「那可是一大筆錢啊，就這樣放棄太可惜了。」然後她又開始同樣的牢騷，數落他的錯，問我們以爲錢是從哪裡冒出來。

「我再去拿點披薩。」吉米說著，站起來，離開客廳，可能要回房間，對著窗戶上反向吹的風扇哈一根。那是他唯一拆開的行李。爸媽離婚、他跟說話嘰嘰喳喳的女友分手後，大麻抽得更凶了。那個女孩子現在好好地在密西根州立大學念第一個學期，吉米本來也應該在那裡。在我看來，她才是他在開學前幾週拒絕獎學金、延後入學的眞正原因，不過誰知道呢，吉米本來就很難懂。他說是因爲我們需要他。大學可以等。他開玩笑說我們的樂團名稱可以叫「暫時離開」，他暫時離開大學，我暫時離開高中。

媽對我說：「要是後來才發現他必須塡什麼申請書之類的，他會很嘔。」她打開雙腿，結果弄翻一點酒，一小塊冰塊掉到地上，我撈起來，放回杯子裡，越來越小的碎冰從我的指縫間滑下去。「第一塊髒污。」她大叫，同時愼重地把餐巾紙蓋在髒污處。餐巾紙的顏色立刻變深，跟地毯融爲一體。

媽和我把盤子收到廚房水槽。媽說：「明天再洗就好了。」她把杯子拿到風時亞酒盒的龍頭下，又裝滿一杯酒。她大聲親吻我的頭，走了。我把水龍頭轉成熱水，把盤子全洗了，連吉米的也洗了。

新房子的天花板很低，厚重的四角形壓在一堆水泥磚上。沒有地下室。不管用拳頭敲哪面牆，都會聽到空洞的回聲。我們的房間都在廚房右邊的走廊上，第一間是浴室，然後是我的房間，再來是吉米的房間，他對面是媽的房間。我轉動浴室門把，說：「不要再放屁了。」

他在浴室裡說：「爲什麼？妳不喜歡裡面舒服又溫暖？」

「你眞噁心。」

吉米，我那頭髮凌亂的高個子哥哥打開門，下巴上沾了一點牙膏。他在我這個年紀時，給地方報紙寫了一篇特稿，談青少年運動員。他跟媽一樣，金髮碧眼，跑一哩不用六分鐘。當年我們家還會去露營時，吉米和我都在租來的露營車上睡一張床。媽要我們兩人頭腳顚倒，這樣才不會打架。每次都是吉米睡正常的方向，我得頭上腳下反過來。所以我超討厭他，費盡心力討厭他，但追根究柢，是因爲吉米不把爸放在眼裡，這一點讓爸更想要吸引吉米的注意，遠超過他對我的關注。

有好長、好長一段時間，我無法接受最後看到瑪莉娜的人是吉米，不是我。爸離開後，我們之間的手足聲納，在血液和細胞裡流動、對抗同一對父母的連結，開始崩壞。自從浴室那一晚之後的好幾年，我們兩個就像點頭之交。現在，如果我們親一點，我會告訴他我原諒他了，原諒他做或沒做過什麼，原諒他讓她打開乘客座的門，下車走進灰暗單調的黃昏，臂上的包包搖來晃去，原諒那幾分鐘，不管到底是幾分鐘，他是最後一個看到她呼吸的人，那段時間專屬於他。我很難承認，我心裡最糟糕的那部分，感覺這就跟以前一樣，我們本來應該平分的，他得到的卻還是比我多一點。我想，妹妹就永遠是妹妹吧。

　我把一個貼著「走廊」標籤的箱子踢過去，擋住他走出浴室的路。「這是什麼？有什麼東西需要放在**走廊**上？」

「就是走廊的東西啊。妳吹熄蠟燭的照片之類的。」

「裡面有毛巾嗎？」

「在櫃子裡。媽睡了嗎？」

「應該是吧。她沒說晚安，可是她房間裡沒開燈。」

「她的床單棉被都鋪好了嗎？」

「我怎麼會知道？」

他看著我，一副**我在努力，妳爲什麼不能努力**的表情。搬家前那陣子，他都擺出超級大人樣，彷彿他不僅取代爸爸的位置，也成了媽媽的照顧者。他眞的爲了確定媽有沒有蓋被子而延後未來計畫嗎？這種舉動在我看來根本是一坨大便，而我受不了大便，不管去哪裡總是會聞到。十五歲的我，相信長大以後所有定律都會被我打破。

吉米跨過箱子，捏了捏我的肩膀，手弄濕我的上衣。「一切都會很好的，凱西，試著有點遠見吧。」他沿著走廊走了，走到球形燈具下時，身影有點浮動。他靠在媽的房門上，打開小小一條縫，裡面沒燈光。他小聲喊：「媽。」身子探進去察看。

我把**走廊**上箱子的封箱膠帶撕掉。箱子立刻開了。沒有吉米頭上戴著鋁箔王冠、我一口乳牙、爸爸在遠處揮舞仙女棒的照片。**走廊**上需要的東西，只有糾結成一團的延長線。

※

在瑪莉娜和我成為朋友之前那幾天，我做了什麼？我可能拆開房間裡的箱子整理東西，看完一本架上的書，看著一碗要加熱的湯在微波爐裡旋轉。不過那幾個月開始發展的我，當時卻正要開始騷動。在底特律，我在康科德學院念了九年級，那是一間昂貴的預科學校，我是靠貸款和獎學金進去的——兩者不能只申請秋季班。我向爸媽力爭，讓我留下來當住宿生（爸說：「哈，繼續作夢吧。」），他們還是在高二開學沒幾天就要我退學，好符合退還學費的資格。媽說那是一場探險；爸說私立學校把人變成溫馴的羊。即使有獎學金，那一年還是讓家裡的財務元氣大傷。我聽過他們為此吵架。我是勤奮又專心的學生，已經在上進階課程了——我想他們不會想到，讓我一整個學期不上課，有損我的大腦。可是脫離學校的束縛，脫離我從小習慣的規律，我可以感覺，我的邊界在重新組合中。

我花很多時間觀察鄰居的動靜，告訴自己純粹是因為無聊，不是因為對她有興趣。除了瑪莉娜，我還注意到有個小男孩，像是她的縮小版雙胞胎；一個瘦巴巴的男人，老是戴著一頂橘色針織獵帽；還有另一個，塊頭大一點的男人，時不時出現，開一輛超大輪胎的灰色貨車。從廚房窗戶，我可以清楚看到他們家。有時候瑪莉娜出門時，會有兩個跟我們差不多年紀的男生在她左右。其中一個很帥，另一個滿臉青春痘。

就在這樣的一個夜裡，睡不著、肚子餓，又有滿腔不明所以的憤怒，天還沒亮我就起床，穿上一雙爸的拖鞋，肩上裹了一條毯子。新房子太安靜了。我站在冰箱的燈光裡，對著瓶口喝柳橙汁，用手背擦掉下巴上的果汁。在底特律時，媽把她的祕密香菸——祕密香菸，超像媽的作風——藏在一個鞋盒裡，放在外套櫃上層。銀湖的房子沒有類似的地方，所以我花了好一會，才在一個裝了雜七雜八東西的大尼龍袋底部，找到鞋盒。我把蓋子拿掉，就在那裡，莫里特牌，就塞在她那雙薄荷綠細高跟鞋的鞋跟凹洞裡。爸媽常常晚上出門回來後，身上有菸、鹽巴和風的味道，還有一種味道更甜：可能是葡萄，或是紅酒。

我在廚房桌子上拿了打火機——我們家很多東西都這樣，在新家永遠找不到適當的地方，最後就在桌面、檯面之類的地方流浪。

外面跟屋裡一樣，只是更冷。除了星星，還是星星，還有兩、三間拖車屋的窗戶閃著電視的藍光。我坐在大門外的平臺上，吉米沾了泥巴的鞋子就丟在那裡。媽一直說這個小小的平臺是窮人的 pied-à-terre，最後吉米忍不住，跟她說 pied-à-terre 不是指陽臺或前廊，他的口氣有點厭煩。我打開那包菸，從兩支吸頭朝外的菸裡抽一支出來。誰知道這菸放多久了。我輕輕咬著濾嘴塞進，按下打火機開關。我吸了一小口，才把菸點著。我想像過，第一口菸就會把我燙到，讓我又咳又嗆。不過我吸了三口，才開始咳。煙在我頭上繚繞，我呼氣，看著雲朵翻滾散去，離銀湖越來越遠。

我把香菸壓在欄杆上捻熄，我的眼後方開始冒出火花。我深吸一口氣，點燃另一根菸。冷冰冰的階梯隔著三層布——外套、法蘭絨長褲和棉內褲——凍痛了我，可是我打定主意不動。

一對車頭燈出現在路的另一頭，接著超大輪胎的貨車轉進瑪莉娜家的車道。我從階梯上往下滑，蹲在前廊、屋子和階梯旁一叢矮密灌木形成的狹小三角形裡。我告訴過自己，在銀湖，我要當個全新的人，大膽到不屑躲藏，可我還是躲了。凱薩琳什麼事都要道歉，連她的身體占據空間這種事都道歉，可是凱特不是。或者應該說，我希望她不是。乘客座那邊的門開了。我才當凱特兩天；我決定不要動。儘管門開著，瑪莉娜還坐在車子裡。我伸長脖子看，手裡的菸盒被我捏皺。打火機掉到雪地裡。瑪莉娜彎起膝蓋塞在下巴下，小腿貼著大腿。在黎明前安靜的黑暗裡，一切聲音都放大了——她的指甲刮擦牛仔褲，彷彿她就蹲在我旁邊。她的手指在腿部上下來回劃過。

她說：「我要走了。」一陣咳意爬上喉嚨，但我把它逼回去。

開車的人說：「等一下。我喜歡看妳那張漂亮得要命的臉。」他打開儀表板的燈，她的身體立刻清楚起來。從她的身形輪廓，我很清楚她那種姿勢——下巴埋在膝蓋裡，手肘交叉抱著身體。最後一次看到爸時，我也在車裡擺那種姿勢。**不要碰我**，就是這個意思。**不要煩我**。我稍微站起來一點，想看清楚。

她假笑一聲，說：「漂亮得要命。拜託。」

「我送妳回家了，不是嗎？」

「給我，波特。」她的聲音聽起來很累。「別這樣，寶貝。我爸隨時會回來，而且我整天都沒確認薩爾的狀況。」

「妳爸，」那個叫波特的男人說，彷彿說的是「妳爸個鬼」。「我會給妳啊。我不是說了嗎？但妳要先親我一下。只是個晚安吻而已。」親吻的聲音，像個蹩腳的笑點。

她沒動，而我的腳蹲得發痛，一秒比一秒更難捱，這樣下去一定會咳嗽。他舉起某樣東西，用指頭夾著，在她頭上搖晃。她伸手去抓，防衛姿勢隨之解開，注意力都放在他拿著的東西上。我吞下一口又一口口水。她轉身面對他，他兩隻手掌滑過她肩頭，接著我只看到她泛白的頭髮，他其中一隻刺青的手臂纏繞在她的髮絲裡，另一隻滑上她的毛衣。我不知道隔著這段距離的我，是怎麼知道的，但我看得出來，她幾乎受不了他的觸碰。過了幾秒，她就扭開身子，跳下車。我的皮膚都替她癢起來了。

「我們也需要OK繃。」她說：「還有兩盒蛋。明天或後天，好嗎？」我還沒聽到回答，她就甩上門。

瑪莉娜坐在我第一次見到她附近的一個板條箱上，是我家大門階梯的另類宇宙版。她也點了菸，瞪著空無的擋風玻璃。車子一駛離她家的車道，我就開始咳嗽。我雙手放在膝蓋上，直到咳嗽越來越激烈，最後轉成乾嘔，得靠著房子穩住身體。我吐了幾次，嘴裡有金屬，或是血的味道。我知道自己被發現了，於是狼狽地從灌木叢後出來，站在她看得到我的地方，就在我們兩家房子之間，離她親他的地方只有幾步之遙。她一直看著車子原本停的位置，好像我不在那裡。

瑪莉娜唱起歌來，唱得很小聲，我聽不出來她在唱什麼。她的聲音如此清澈，同時從千百萬個方向傳過來，聽歌就好像用皮膚去感覺一樣。我沒進屋，一直聽到她把歌唱完。

在瑪莉娜活著的故事版本，我逼她不要唱了，告訴我剛才是怎麼一回事。即使那時候我們還只是陌生人，我就逼她，給我看她手裡頭捏來扭去的夾鏈袋裡裝的是什麼，月光和雪照亮了塑膠袋的薄膜。也許我還威脅她，抓住她肩膀搖晃，不肯離開，直到她對我坦承一切。

成人閱讀室幾乎是空的，除了兩三名大學生，還有那個女孩又來了，點頭昏睡中，她的髒背包放在桌上——是閱讀室裡最大的桌子，除了她，沒有別人——彷彿在激我們去請她換位子。她的額頭幾乎碰到了木頭。我經過服務臺時，愛麗絲對上我的眼睛，頭明顯朝那個女孩子的方向傾斜。我抬起肩膀，給了她**那又怎樣**的表情。那又怎樣？那孩子身上都是尿味、土味，可是要靠近才聞得到。她很安靜，而且至少好幾個星期沒在廁所垃圾桶裡發現注射器。

回到辦公室，我坐下來，甩掉細高跟鞋，在桌子底下把穿褲襪的腳壓在地上。我的辦公室位於圖書館二、三樓之間的樓梯轉角，空間很小，只能容納一張辦公桌和我自己；唯一的窗戶透進藍綠混雜的光線。比較高的樓層，大部分比較小的窗片都是彩色玻璃。在外觀上，這棟建築看起來像教堂，但其實是爲了審判而蓋的。二十世紀初，這裡成爲女子法庭，後面有個拘留中心。前幾天我才跟愛麗絲說，那個女孩，以及這些年來各種版本的她，就跟書一樣，屬於這裡。愛麗絲說，她讓別的孩子害怕。我糾正她，是讓當媽的害怕吧，也說服了愛麗絲一陣子。我從來不給那個孩子錢，雖然每次看到她，我就會想自己身上有多少錢。她當然讓我聯想到瑪莉娜。我的辦公室裡都是錢。三百元的皮包掛在門後的掛勾上。七分牛仔褲，確切的價錢忘了，不過絕對不少於一百一十元。內鑲一排綠松石的銀手鐲，連恩送的，大概要五百吧。那天早上我在顴骨上擦了一瓶七十元的精華液，是刺鼻的綠茶加薔薇果濃縮。成長過程中，我們家幾乎連生活都有點勉強，可是媽還是有昂貴的品味，天生就知道什麼東西搭配起來會漂亮有氣質，也許是我們在她打掃的房子裡花了那麼多時間，給那些價值不斐的裝飾品除塵，受到薰陶了吧。我們隨時害怕發生緊急狀況——長錯位置的樹幹、媽的季節常客取消到北部來滑雪度假、車子的引擎發出怪聲、椎間盤突出。我們只差一大步，就會像瑪莉娜和薩爾那麼窮，而我們那條街上，還有好幾戶人家住在活動屋和簡陋的三角屋裡。

放了好幾個鐘頭的咖啡味道，讓我的胃痙攣，我把馬克杯推到桌子邊上去。我桌上的電腦響了一聲，我沒碰電腦，而是點一下手機，亮出薩爾的留言。有二十五秒。他說，可以的話，回個電話給我，我會在這裡待到週日。他還真的唸出十個數字的電話號碼，彷彿他真的是來自過去的那個人。現在沒人會在語音信箱留言了——有時媽或連恩會這麼做，算是新鮮，或許還有藥局的自動提醒系統，不過就這樣了。薩爾也寄了一封電子郵件給我，拼字和文法都很完美，他的名字旁還加了一個笑臉。

薩爾。我最後一次看到他時，他八歲，也許九歲。他胖嘟嘟的身體手腳占了一大半，所以瑪莉娜還開玩笑說，要是把他丟到井裡，他會彈上來。瑪莉娜聲稱她愛他勝過愛自己，但這句話並不見得都是真的——在我的記憶裡，我們會好幾天沒看到他，這些天他一定是被單獨關在穀倉裡，看著多半時候處在亢奮、酒醉中的大人來來去去。除了我們兩個女孩子外，主要是男人，而且把他當玩具。有一次，我背著薩爾——這是在秋天，大約瑪莉娜死的前後——我聞到體味，鹹鹹的，像我哥的味道。那是我第一次意識到，他是個會長大的孩子。

第一次見到他，是我們來銀湖頭幾天的某個晚上。門鈴連續瘋狂響了三次，我既緊張又興奮——我那時還隨時留意外面的動靜，等著爸來。吉米大喊要我去開門，我朝他的聲音來處比中指，闔上書，應該是《末日逼近》吧，因爲搬家那陣子，我正在讀那本書。那本小說豐富了我對銀湖的印象，到處都是樹，歪七扭八的信箱，積雪的道路，連一盞街燈都沒有。我把門打開幾吋，薩爾一溜煙進來，像兒童一樣矮小的精靈，一陣不會飛的風。他的睡衣鈕釦沒對好，衣角一邊長一邊短；他沒穿外套，北緯四十五度線長大的男孩，天生不怕冷。他邀我去他家，叨叨講了一堆他們家的紫色房子，我猜想是她要他來的。他走之前，我蹲下來，用吉米的格子圍巾包住他，在鎖骨的地方打個結，圍巾就像斗蓬一樣披在他背上。薩爾耐心地站在那裡，身上都是毛和熱牛奶的味道，像隻小貓咪。

他撥我的電話時，有沒有想到那條圍巾、我們家那一堆亂七八糟的箱子、廚房裡鳴叫的茶壺？那天，在我們還有可能老死不相往來，他看著我，究竟看到了什麼？我只是個女孩子，身材跟他姐姐差不多，但還不是她的延伸。或者，也許對他來說，我永遠只是現在這個我：一件瑪莉娜的配件，就像他對我一樣。我一綁好鞋帶，他就推開門，衝過分隔我們兩家院子的雪堆。他們家一片黑暗，不過他還是進去了。對那間房子，儘管我曾在裡面待了好多個鐘頭，到現在我還是只能用猜的。

我會回電話。我當然會。與其說是決定，不如說是接受。愛麗絲敲了敲我的辦公室門，因爲要開員工會議了，兩聲刺耳的敲擊聲讓宿醉的耳朵鳴叫。我笑了笑，坐直起來，把腳塞回鞋子裡，不理會改變姿勢時頭部的猛烈抽痛。穩住，老凱特。我永遠隨傳隨到。

密西根

耶誕節後幾天，我睡到很晚——雖然午夜前就上床，卻睡到將近下午一點，破了個人紀錄。好一場奢侈、舒適無比的青春期睡法。現在的我總是睡得斷斷續續，早上醒不來，睡不到八小時，要不然就得喝超過三杯酒，然後肚子餓又頭昏腦脹。

媽在沙發上，看分類廣告。屋子裡又暗又冷，只有冬日陽光從客廳窗戶灑進來，刺眼的黃光讓我瞇起眼睛。她把視線從報紙上挪開，瞄了一眼，說：「早安。」她穿了牛仔褲和尺寸合身的白色上衣，髮辮是新綁的——這些都是好跡象。「今年是西元三千年，我們都還活著。不過壞消息是，外星人聽到謠言，說懶惰的人吃起來最香。」

「哈，哈。」

「餓了嗎？要不要我幫妳弄點什麼？」

「我想去走一走。」不然我怎麼抽菸？我還沒菸癮，生理上沒有，但那讓我有事情做。爲了混時間，我連這樣一點小小的行動都珍惜。

媽跟著我進廚房，給茶壺裝水，我則在櫃子裡翻找，把好幾包水果軟糖塞進毛衣口袋。茶酒、茶酒，媽隨時都在喝，不是喝茶就是喝酒。「妳知道那東西有多貴嗎？」媽說：「我們一星期就吃掉兩盒。」

「我們沒別的東西吃又不是我的錯。」

「沒有嗎？有蘋果，有穀片。妳怎麼不自己弄個蛋來吃？櫃子裡也有湯——」

茶壺叫了，她住了嘴。媽常常話說到一半就停了。這些年情況又稍微嚴重了一點，她第二次結婚敬酒時就發生過一次。那時她站在長桌盡頭，正宣稱她有多幸福時，突然陷入沉默，羅傑只好趕快接著說下去。爸一定會取笑她，尤其是這種大庭廣眾的機會，但羅傑說了幾句，微笑，問了她一個問題，讓她繼續說下去，還把她拉近一點，我就是這樣開始喜歡羅傑的。連恩也是這樣，很溫柔。可是小時候，看到媽慌張失措，努力把思緒找回來的樣子，我總是覺得很丟臉。最後她說：「我幫妳做個三明治吧。」我想像，要是爸在這裡，他會和我四目相對，心領神會地分享這個笑話。他還會在餐桌上大叫：**我們回來了！**並且用力敲桌子，震得杯盤喀喀響。

我回房間，把菸、打火機、手機、一本沙林傑的《法蘭妮與卓依》，以及那幾包水果軟糖都放進包包。媽出現在門口，拿著一個牛皮紙袋，我急忙拉上背包的拉鍊。離婚後她至少瘦了十磅，臉頰凹成固定的魚臉。吉米和我給她取了好幾個新綽號——骷顱頭、窟窿、骨頭先生——雖然她跟我們一起笑，但心裡一定很受傷。即使在最瘦的時候，她還是很漂亮，北歐人的膚色配上小酒窩，聰慧的眼睛。我很氣她沒有把眼睛的顏色——清澈的水藍色——傳給我。對十幾歲的女孩子來說，漂亮的媽媽是特別痛苦的詛咒。

「小心點。」她說著，把三明治丟給我。袋子撞到我的肩膀，發出沙沙聲，落在地上。我撿起來，刻意嘆口氣。「不要走太遠。我們還不清楚外面有什麼。」

＊

我們家後面有一大塊空地，大到足以打一場正規足球賽，盡頭緊鄰著一片樹牆。樹林邊，有個生鏽的兒童攀爬架，連著一個破損的溜滑梯。接下來那一年，瑪莉娜和我會躺在那裡好幾百次，雙腳垂盪在平臺邊，把煙吹向天空。冬天，春天，夏天，秋天，要是下雨就在木桿上綁垃圾袋做屋頂，不管半夜幾點都能會合，天南地北什麼都聊。我想，是聊未來吧，還有過去，還有我們想要什麼、我們是誰，尤其，我們不是誰。有時我們會帶一把口琴、瑪莉娜的破吉他，唱到喉嚨痛爲止。

我直接朝松樹走去。起點和終點亂無章法的步道在雪地上交錯，在我們屋後幾碼的地方匯聚成一條比較寬的路，上頭有靴子踐踏的明顯痕跡。我順著步道一路走到兒童攀爬架，蹲在溜滑梯下面點菸。路稍微左彎，消失在林間。我繼續走，周遭的樹林越來越濃密。多虧爸這個事實之王，我知道長得參差不齊的樹木可能代表這片樹林歷史悠久，遠早於伐木業者砍下綿延無盡的密西根森林、重新種上整齊劃一的樹木之前。

我在這裡做什麼？我們家發生的事，跟很多家庭的遭遇一樣：我的父母決定不再維持婚姻關係了。不過這不太能解釋爲什麼我們要搬到北部，這件事讓我這個本來很穩定的女孩，晚上蒙著枕頭尖叫，拿廚房剪刀把自己的頭髮剪了，拿一把剃刀壓在大腿上，直到流血（結果：我的胃無法承受這個畫面）。十二月的第一個禮拜，我們離開朋提亞克的前幾天，我滿十五歲。媽說，冬天搬家比較便宜。她在客廳掛了一條**生日快樂**的橫幅，那時候客廳裡已經沒有任何屬於我們的東西了。

我父母分手時，我父親，穿圍裙的法式吐司大廚，愛穿雪鞋，喝蘇格蘭威士忌，底特律紅翼隊球迷，會把人抱起來旋轉，被我最好的朋友海星鍾愛，被長子兼獨子詹姆斯痛斥，受我崇拜，已經不是如他所說的，富頓大賣場的銷售副理。他在四個月（加減一個星期）前被資遣了。所以，週一到週五，他每天早上八點出門，並不是去上班。據我耳聞到的，這段日子他多半在跟貝琪交歡，也就是他現在交往的二十多歲的咖啡師。離婚過程並不怎麼美好，但也不令人意外。

媽小時候在銀湖住了兩年，她說那段時間——充滿了鵝卵石海灘、樹梢覆雪的松樹、穿透燦爛夕陽的船桅——是她生命中最幸福的時光。離婚的那個夏天，她說：「我需要變化，這裡的每一個人都太清楚我們的事情了。」然後大半時間坐在電腦前，跟高中同學聊天，跟全國各地的男人打情罵俏。有次吉米跟我說，有一陣子，她一天會轉寄給他五則、十則售屋訊息，主旨欄多半是「**看！好便宜**」之類的。對此，我和哥一致認同：媽只想買可以讓她離開的東西，還有什麼比土地更適合？每次媽突然丟出一堆假設，吉米和我就會互相交換眼神——想到這件事就讓我想念他。媽只看了幾張照片，就買了銀湖的房子。我猜想連她也沒有預期這裡會這麼荒涼，灰色的雪，滿地垃圾的院子，還有這麼濃密的森林，走在裡面，感覺樹木饑腸轆轆，一不小心就會把你呑掉。到雜貨店要開二十分鐘的車，那裡什麼蔬菜都囤；我一月要上的高中距離將近三十分鐘車程，根本就在另一個鎮。這裡也許算得上漂亮，這一點我還算欣賞，充滿懷舊氣氛的樹林，還有乾淨、清澄的空氣，可是這裡是窮鄉僻壤。

我用圍巾包住頭，拉低蓋在眉毛上，這樣就只有小小一圈臉露在外面，剛好可以呼吸和抽菸。我的喉嚨因爲抽菸而腫脹，每次呑嚥，就有個腫塊從扁桃腺往胸腔移動。經過攀爬架大概四分之一哩時，我注意到一組雪車壓痕在步道上交叉，繞著樹木畫出8字形。過了一分鐘，我聽到音樂聲，小小的，遠遠的。我跟著聲音走，直到聽得出來旋律，接著是電臺主持人的聲音，清楚得就像在接電話一樣。樹木開始稀疏了一點。前方露出一塊空地，空地上出現一種具有結構的東西——長而矮，顏色像瘀青一樣深。兩輛雪車停在那裡，車頭朝向樹林前後排列。我順著樹緣走，盡量不讓人看到。那東西幾乎就像火車，或一部分的火車，窗戶都漆成黑色，除了一扇，往外突出，並且裝了一具螺旋槳或風扇之類的東西，葉片轉得很慢。是一輛篷車，像那套知名的童書歷險記裡出現的那種。側邊一道門滑開，一個男人跳下車，再把門關上。他直接看著我。

「嘿，」他喊了一聲，往前走兩步。「妳是誰？」

我往後退，說：「我只是在散步而已。」我必須稍微用喊的。

他說：「過來一下。」

我轉身，感覺他在看我，同時拔腿就跑，一直跑到兒童攀爬架才放慢速度，外套裡面都是汗了。我在溜滑梯下一塊相對來說沒有雪的地方重重坐下，等著心跳慢下來，然後又點了一根菸。抽完菸，冷靜了一點，我從背包裡把牛皮紙袋拿出來。咬了一口三明治，我才發現裡面只有萵苣、美乃滋和纖維很粗的番茄，因爲媽忘記放肉了。

※

我一回家就換上一件乾淨的T恤，一直刷手，直到只有把指尖湊到鼻子前才聞得到菸味爲止。洗好手才過幾分鐘，門鈴響了。我去開門。然後把爸那個字從腦子裡趕出去。

門口的男人說：「我是來自我介紹的。」他站得很靠近門檻，讓人不太舒服。「雖然我們已經見過面了。我住在這裡。有個女兒跟妳差不多年紀。」他有些微口音，聽不出來是哪裡的，母音有點鬆散。這麼近看，他幾乎跟我那嬌小的媽媽一樣瘦，眼裡有一種飢渴，但不帶惡意。除了身材，還有髮際上那一排膿瘡，尤其鼻子右邊有一顆被摳到流血，此外他就像一般老爸一樣。雖然被他發現我在樹林裡偷窺，但他沒嚇到我。

我說：「你好。我應該見過她了。還有薩爾。」

他說：「薩爾？他是個古怪的小傢伙。」他的口氣彷彿我們是好朋友。「小姐，後面沒什麼好看的。」

「好。」

「只有樹，而且那是私人土地。」他的視線到處游移。「妳知道你們家的排水管掉下來了嗎？」我走到外面，站在幾乎容納不了我們兩人的木造陽臺上，他指著上面一排冰柱，正把排水管從屋簷上拉下來。「看到沒？」

「我去叫我媽。」我留下他站在那裡。穿著汗衫，太大的牛仔褲，像有一張老臉的少年。我刻意關上門。

媽在床上，埋在毯子下，戴著讓她的眼睛看起來像在井底的眼鏡。她說：「外面是誰？」她把正在讀的超厚平裝本書翻頁，是那套時光旅人在蘇格蘭做愛做的事的其中一本。我全都看過了。

「鄰居。說我們的排水管掉下來了。」

媽旋轉雙腿下床，同時問：「隔壁穀倉那個鬼鬼祟祟的傢伙？」

外面，瑪莉娜的爸爸帶我們走到屋子後面，用雪鏟敲打冰柱，讓冰柱掉落地面。他說：「住在這裡，每年這個時節，兩個禮拜就要這樣敲一下，尤其你們住這種組合屋，排水管是用水黏土黏上去的。」

「謝謝。」媽趁他轉頭去敲排水管時，用手肘推了我一下，翻翻白眼。她用唇型說，這傢伙，以爲自己什麼都知道。十餘條冰柱應聲墜落，他靠在雪鏟上，喘得有點不自在，看著她，等她附和。她說：「我不知道要這樣。」

「再拖一天，壞了就沒救了。」

「我知道了。」

「妳要的話，我敲我們家的時候，可以順便幫你們敲。不麻煩。」

媽說：「沒關係。」我從頭到尾沒說話，大概是在當護衛吧，或者只是好奇。「你相信嗎？我有個成年兒子。我想這差事很適合他。」

瑪莉娜的爸爸說：「我不相信。」他整張臉莫名其妙漲得通紅。「我敢說妳頂多才二十歲。」

媽對男人的影響力讓十幾歲的我很生氣，尤其是那時候，我還沒有性經驗。我也討厭媽在這方面的失敗，沒有傳給我她的特質，她的魅力，她連戴醫療級的護目鏡看起來都有一種搞笑的優雅。她對別人介紹我時，大家總是說，**這是妳女兒？**好像我偷了她女兒，逼她聲稱我是她生的。**這個？**我丟下他們，自己進屋去。

瑪莉娜打開我的房門時，我正拿著我媽那本書，從她中斷的那一頁往下讀。惱怒一閃而過——不論有多想跟她當朋友，我都很討厭看書時有人來吵我。

「妳媽說妳在家。我爸可樂了。他正在鏟你們家的車道。我想他是想施展魅力。」

「我注意到了。」

瑪莉娜抓了抓脖子，發表意見：「這裡看起來就像牢房。」她穿了一件男人的鈕釦領襯衫，底下是T恤，跟我之前看過的那件一樣，沿著鎖骨繞一圈，剪掉了領口。

我房間現有的東西包括地上的床墊，一個兼當障礙物的箱子，一張我和海星的合照，用膠帶貼在牆上，旁邊是Abercrombie型錄裡裸著上身的模特兒陳舊的照片，六個塑膠抽屜一列三個並排放在一起，最靠近櫃子的角落有兩個箱子，我還懶得整理。裡面到底裝了什麼？我以前房間裡的東西，一塊布告欄，我的「美國女孩」娃娃；兩匹奶奶送我的陶馬，穿了一個星期的康科德學院制服，我也不知道自己爲什麼還留著。

「我想到了。」瑪莉娜說完就走了。

她很快又出現，拿來兩罐用掉大半的顏料，一罐黃色，一罐藍色，是密西根州的顏色，還有一張詹姆斯·泰勒的CD，歌詞裡充滿了煙和營火的吉他歌曲，讓我想到爸。我們用湯匙把卡住的蓋子撬掉，把表面乾掉的硬皮拉開，一直挖到裡面還濕潤的部分。我們把顏料塗在牛仔褲、對方的手臂上，故意把自己弄得髒兮兮。沒有刷子，於是我們在水槽下面找到一包全新的廚房海綿，拆開來用。我們把所有東西搬到我房間中央，開始動工，把海綿丟進罐子裡，把多餘的顏料點在障礙箱上。我們一人負責一面牆，瑪莉娜邊塗邊唱，與詹姆斯·泰勒完美和聲，配合歌曲忽高忽低。我害羞地跟她說：「妳的聲音很好聽。」

「我很會唱高音。」她說：「我以前都負責獨唱——福音歌、流行歌，什麼都唱——只是後來太多次排練沒去。」唱盤跳了一下，又重頭開始時，我也加入，歌詞唱得零零落落。我從來就沒有自信，只敢跟著最強的人聲唱。〈火和雨〉的音樂響起時，瑪莉娜開始說起一首歌的神奇之處，在轉調的部分。她在好幾個曲段暫停重播，但我還是聽不太懂。

她對著她想畫的彗星皺眉，問我：「妳最想念什麼？男朋友？姊妹淘？」

自從搬家後，海星總共只跟我聯絡了四次，每次收到她的信我幾乎都是立即回覆，連那封只有一個連結的轉寄信都一樣。我覺得我很瞭解海星——她瞞著爸媽把糖果藏在床底下的鞋盒裡；她瘋狂地愛上我們的法文老師。她來初經的那天我就在她身邊，她第一次用棉條時，是我教她怎麼放進去的。從小，我們幾乎每個週五晚上都到對方家過夜。搬家前那幾個月，有時我會試著慫恿她嘗試新的事——半夜偷溜出門，走到7-11去；租《大開眼戒》之類的電影來看；甚至偷拿一點吉米的大麻。她會說，呃，凱西，妳眞是個大笨蛋。有時更糟，她就直接問我爲什麼。

「應該是我爸吧，只是這樣會讓我成爲叛徒。我可以說是學校嗎？」

「不行。不可以。」

我說：「那眞的是好學校。」我被自己聲音裡的感情嚇了一跳。我很努力爭取，才讓爸媽同意我申請康科德，更別說是去念了——他們兩人都沒上過大學，更何況是私立學校。被迫離開時，我感覺自己的渺小人生結束了。現在想起來都難爲情，我當時的鬧脾氣，在爸媽眼裡，特別是在吉米眼裡，有多可笑、多超過。我退學，他們拿到全額退費。媽用那筆錢付了一部分的搬家費用。

「所以妳不只是怪胎，還是天才。」

「不是這樣的——只是，我那時候的生活跟現在完全不一樣。」

「我懂妳的意思。那就像妳養的小狗被車撞死了，妳又得到一隻取代牠的小狗。」

「對，而且後來的那隻沒有腳。」

「牠的眼睛還不是小狗的眼睛，而是，一塊煤炭。」

「或者根本沒臉，不得不看牠的時候，只看到深刻又巨大的悲傷，完全撼動不了。」

「嗯，我認識長這種臉的人。我跟我男朋友說我不想跟他做時，他就是那種臉。他的臉眞的……」她伸長舌頭，擠出鬥雞眼，直到我終於哈哈大笑。

詹姆斯．泰勒的CD第三次重頭開始後，她問我有什麼東西可以喝。我在廚房花了好久的時間，考慮到底要拿一杯柳橙汁給她，還是白開水就好。我選了水加兩塊冰塊。我本來沒注意到有個紙板火柴大小的銀色房子，像別針一樣夾在她的T恤上，她用小指壓了一下，房子彈開來，她小心接住從那小小的空間裡滾出來的淺藍色藥丸，當下我就注意到了。她把藥丸丟進嘴裡，吸了一下，然後才用牙齒咬碎吧，我猜。接著她喝了一大口水，做鬼臉，像是吃了很苦的東西。

「那是什麼？」

「眞是愛管閒事。」

「那是什麼？」

「我常頭痛。」

我說：「喔。」這件事當然有點怪，但是沒有比她右手背上那三個用馬克筆畫的心更怪，還有她擦了好淺好淺的藍色睫毛膏，而且她那個老氣的房子別針，雖然只是個迷你模型，卻比銀湖所有的房子都要好。她把水喝完，把一顆冰塊吸進嘴裡。接著她要我去找剪刀。

我拿著剪刀回來時，瑪莉娜把一塊海綿剪成心型。窗外，太陽快下山了。也許她會留下來吃飯。也許她會睡在這裡。我把頭上的燈打開，方便做事。她把最後三塊海綿剪成我的名字字母，歪向一邊的C—A—T。她用一個大碗，各挖一坨黃色和藍色的顏料，旋轉拌在一起，調出草綠色。她用手指沾顏料，沿著踢腳板寫下小字「可愛的綠色和藍色是我選的顏色」。我負責的那面牆上只有黃藍相間的方塊，好像我是在草草裝飾密西根大學新生的宿舍。但她的那面牆——黃色的心，這裡那裡穿插著藍色的我的名字，深深淺淺的綠色歌詞，有平行、有垂直，甚至還有斜的，好多小小的祕密訊息，多到接下來那幾個月，我還一直找到新句子。

看到她的成果，我對自己呆板的幾何設計感到很窘，於是我換到窗戶下那塊乾淨的方形牆面上，嘗試不同的花樣。盯著牆壁看了許久，我還是想不出什麼好點子，結果只畫了一堆藍色和黃色的螺旋，最後又用一些藍色方塊壓過那亂七八糟的圖案。本來黃色的地方透出了詭異的綠色，後來只要住在那裡，每次看到那個地方，我就感覺到一種特別的刺痛。

我猜吉米在門口站了好一會，我們才注意到他——我們又唱起歌來，而且唱得很大聲。他說：「妳很有天分。」他擋住整個門，魁梧地像個大人，有那麼一瞬間，我以為他在跟我說話。

瑪莉娜說：「謝謝。」同時用手指下意識梳了梳頭髮，讓金髮上多了深黃色的線條。她是那麼優雅地接受讚美，這一點也讓我很意外。有錢的學生從不自誇——康科德的孩子說起自己的成就，不管是自願還是被迫，總是有點輕描淡寫、不好意思，所以我也如法炮製。沒推辭讚美，尤其是男孩子的讚美，不是有點沒禮貌嗎？總有點不夠謙虛、不討喜、不像女孩子？

「要聽我可以唱多高嗎？」她把CD音響按暫停，些許顏料弄髒了按鈕。

吉米說：「好啊。」

她鼓起胸膛，嘴巴形成一個完美的O字型，眉毛揚起，臉頰凹陷，發出細針般的聲音，高到連細胞都感覺得到，手臂上的毛都豎起來了。即使未來都清晰可聞，而日後那聲音也眞的一直跟在我身邊。她唱完時，我們都安靜了好幾秒，但那聲音仍在房間裡，彷彿她用聲音製造了某種眞實的東西，並將它釋放。

吉米鼓掌，說：「太棒了。」

※

我從來不相信有所謂無辜的旁觀者。旁觀者的行爲會改變發生的事。不碰某樣東西，不代表就沒有責任。你可能會心軟，原諒我才十五歲，能力不夠，不知道該怎麼做，也不懂到底是怎麼回事，然而，即使是最微小的選擇也會產生骨牌效應，一直到你無可挽回地長大，成爲你勢必成爲的那個人。或者，以瑪莉娜的狀況來說，成爲永遠沒有機會成爲的那個人。世界才不管妳只是個少女。

請明白記錄，我比外表還要聰明。而且無論如何，我都碰了。

✻

元旦前一天上午十點左右，車子陸續抵達。先是直接衝進雪地裡，停在喬伊納穀倉前面的草坪上。等草坪停滿了，就沿著我們兩家之間的街道，形成兩列貨卡車車隊。傍晚時分，媽和我正把裹了麵糰的小熱狗排在烤盤上，像一排排裹了繃帶的拇指，這時路上一輛廂型車衝過來，瞬間轉向衝上人行道，剛剛好停在最後一輛貨車後面。媽小心把烤盤放進烤箱，搖搖頭。

她指著那輛車的輪胎壓過街上粉塵留下的S字形，說：「妳看看，那些孩子會害死人的。」駕駛座跳下來一個男孩子，是我看過跟瑪莉娜在一起的那兩個男孩子裡，比較帥的那個，另一個滿臉青春痘的朋友從後座拉出一個大行李袋。兩人一路打鬧走向穀倉。帥哥抓起一把把雪丟向對方。

就算已經度過鬱悶的耶誕節，媽、吉米和我還是不習慣沒有爸的節日。我們沒吃像樣的晚餐，而是吃了不知道多少根熱狗捲加上三罐黑橄欖，因爲，就像媽說的，「可以這麼吃」。到了晚上，媽和吉米已經從過節過渡到神智不清。他們笑得太大聲，不等對方講完就說話，玩金拉米牌時做的決定越來越蠢，所以我一直贏。媽說：「妳，是空前絕後的冠軍。」她從桌子那一頭靠過來，努力把一顆橄欖放在我的頭帶上。她的眼睛布滿血絲。橄欖掉到我的大腿，再彈到地毯上。

吉米把橄欖撿起來，檢查毛髮，同時說：「我從來不相信看不到的細菌。」然後把橄欖丟進嘴裡。

太陽還沒下山，低音樂聲就在模組屋的地基上彈跳，把我們家和喬伊納家連在一起。午夜鐘響時，震動驟然停止。那顆球滑向時報廣場的人群。前一年，我說我想到現場去看，爸用「妳不是我女兒」的表情看了我一眼。新年的紐約，根本就是地獄。看到那些人了嗎？每個人都得尿尿，但沒地方給他們尿。第一次在紐約過新年，我站在住家的防火梯上，聽滿城歡呼，八百萬人同時祈求幸福，我心想，他連這件事都說錯了。我還記得自己納悶著，我們是不是注定永遠會跟同樣的人爭執同樣的事，不論對方已經離開多久或多遠。我對著底下的計程車，對著可惡的帝國大廈，輕聲說新年快樂，醉得剛好可以輕捏瑪莉娜和爸的手，我的兩個鬼魂，彷彿他們就在那裡。爲什麼人家說鬼是冰冷的？我的鬼很溫暖，有氣息會讓你的臉頰濕潤，會在你感覺孤單時出聲。

「新年快樂！」媽和吉米大叫，手上的鍋子互撞。

我遲了兩秒才說：「新年快樂！」我用手掌敲打盆子底部。以前的新年我通常感覺泡泡從心底升起，嘶嘶作響，這次則相反；消氣，啪一聲，然後掉落，彷彿我就是時報廣場上的其中一顆氣球，飄落在人行道上，很快就會被人踩踏。

我說：「我要出去感受一下，看新年的空氣是什麼感覺。」

吉米說：「各位女士先生，看來今晚此地沒有奇蹟發生。老的還是老，病的還是病，而我的怪胎妹妹還是徹頭徹尾的怪胎癟三。」

媽說：「嘿。」

喬伊納家外面，音樂甚至更大聲了；古典樂，鄉村搖滾，某個爸可能認得的男歌手。燈光從穀倉的木板條透出來，配合音樂震動。要是我走過去敲門，誰會來開門？不知怎麼的，我有點替瑪莉娜擔心。我心不在焉地晃到馬路上，走到那兩排停在路旁的車。我想走到媽和吉米從窗口看不到的地方去抽菸，以防他們很希罕地想知道我去哪裡了。我靠在那兩個男孩子開來的廂型車上，點燃一根菸，享受新染上的壞習慣偷偷摸摸的小小刺激。五年後，抽菸就跟穿褲子沒兩樣。我歪頭靠在車窗上吐氣。

有東西敲了我頭後面的玻璃一下，我嚇一跳，顱底撞到車子。

我說：「搞什麼！」又敲了兩下，一隻手掌貼在玻璃上。門滑開，瑪莉娜在自動亮起的燈下對著我笑，一股臭煙繚繞在她四周。兩個男孩子跟她在一起。帥的那個一隻手塞在瑪莉娜光溜溜的膝蓋下，滿臉青春痘的那個坐在副駕駛座上，座椅往後斜躺。光看著他，我的臉頰就好像要爆出膿來。

我問：「妳都不會冷嗎？」

「不怎麼冷。我就像吸血鬼一樣。不過要是妳繼續站在那裡讓門開著，可能就會冷了。進來。」她滑過去，窩進那男生的身體形成的凹洞裡，剛好可以容納她。我爬上車，把門關上，短暫想到海星，想到她會有多討厭我現在做的事，而她永遠也不可能上車。燈滅了。「葛瑞格，這名偷窺客是凱特。住在那邊那間小薑餅屋裡。凱特，這是葛瑞格。」她指著前面，男孩的側影點了點頭。「還有這是萊德。」她大聲地親吻他的臉頰。「我們現在嗨得不得了，我百分之百確定萊德已經昏過去了。」她彈了一下他的耳朵，他用慢動作想把她的手打掉。「看到沒？」儘管她叫我偷窺客，但她的聲音很溫暖。

「很高興認識你們？」

萊德譏笑一聲，我的皮膚突然發熱了。

「告訴我，因爲我一直在想這件事，實在是太沒道理了。你們幹嘛搬到這裡來？沒人會搬來這裡。這裡出生的人，在這裡死掉。我想這裡路過的人應該有吧，可是連這種人都難得一見。」

葛瑞格說：「拉姆是搬來的。」

瑪莉娜說：「拉姆的爸爸可以說是最早來這裡開墾的人。他不算。」

我說：「我媽瘋了。」我沒想到這句話會這麼快冒出來，可是話一出口，我就發現我幾乎是認眞的。我媽連續四天穿同一件背心，沒穿胸罩。她沒有工作，沒有朋友，有時我走進客廳，發現她盯著空氣看，甚至出聲問自己問題，很恐怖。

「她一定是瘋了。萊德的媽也瘋了，如果這會讓妳舒服一點的話。而葛瑞格的媽死了。我媽行蹤不明，應該是死了，如果沒死，一定也瘋了。」

瑪莉娜笑了，葛瑞格也笑了一下，我也允許自己笑了。

「呃，我應該覺得遺憾吧？」

「她們又不是妳殺的。況且，應該是我們替妳難過才對。妳才剛搬到銀湖來。」

「所以湖到底在哪裡？」

葛瑞格說：「給這個地方貢獻名字的湖，眞的就叫銀湖，過了指標再走一哩路左右就到了，是密西根湖灌注的眾多內陸湖之一，也不是其中最好的。很多海草、斑馬貽貝，諸如此類。」他說「諸如此類」這幾個字時，一個字一個字說得清清楚楚。

瑪莉娜說：「謝了，教授。還有，不可以赤腳走在沙地上，因爲有很多針頭，所以，就這樣。就像我之前說的，歡迎。」

「所以基本上，不值得去？」

葛瑞格說：「雖然缺點很多，我們有時候還是會去啦。畢竟我們住在這裡。」

萊德說：「我不是。」他的聲音好像從水底下傳過來。

瑪莉娜說：「萊德和他媽媽住在基沃尼。他們以前住在這條路上的拖車屋，上面有個笑臉的那個？不過他現在更上一層樓了。」基沃尼是下一個算得上城鎮的地方，臨港灣，學校都在那裡，還有雜貨店，以及方圓六十哩內唯一的大賣場、電影院和中國餐館。除了我、瑪莉娜和葛瑞格之外，銀湖只有一間加油站、一個鱒魚養殖場，一間教堂以及一間情趣商店。

外面有個聲音喊：「瑪莉娜。」即使遠遠聽起來，都像是不懷好意。

葛瑞格裝出英國口音說：「拜託快一點，時間到了。」

「眞是的。安靜點，也許他就找不到我了。萊德，把菸熄掉，他會看到紅光。」她壓低身子縮在後座，我學她。

葛瑞格說：「跟蹤狂。」

「瑪莉娜，妳爸找妳，聽到沒？薩爾在哭。」男人又喊了一次，聲音更近了。

瑪莉娜低聲說：「騙子。我在他的牛奶裡加了半顆導安寧[1]。他根本睡死了。」

「妳給弟弟用毒？」

「哎，幹嘛說得那麼難聽。我是從一個教養部落格學來的。不然我要怎麼辦？像去年一樣，冒險讓他走進客廳，看到一群人嗨翻天？說眞的，」她嘆口大氣，「我爸因爲那東西腦袋變成一團糨糊，唯一的好處就是只要我活著的一天，打死我都不會碰那種毒品。」

葛瑞格說：「是啦，不過妳會碰**萊德**。」瑪莉娜伸手繞過椅子去拉他的頭髮，拉得他唉叫。

嗨翻天，我知道，跟毒品有關，只是我不知道是哪種毒品。我才十五歲。我對毒品的知識來自學校發的傳單和電視上結局充滿醒世意味的電影。瑪莉娜的生活環境，現在回想起來，比當時更讓我心驚膽跳。我讓更明顯的憂慮凌駕了危險；他們三人之間微妙的連結，而我是如何嫉妒他們的關係；菸的味道，以及菸在黑暗中燃燒的樣子；我做了讓自己緊張的事時，得到的回報是腎上腺素飆升，自我意識消除，只專注在當下。直到現在我還會追求這種感覺。有時候，我可以在酒吧的減價時段捕捉到它，算是稀釋的版本吧——它就住在第二杯酒的杯底。

「我的新年就這樣結束了。」瑪莉娜說著，把身上的黑色平口無肩洋裝往下拉，不讓它往大腿上縮。隔著擋風玻璃，我可以看到那男人正在前面兩輛車的地方，往車窗裡面看。很快他就會走到我們這輛車來了。我想都沒想，就拉動車門把手，跳下車，用力甩上門。

「嘿。」我大叫，同時快步向前，想在他走到這輛車前攔截他：「你在找瑪莉娜？」

他說：「妳誰啊？」他穿了一件運動衫，袖子捲到前臂，所以我看得到他的刺青。我心想，這就是波特，車上那個男人，「不要碰我」男，把她像空殼一樣留在她家前院的男人。

「凱特，瑪莉娜的朋友。」

「好，瑪莉娜的朋友凱特。瑪莉娜呢？」

1 Dramamine，抗組織胺，具有抑制中樞神經作用。

「她跟萊德去走一走，大概離開好一會兒了吧。我在車上打電話給我爸。」我扯謊，對他咧開嘴笑，就這麼一次感激自己很膽小。在只有雪和星辰的晚上，密西根灑落的獨特月光中，我剛好可以看到波特雙眼間憤怒的皺摺。

「往那邊去？」他指著銀湖的標誌。

「不是，是那邊，拖車屋那裡。」

「要是妳看到她，跟她說該進屋了。」

「我一定會的。」

他往我指的方向走去，我幾乎要彎起手肘往肚子劃，小小的歡呼一聲，就像還是那個很孬的我會做的事。我大喊：「新年快樂。」我沒回車上，而是帶著笑容直接回家，感覺三雙眼睛一路跟著我。一個晚上這樣的凱特就夠了；我不想得寸進尺。

回到屋裡，吉米喝得比媽還醉，眼皮重得根本不能說他還醒著。雖然吉米才十八歲，但自從搬到銀湖後，媽對他喝酒以及其他的事，連假裝睜一隻眼閉一隻眼都放棄了。她說有能力付房租的大人應該可以喝啤酒，而且美國人吃飯喝酒的合法年齡竟晚於上戰場為國捐軀的入伍，有違憲法精神。說穿了，她是不想一個人喝酒，才讓他喝的。

媽坐在電腦椅上點頭，下巴貼在鎖骨上，T恤的胸口上有一滴莎莎醬。那是爸的衣服。我登出她的的線上交友資料，關閉瀏覽器。我用手指梳了梳她的頭髮，驚動了她，扶她回房間。她的手臂繞在我腰上，喃喃地說了句：「碗盤給妳爸收拾就好了。」我想她是這麼說的。她蜷曲著身子躺在被子上，我得把她的腿拉直，好把牛仔褲拉掉。褲子好鬆，連釦子都不必解開。我裝了半杯水，連同兩顆止痛藥放在床頭。吉米在沙發上打呼；他可以整夜躺在那裡。我有好多事想問他：關於瑪莉娜和嗨翻天，或者我更想問，他認爲爸現在在哪裡，他是不是跟我一樣，想像他正在跟貝琪慶祝、完全沒想到我們。

在瑪莉娜像幽浮般降落之前，媽和吉米是我唯一僅有。如果不打電話給海星或爸，並且有人問話才答話，我很確定我一整天從頭到尾說不到十個字。我的新年新希望，就是打算這麼做。

睡覺前，我重排冰箱上的磁鐵字母，拼了「Happy New fam!」[2]，因爲字母E和Y不夠用。

※

新年過後沒多久，吉米就說他在塑膠工廠找到工作了。當時我們正在吃晚餐，他又了兩塊肉餅，堆在他的盤子上。

媽問：「薪水好嗎？」

吉米說：「時薪十二塊。」

「比我想的還好嘛。」從她的表情，我看得出來她默默開始計算。

我把一塊紅蘿蔔壓進肉餅形成的粗礪滑坡上，同時說：「好，讓我搞清楚。先是顯然精神失常地延後密西根州立大學的獎學金，跟我們搬到銀湖來，現在你又要去塑膠工廠工作。做塑膠袋的工廠？」

2 Happy New Year 新年快樂。

吉米說：「塑膠袋是在塑膠工廠做的，沒錯。」

「謝謝你的說明。恭喜了，吉寶！你終於開始向下沉淪，即將成爲沒有未來的鄉巴佬，每天照三餐吃大麻。也許你可以用你做的塑膠袋來裝大麻。」

吉米搶在媽介入前說：「妳知道嗎？妳會長成勢利的賤女人。謝天謝地，我們趕在康科德把妳變得更糟之前帶妳離開。」

「媽！」要是吉米吃晚飯時在爸面前說「賤女人」，他會被甩巴掌。媽只是坐在那裡，盯著她的紅蘿蔔。

吉米說：「對不起，可是凱特，我不想被還沒資格開車的人批評我的人生。」

我把手上的肉餅甩進一團肉泥裡。兩、三年前，吉米和我看了一部美國工廠的紀錄片。有人斷手、失明，有人停下來抓抓額頭，三十秒後就摔進滾水缸裡。那部影片如實記錄了一次又一次再一次的意外。敘述者身上總是少了什麼；一道眉毛、整條手臂、拇指和食指的前半段。

吉米告訴我們他在窗戶上看到徵人廣告，經理上下打量他，問他是不是夜貓子。吉米確實是夜貓子，這件事就這麼定案了。吉米展示他的卡其制服和護目鏡，又給我們看避免燙傷的薄袖套。他一週工作四天，有時要輪夜班，從午夜上到早上六點。他只要站在那裡，拿起指甲大小的塑膠片，再放回輸送帶。

他說：「就像赫胥黎的小說。」笑死我了，那才不像赫胥黎的小說。那是像在塑膠工廠裡工作。

媽說：「呃，體驗新的事物也很不錯。」她睜大眼睛，眼裡充滿驚奇。她又倒了一杯酒，把碗盤留給我和吉米洗。

※

第二天，八個字。

對，不，不，謝了，媽晚安。

※

瑪莉娜的電話老是不通，要不然就是她沒錢儲值，所以很難跟她聯絡——這一點又增加了她的魔力。我猜想，她刻意保持距離，是因爲快開學了。她很酷。她一定很酷，因爲她的長相，因爲她的歌喉，因爲萊德，還有她那麼輕易地稱他是男友。我不酷，所以也許我們建立了某種默契，不在校園裡互動，只有在她無聊時，才在我們住家附近活動。基沃尼高中蹲踞在地平線那端，像一頭羽翼鼓動、齜牙咧嘴的獸。

「媽，重點是，這段時間眞的很辛苦。受到父母離婚打擊的孩子，應該慢慢地接觸家庭之外的變化，不能赫然遽變。大家都這麼說。專家都這麼說。」我幾乎是一字不差地引用bunneehart 2109，一個超倒楣的人，在某個匿名網站上的意見（**救命，我爸媽剛離婚，我的貓又被我男友的車撞到了:(**）

「眞有意思。妳知道這讓我想到什麼？」她在水槽周圍的檯面上噴高樂氏清潔劑。她的浴袍在脖子處敞開，也沒綁緊，可以看到她應該已經穿了好幾天的灰色胸罩罩杯。一時之間，我有一股想要打她的衝動。「提示。是一首滾石的歌。」

「〈滿足〉？〈紅糖〉？」

「妳不可能總是得到妳想要——的。」她唱了起來。我怎麼跟她解釋？她大學輟學後就結婚了。可是我上過康科德，我怎麼可以從康科德淪落到基沃尼高中，從得以實現夢想的未來（即使我還不知道我的夢想是什麼），到只剩下老公小孩的平庸未來，每天晚上廚房都以同樣的方式越來越黯淡，用吸塵器吸二等地毯，永遠吸個不停。我真的很勢利眼。

我想拉攏吉米幫忙。他可以解釋我會有足夠的自學動機；他可以提醒媽，有一次我幫他做了一組彩色的西班牙文學習卡，卡片顏色依動詞變化分類。我邊做邊學，不到兩、三個鐘頭，甚至不需要看卡片就可以考他。我去敲他的房門。好一會他才開門。新工作才做沒幾天，他陷進臉部的綠色眼睛似乎陷得更深了。彷彿有人用拇指把他的眼睛壓進頭顱裡。

「萬一妳看不出來，我正想睡覺。我相信妳聽過睡覺這回事。」

我說：「我不能走。她會聽你的。」

他說：「妳是白癡。」當著我的面把門甩上。

接著是爸。我站在前廊，天氣很冷，空氣中有一種味道，讓我想到在水底下憋氣的感覺。有個影子在穀倉的窗戶裡穿梭——太大了，不可能是瑪莉娜或者她的兄弟姊妹。也許是她爸。至於瑪莉娜對她母親有什麼感覺，我那時並沒有想到這一點，之後很久也沒想到。我太專注在我父親消失這件事上了，並沒有想到母親不在可能更慘。

我從口袋裡拿出手機，按了爸的號碼。手機在耳邊唱起〈鄉村小路帶我回家〉（*Country*

Roads）——爸學會把鈴聲改成音樂了。他對沒用的事都很在行。歌幾乎唱了一半，他才接。

我說：「爸，讓我回家。」喬伊納家窗口的影子消失了。我不會求他。

他說：「嗨，寶貝。」他的聲音好近，好熟悉，有生以來第一次，我意識到電話眞正的作用。「妳在說什麼？妳不是在家嗎？」

※

開學前一天晚上，我小心地把每一件T恤的領子剪掉，然後選了一件來穿——胸前只有一排**CONCORD**（康科德）紅字的白T恤——站在用塑膠掛勾掛在衣櫃門上的細長鏡子前。這下子，我只要臀部一翹，歪一邊站，T恤就會從那邊肩膀往下滑。傾身向前時，會露出一點點乳溝，即使只是一點點。這樣很好看——更好看。既性感，又強悍。我把剪下的領口揉成一團，塞進一隻不成雙的襪子裡，再塞進一個塑膠抽屜的最裡面。

紐約

跟平常一樣，會議室鬧哄哄的。我們圍坐一圈，輪流報告本週進度。我說到各平臺追蹤者及粉絲突然大量增加的狀況，因爲我手下的實習生貼了一段動畫，一隻打瞌睡的兔子一頭栽進一本打開的書裡；我報告週五前會發出慶祝大會的邀請函。沒有人問我爲什麼這麼晚才發出去。我負責這個分館的通訊——一大堆文案和活動企劃，聚餐、開會、社交媒體策略。都在跟細節和人打交道。「在圖書館工作，算是跟當作家最接近的工作了吧？」和連恩剛交往時，他這麼說。那時候我才剛得到那個工作，而之前好幾年，我一天工作十六個鐘頭，在餐廳打工當服務生，晚上去當酒保，中間再擠進實習、義工、網路工作等等。他那句話說得很無心。休閒外套裡的手機震動，我偷偷拿出來放在大腿上，像個大學生，期待薩爾傳來進一步的訊息。

是連恩，問我什麼時間到家。

薩爾想知道什麼？我很難明確指出某段記憶中止，而另一段記憶開始的地方。瑪莉娜提到她在手腕內側的刺青，「blue」，藍色，她最喜歡的顏色，她最喜歡的唱片，像座橋橫跨在她淡藍色的血管上，跨越到連恩以前那間舊公寓的牆壁顏色。我自己的刺青——一個字，「yes」，也是她可能會刺的字——是三十歲時刺的，慶祝我一整年滴酒不沾，但也只維持了一年。Yes，因爲我需要一個實體的東西來提醒自己，要對我想當的那個人說Yes，不要屈就於大半時候的那個我。現在我的腳踝可以毫無理由就說Yes。

那是我唯一一次自願在自己的皮膚上動針，除了在醫生的診療室看病治療之外。我不會跟薩爾說那件事。謝天謝地，他當時太小了，不會記得太多。不會記得他跟我們在一起時，不管是在電影院或後院，或開著萊德的車兜風，我和瑪莉娜是什麼樣子。她總是很嗨，我通常喝醉了，要是我們兩個都醉了，我一定比她還醉。

我們共度的最後一次國慶日，她把一小撮頭髮編成辮子，細得像小指頭，然後一直維持到萬聖節。我把橡皮筋拉掉，想解開髮辮，但很快就又因爲沙、鹽、煙、油而黏在一起，那是構成我們那個夏天的所有片刻，像髮辮一樣糾結在一起。我聽過一個說法，人的頭髮一開始生長，就會留存主人消化的一切。那樣的一小撮頭髮，就像化石一樣。我們把它泡在潤髮乳裡，還是沒辦法把頭髮解開。我幫她把頭髮剪掉，只留下頭皮處尖尖的一小撮，看起來很好笑。我想，也許，我可以跟薩爾講這件事。

我從來沒想過他長大的樣子，而現在，他長大了。他小時候長得跟她一模一樣——他的頭髮比較短，可是也沒有短太多，比一般男孩子的頭髮還要長，在肩膀上刷來刷去。他的指甲永遠是髒的，因爲果汁或天知道什麼東西而發黏。我不太喜歡他牽我的手，不過多半時候都會讓他牽。我們認識的那個冬天，他發明了一個遊戲，從他們家前院一輛壞掉的車子引擎蓋上往下跳，落在一堆雪上。他會大叫，張開雙手衝進空中，像一陣旋風。落地時，他會痛得哀叫，每次都好一會兒動彈不得。他的體重的力道足以讓雪堆變得密實，又滑又硬，幾乎閃閃發亮。儘管如此，他還是一跳再跳，還要求我們要看他跳。

※

愛麗絲解開頭巾，重新綁上，散發出頭髮上的杏仁奶油香，一時之間壓過空氣裡的洋蔥臭氣，讓我湧起一股對她的喜愛，可惜只維持到她提起那個女孩。愛麗絲說：「我們不能讓她在這裡逗留。」義憤塡膺讓她坐直了身子，是這個鐘頭裡的第一次。「一天又一天，每天都來好幾鐘頭。她一個人就占據了半張桌子。」

我說：「多半時候裡面根本沒人。」然後又加了一句：「這裡是公共場合。她礙到誰了？」我看得出來，幾乎所有人都同意愛麗絲的看法，但是我咄咄逼人，又問了一次她礙到誰了，而因爲我的語氣，愛麗絲是唯一說話的：「我。她礙到我了。」最後沒有結論。等我們陸續走出會議室，那個女孩子已經走了，她的位子是空的，她坐的那張椅子下有三張捏皺的包裝紙。

出去時，我在她的椅子邊蹲下來，撿起那三張包裝紙——扭曲的玻璃紙，是聰明豆的包裝——塞進牛仔褲口袋。才四點，比我平常的下班時間早了好幾個鐘頭。我沒跟任何人說我要走了。

走到地下鐵入口時，行人號誌轉成綠燈，我改變主意，衝過馬路，到下一個路口的北廣場酒店。我一直很喜歡那裡的酒吧。白天這個時候，那裡很安靜，只有兩個老太太在吧檯角落輕聲聊天。我坐在窗邊一張矮沙發上，抖掉外套。我要先喝一杯，然後打電話給薩爾。我很想只跟他用文字訊息聯絡，少了聲音的親密感，對話起來會自在一點。可是文字訊息不夠愼重——反正，酒可以幫點忙。

服務生過來，我們行禮如儀，簡單交換幾個字，我點了一杯馬丁尼，要價十四元。服務生點點頭，拿走皮革菜單，然後消失了。行人低頭走過去，沉浸在各自的思緒裡。我喜歡在手勢變紅的那一刻衝過馬路，加入緩慢移動的人牆。馬丁尼送來了；服務生搖了幾下，倒了一杯。只有一杯，不甜，有點鹹味。幾塊碎冰浮在上面。兩顆碩大的橄欖用塑膠叉子叉著泡在酒裡。我最後吃掉，濃濃的杜松子酒味，回嗆了我一下。

密西根

基沃尼高中是一棟低矮磚造建築，位於玉米田中央，四周雪花紛飛，讓我想到南極的極地避難所，科學家一住好幾年，對地球磁場進行各種測試。吉米放我下車，我加入魚貫進入大門的學生群。孩子們繞過大廳中央一尊高大的藍白色美國原住民雕像；雕像基座一塊飾牌寫著：「北方鬥士之家」。那時候，我相信瑪莉娜和我被一股無形的氣流拉在一起。那天上午，看到她衝進來，沒穿外套，沒戴帽子，穿著Keds鞋和幾乎溼到膝蓋的寬鬆牛仔褲，身上積了不少雪，我對這份命運般的友情是既感激又驚奇，儘管學校大廳應該是我們最可能碰面的地方。第一次的鐘聲十分鐘前就響了。我一個人坐在階梯上，拖延著。

「嘿！」她說著，靠在欄杆上，整個擋住我的視線。她沒帶背包，而是帶了一個小托特包，上面只有一行字：「狗也喜歡書！」包包裡看起來沒半本書。她從袋子裡撈出一包百樂門。

我問：「可以在這裡抽菸嗎？」

她把一根菸塞在耳後，說：「妳是白癡啊。」她的發熱衣是芥末色，右胸口上她每次都戴的那個別針反射了大廳的螢光燈。「我昨晚眞慘。」她抓住我的毛線帽上頭的毛球，把帽子拉掉，丟在沾了泥巴的地磚上。她說：「這造型不太適合妳。」我納悶，是不是要開始了，因爲我們現在在學校，她要對我要狠了。「要出去嗎？開學第一天都是一堆廢話。下個禮拜學校才會打電話給家長。」

生物學與土壤生態學幾分鐘前開始了。我已經錯過了導師課。「妳是說，蹺課？」今年四月，我和海星蹺掉一次合唱團練習，是我第一次也是唯一一次蹺課。我們約在離排練室最遠的一間廁所碰面。因爲太緊張了，我們從頭到尾都鎖在廁間裡，一人一間，一有人開門，就跳到馬桶上，以免讓人看到腳而認出我們。

「妳是說，蹺課？」瑪莉娜學我說話，拉起一撮我的頭髮，繞在她的手指上。「我沒見過像妳這麼可愛的人。」她的手好冰，周遭空氣的溫度隨之下降。「我得去置物櫃拿東西。妳進來時應該有看到工藝教室外的空地吧？下雪天，沒人會去那裡。妳可以在屋裡等，我應該，五分鐘就好。」

她衝上樓梯，托特包打在她的臀部上，然後消失在旋轉門後。

※

外面，暴風雪稍微緩和，迴旋的雪花從四面八方同時襲來，像雪車噴濺的效果。我打開工藝課空地圍籬的門。白色冰晶灑在我的睫毛上。那裡除了十幾間狗屋之外，沒別的東西，有些大得跟儲藏室一樣，有些小到得用爬的才進得去。入口附近立了一塊大木牌，藍色的字有滴流的痕跡。「一百五十元！給你的狗國王禮遇，支持基沃尼高中足球隊！北方鬥士加油！」所有的O都畫成笑臉。

我低頭進入最大的狗屋，在裡面等瑪莉娜。裡面又冷又乾，風吹進來的雪堆在後面角落，木板上有一層薄薄的冰。有一整面牆上寫滿了「PIZZA」，重複刻畫，在木板上留下深刻的痕跡。最下面，不同的字跡刻著「幹你的大奶妹」。我坐下來，背靠在字上，開始等待。我決定等三十二分鐘，她沒來我就走。不管銀湖發生了什麼事，都不會延續到這裡來；這是一堂教訓。可是十七分鐘後，我聽到外面傳來腳步在雪地上拖曳的聲音，瑪莉娜出現在門口，擋住光線，這時我得承認，到目前爲止，幾乎我對她的一切預測，都是錯的。

她說：「眞有意思，妳居然知道哪間是我們的。」我的警戒感覺到一絲放鬆。她的托特包換成背包，而且她穿了一件眞正的冬天外套，是從我認識她以來，她第一次穿外套。她化了妝，畫了眼線，把頭髮塞在耳後時，臉頰閃著亮光。「那是萊德寫的。我不是說披薩，我是說幹你那句。」

「我以爲也許妳不來了。」

「我得先去拿點東西。」她把背包甩下來。「我的樂譜、書之類的。」

「妳去了好久。」

「我現在不是來了嗎？放輕鬆。」

「好啦，抱歉，抱歉。」我說：「所以現在要幹嘛？」

「首先我們要抽這根大麻菸。」她從外套口袋裡拿出一個Altoids薄荷糖小錫盒，彈開盒子，拿出一根大麻菸，比吉米藏在書桌最上面抽屜一個紙牌盒裡的稍微細一點。她聞了聞，點燃一頭，咬住另一頭。過了幾秒，煙從她嘴角裊裊冒出。她的聲音緊繃了，彷彿咬著吸管把話擠出來。「換妳了。」

「不，謝了。」

她還是把菸遞過來，那煙聞起來甜甜的，跟吉米下班後的運動衫味道一模一樣。

「不，瑪莉娜。」我有點想抽，可是太害怕現在嘗試，畢竟這裡是學校。

「想一起玩，妳就得抽。」她稍稍揚起一邊眉毛，彷彿在挑戰我。

「我不想抽。」

她翻白眼。「我開玩笑的，妳那表情！天啊。妳眞的以爲我會逼妳抽大麻？妳把我當什麼人了？我希望妳現在更瞭解我了。」

我擠出笑容，搖搖頭，裝出「被妳耍了！」的樣子。煙雲讓我有點頭暈了。

我終於說：「妳眞的給弟弟用毒啊。」

「說得好。」她吐出一串煙圈，在每個O離開她的嘴之前，喉嚨都發出呸的氣音，讓我很佩服。「我在這間狗屋裡抽過太多次這東西了，要是把這狗屋燒了，整個城市都會很亢奮。寶寶會很亢奮。我是說眞的。連子宮裡的胎兒都會很亢奮。他們會說，『啊——媽，搞什麼。』」

「那東西不會破壞妳的聲音嗎？」

「妳是說大麻？妳沒聽過珍妮絲·賈普林嗎？或者史蒂薇·尼克斯，妳認爲她不抽大麻嗎？」

我說：「當然聽過。」其實我沒聽過。瑪莉娜第一次唱史蒂薇·尼克斯寫的〈芮雅儂〉（*Rhiannon*），慢慢跟上吉米的吉他和弦時，我問那是什麼歌。「妳一定是在開玩笑。」那時她說。我們得現在就解決這件事，因爲妳的靈魂很危險。她發簡訊給萊德，叫他不要來接我們，接下來一整個晚上，我們聽著佛利伍麥克樂團的第一張專輯，直到每個字都自動印在我的DNA上。當時眞正觸動我心的，是瑪莉娜的音樂，而不是收音機裡的歌曲。她喜歡小妖精樂團、大衛．鮑伊、法蘭克．札帕和超優合唱團（Sublime），也喜歡適合哼唱的慢歌，瓊．拜雅、比莉．哈樂黛、蘿瑞塔琳、伊特珍，當然還有女神瓊妮．蜜雪兒，這些都是她爸帶她認識的老派歌手。我不聽那些歌。幾年前，一名約會對象用他的老錄音機播放佛利伍麥克，我瞬間回到十五歲，有種天旋地轉的感覺，就像轉彎轉太快。那時我跟他說，我不是他們的歌迷。

她用手臂擦了擦濕潤的眼睛，說：「來吧？」然後，在兩個鐘頭內，我第二次扮演起她的鏡子。在她站起來後，我也立刻站起來。她移動背包肩帶時，我甚至也調整了背包，連想都沒想。

※

我跟著瑪莉娜走進學校附近的住宅區。這裡的房子都不止一層樓，有煙囪和遮陽板，優雅而歷經日曬雨淋的屋頂板，環繞屋子的陽臺。瑪莉娜聲稱她知道每一戶人家的姓氏，街道兩旁無一例外。我考她，指著一間凸窗的黃色屋子，一間設有鐵門、看起來搖搖欲墜的磚房。她總是說得出裡面住的人家，不然她就是說謊高手。她還隨口告訴我住戶的故事：葛林奈爾家的爸爸（遺囑認證法官的兄弟！）有一次因爲拿刀想刺媽媽被抓去關；戴維森，他們家老大以前是海軍，有一次從飛機上跳傘，降落傘故障，從三千呎高空墜落幸運生還。

「瑪，」我打岔，「我們要去哪？」

「喔，哈。抱歉，要去萊德家。」

經過郵局不久，我們與鐵軌路交叉，鐵軌盡頭是一堆破舊的枕木。我們繼續走，一直走到一間叫「楓樹」的汽車旅館，招牌上寫著「無空房／獨棟小屋與房間」。一道木樁柵欄圍住主建築，一扇長窗上的霓虹燈管閃著酒吧的英文，BAR，一次亮一個字母。我這輩子還沒見過比這裡更沒人的地方。大約十幾間一房小屋分布在周圍的樹林裡，蓋得歪七扭八，像極了小朋友用玩具圓木組合出來的。

「他住在旅館裡？」

瑪莉娜說：「算是吧。他跟他媽住在主屋一間公寓裡。不過這樣很酷，因爲只要小屋沒人住，他幾乎要做什麼都可以。有些有人住，但很多都沒人。」

「那他們怎麼賺錢？」

「他們有一些長期房客。有個誇張的傢伙，他整張臉都腐蝕了，所以臉上只有洞，就是原本五官的地方變成洞，懂嗎？像是鼻洞、眼洞、嘴洞？有一天晚上，烏漆墨黑的，我從萊德家出來遇到他，我發誓，我差點嚇得屁滾尿流。」

酒吧——應該也兼大廳功能，因爲收銀櫃檯旁掛了個標示房價的牌子——盈滿從唯一的窗戶上的蕾絲窗簾透進來的茶色燈光。裡面沒人，但後面牆壁上一臺電視正在重播《大家都愛雷蒙》，音量震耳欲聾。吧檯上有個雜貨店的紙袋，上頭寫著瑪莉娜的名字，字母全部大寫。她把裡面的東西一樣樣拿出來：四罐家庭號的金寶湯多料濃湯，牛柳口味，幾卷衛生紙，還有幾根有點發黴的玉米，尾部的玉米鬚軟綿綿下垂。

她說：「萊德的媽給的。我不知道這東西要怎麼煮。」

「我媽都用烤的。」

「眞講究。」她又一樣樣放回去，抱住袋子滑下檯面，靠在臀部上。她說：「我猜他們在四十二號房。」我跟著她穿過電視左邊一扇門，門外是一條灑了鹽的步道，在雪地裡細細穿越，這裡那裡到處都是汽水瓶蓋和糖果紙，幾張衛生紙，也可能是咖啡濾紙，沾了淡淡的粉紅色。大約只有八間小屋，可是編號卻隨意亂跳，彷彿是故意要讓尋找某間小屋的人搞混。走到目標，門上用小小的紅色字漆著42，瑪莉娜大喊：「敲敲敲！」門立刻大開，差點打到她的臉，門看起來好像壞了。她往後退，紙袋裡的東西一陣晃動。她說：「眞是的，你不必把門拆掉吧。」

萊德說：「她是誰？」有種味道跟著他飄出來，像水煮蛋的味道。這麼近看他，他比那天晚上在車子裡時看起來還要小。勉強算跟我一樣高吧。他的頭髮是介於金色和棕色之間的淡紅色。他長了一個孩子氣的獅子鼻，左眼下面有塊血管瘤胎記，像歪一邊的眼淚，好幾十顆淡淡的雀斑與它相交。我很難過他不記得我。

「她很酷，我保證。」

「她很酷？妳不能隨便什麼人都帶到這裡來。」

瑪莉娜接下來的話是越過萊德的頭，對著小屋裡說的。「葛瑞格、小不點，叫他別煩我好嗎？」

一個女孩的聲音喊：「萊德，別煩她了。」

瑪莉娜越過萊德，消失在裡面。我想跟過去，可是萊德擋住我。他抓住我的手腕，盯著我，手用力，直到我的韌帶被他的手指壓到彎曲。「妳是大嘴巴嗎？」

我說：「不是。」我的意識移到我們兩人的皮膚碰觸的地方。

「太小聲了。」

「我不是。」我想把手拉回來，但他抓得更緊了。他的眼睛看起來很詭異——動來動去，瞳孔肥大，好像他什麼也沒眞的看進去。我說：「萊德，好痛。」他放開我。我揉著他剛剛碰觸的地方，告訴他：「我沒人可說。我只認識你們幾個。」

「妳要是說謊，我會知道的。」他這樣說，但我看得出來，他相信我。

雖然天花板上亮著燈，但小屋裡很暗，暗得像晚上。有人用藍色防水布把窗戶都貼住了。像蛋的味道，但更難聞、更像化學物質。彷彿牆壁用清潔劑或純漂白水刷過；每吸一口氣，感覺就像鼻子裡的皮膚慢慢剝落。我聽到很大的旋轉聲，風扇或冷氣，看不到聲音是從哪裡傳出來的。電視機上頭放了幾瓶沒打開的丙酮罐。萊德消失在一扇門後，我猜那是浴室的門。瑪莉娜四肢攤開趴在床上，旁邊有個黃色枕頭，雜貨紙袋和背包放在她身邊。床尾，一名瘦巴巴的女孩正拿著一臺攝錄影機拍葛瑞格，是新年那天我在車上見過的另一個男孩。這麼時髦的科技，在那屋裡顯得格格不入。我突然想到，有可能是偷來的。我在最靠近門口的床角坐下。

葛瑞格正在拆一輛兒童腳踏車。他一邊拉掉座椅、後輪胎，一邊解釋他的動作，然後小心把每個零件放在前面地上——等於拆解的瞬間同時也重建了。

瑪莉娜說：「他們在拍電影。葛瑞格以爲他是《無厘取鬧》（*Jackass*）裡的那傢伙。」

我問：「爲什麼？」

葛瑞格的視線從腳踏車上移開半秒。「因爲很了不起。」他擦掉上唇的汗珠。那是他臉上唯一沒受青春痘侵襲的部位。

「但為什麼是腳踏車？」

女孩說：「因為我們找到腳踏車。」

「媽的。」萊德氣急敗壞地喊：「可惡，可惡。」東西傾倒的碰撞聲。「真他媽的！」

女孩說：「好極了。真妙。」

瑪莉娜問：「寶貝，你還好嗎？」等不到萊德回答，她站起來走到門那邊，把整個門打開。原來那不是浴室，更像是一個很擠的更衣室，萊德站在一張牌桌旁，桌上放滿了東西：好幾個半滿的大水壺，一個裝飾用的籃子，裡面有多到幾乎滿出來的電池、閃亮的奇怪飾帶，還有一大塊石頭，像我媽在院子裡用來分區塊的石頭那麼大。他的腳邊有一個壓扁的盒子，裝了一般的感冒藥和鼻炎藥。裡面的味道讓我幾乎無法呼吸。這裡那裡散落著瓶子，用透明塑膠包著。我的肚子開始發出嘶嘶的警告聲，告訴我要**離開**，告訴我這些人**不值得妳冒險，這裡不適合妳，妳不必待在這裡，妳還是可以走掉**。

瑪莉娜把空出來的手放在萊德的肩膀上。

「不要碰我。」萊德說著，聳肩把她的手甩掉。他正在弄什麼東西。他頭上方一個打開的窗戶上裝了一具風扇，扇葉往反方向轉得很快。葛瑞格和那個女孩子笑了起來，笑得有點精神錯亂的感覺，我肚子裡的嘶嘶聲傳到了指尖，說，**走吧，凱特，快走**。只是，即使說了快走，但待在那裡，那種**嘶嘶聲**，感覺**很好**。感覺很好玩，或者跟好玩很接近，而我想念那種感覺。

好幾個容器以管子接在一起，但我看不太懂這到底是什麼——這整件事讓我想到科學展裡某個瘋狂的實驗，某個孩子和沒用的父母搞出來的七十五分實驗。雖然我已經把細節拼湊在一起，但我沒有立刻想到毒品，這是藥，但不是那種藥，對吧？

換做是現在，好容易就看出事實。見樹不見林，就是我最根本的、身爲人類的無能。有一次爸告訴我，這是我最大的問題，「不然我的頭腦就稱得上完美了」。他說這句話時，親了我一下，就親在我的頭髮分界線上。但不管是林還是樹，當萊德小心從咖啡濾紙上刮下什麼東西，放在小小的電子秤上時，我就知道他在做什麼，即使我不知道背後的原理，不知道引導我得出那個結論的相關行話，不知道他那時嗨不嗨，也不知道我與那件事的關連是什麼，單單只是因爲我在場，看著他，沒有轉身退回來時路，這麼一個沒有付諸實現的行動，將決定我會長成什麼樣的人。

※

「楓樹」那件事過後六個月，瑪莉娜死前大約四個月左右，我和她在樹林裡。我們偷偷溜出家門，到林子裡的攀爬架會合。我們都沒穿鞋：那是冒險的一部分，是我們炫耀自己很狂野的方式。到了早上，我會用拇指甲摳出腳跟上的沙粒，把腳泡進熱騰騰的浴缸裡，看到髒污和血在水中迴旋散開，痛得嘶叫，一種含著甜美的痛。我之前問過她，小心翼翼迂迴打探，但那種夜晚，蟋蟀在四周狂跳，宛如世界的瘋狂耳語，我有時醉有時清醒，她幾乎總是有點亢奮，星星滑落樹叢，像撐了許久的某種東西，終於心甘情願，放手了，我會逼問她爲什麼。一遍又一遍問她。如果她那麼討厭安非他命，看到安非他命讓她爸爸的腦袋變糨糊，逼她媽媽不知去向，連她堂兄巴利都因爲背包爆炸而死，那爲什麼她可以接受萊德製毒？她怎麼能夠拿他賣那鬼東西賺的錢來花？在他把那東西賣給波因城來的十五歲孩子，賣給他媽媽的朋友，賣給夏天蜂擁住進海邊公寓的遊客時，她怎麼還能在車子裡等他？她說：「妳眞的好天眞。」那活在失去事物裡的光芒，宛如最糟糕的祝福將逝去的一切永遠分隔開來的光芒。那時也有那種光芒嗎？我想不起來她沒有那種光的樣子。「我眞想知道世界在妳眼裡是什麼樣子。我想要能像妳一樣看事情，這麼容易就決定，某件事是對的，這是好的，」──她摘下一片草葉，小心放在毯子上──「而這個，」──她又摘了一片──「是壞的。」她把那片葉子撕碎。

瑪莉娜說我天眞，但我眞的認爲，她的意思是我享有特權，紐約人都用這個字眼來羞辱人，我總喜歡認爲那代表安全。特權是需要留意的事，要努力超越的事，但最終我們都會感謝它。它就像防彈背心，讓你更難殺死。我們甩動毯子時，撕碎的葉片紛紛飄落地。

她會說：「這跟錢有關，凱特。就是這麼回事。」

※

等吉米開著媽那輛速霸陸──對我們來說是新車，但其實已經很破舊，她叫它靴子，因爲是黑色，形狀就跟短靴一模一樣──靠過來時，我已經及時回到基沃尼高中，站在大門屋簷下，彷彿我從最後一次鐘響後，就在那裡等他。學生湧向停車場，模糊的叫喊聲此起彼落。

吉米停在人行道旁，沒熄火。我跳上車，甩上車門，對著置物箱說：「拜託快走。」

他說：「這麼糟啊。」

我知道要說謊而不被抓包，最有效的辦法是維持某種受傷的緘默，這也是我跟爸學的。「小夥子，你的置物箱裡怎麼會有廣藿香味的古龍水？」我有一次聽到媽這麼問，那口氣幾乎是在調情。她連指控他時都不能不裝可愛，想說服他**喜歡她**。她現在對羅傑還是一樣，只是他會買帳。瑪莉娜對萊德的態度讓我想到媽在爸身邊打轉的樣子。**她很酷，我保證**。她那緊張而急切的笑容，冷到裂開的嘴唇，用桃紅色唇蜜黏在一起的破皮。媽擠出一聲輕笑，把注意力轉到烤雞上，輕敲烤箱的燈，隔著玻璃看得好認真，彷彿雞問了她一個問題。爸拿著啤酒到電視間去，不發一語坐下，一臉厭煩，幾乎稱得上嫌惡，好像她剛剛吐了他口水。我站在冰箱蒼白的燈光裡，聽到整段對話，**沒關係，拿了飲料就走，沒發生什麼奇怪的事**。

「哎，別這樣。」吉米說，努力想跟我說話。我把視線轉過去，不著痕跡地看他一眼，想評估他有沒有起疑。他忙著調暖氣，先關掉，然後又開到最大，讓整輛車裡都是送風機的聲音。我身上的味道絕對不正常。我吸進去的每一口氣邊緣，都有一種化學刺鼻味。再加上放在我腳邊的背包實在太塌了，不像是一個應該選修兩門大學先修課的人該有的背包，所以我一直企圖把它挪到儀表板下面，避免引起吉米的注意。

「你要我跟你說什麼？」我說，跟對面那輛車子裡的孩子對上眼，他們也在等紅燈。「就是很平常的一天啊。」雪花像亮片一樣停在瑪莉娜的肩上。萊德，肩骨頂出T恤，身上有粉末味，臉頰上冒出幾根粗硬的毛，看了就難過。桌上那一大堆垃圾，整件事的眞相。

「會慢慢變好的，高中這些鳥事。我發誓。」他是想對我好，但我感覺氣炸了。他當選過返校節代表。況且，他是男生，這就不一樣了。在高中，女生負責喜歡，男生有權挑選。他根本不瞭解我的感覺。

中國王自助餐位在銀湖和基沃尼交界一條大馬路旁的商店街上，兩邊各是一家女子健身中心和一間賀曼賀卡。我們一年只吃兩次中國菜——每學期的第一天和最後一天的晚餐。我告訴自己，這是爸爸開始的傳統，不過也許起頭的人是吉米，他到現在還是吃什麼都加醬油。媽在角落一張桌子那裡等著，正在喝一杯渾濁的酒。「我讓吉米去接妳，我先來佔位子。」說著，她站起來，彷彿要抱我。「剛好順路！」

吃完好幾個鐘頭，媽還是聞得出來我們中午吃了什麼。她會在我疲憊地走下公車後，親一下我的臉頰，然後說：「今天是臘腸披薩。」我扭轉身子入座，努力避開她的眼神，拿起一個水杯，把一半的水潑在衣領上。

她看了一眼正在等位子的人，說：「你們看那些笨蛋。」我討厭她總喜歡假裝那些最蠢、最顯而易見的事都是小小的奇蹟。

服務生過來時，吉米點了我們每次都點的菜：蔬菜炒飯、糖醋雞、炒麵，不過這次只點了三個雞蛋捲，而不是四個。這次也沒點花椰菜炒牛肉。服務生記下我們點的菜時，我又把菜單打開來，看了一下裡面的菜。

「請來一份北京烤鴨。」那是菜單上最貴的一道菜，至少多了十元。服務生的筆懸空停在點單上。她看著媽，那表情像是在問，**嗯？**

媽說：「妳不喜歡鴨肉。」她的聲音有點距離，像個老師，彷彿她正在跟別人的小孩說話。

「我喜歡。」

「要七十三塊。」吉米咬著牙小聲說：「而且妳根本沒吃過。」
「我在朋友家吃過。」
吉米問：「什麼朋友？」
「海星。」我幾乎記得在海星家吃過烤鴨。暗黑、油亮的肉，小小的瓷盤裡裝著甜甜的醬，海星家廚房裡的桌子，用容易髒的玻璃做的。「她的爸媽經常做。」
媽說：「好。」然後，轉向服務生：「來份烤鴨，但不要蛋捲，也不要炒麵。」服務生鬆了一口氣，點頭離開。
吉米說：「好極了，謝謝妳取消**我**喜歡的菜。」
「你又不需要去上學。」
吉米說：「妳說得對，我只是需要工作八個鐘頭。」
媽說：「夠了。」於是我們都不作聲了。
吉米又開始說，我必須把滴在房間地毯上乾掉的顏料團刮掉。我說他又不是我爸，他可以把那些顏料團塞進屁眼裡。然後媽要我別鬧了，吉米要她不要一直打岔，我說他們兩個毀了我的人生，吉米罵我是瘋子，媽翻白眼，把酒喝掉，又點了一杯，在服務生送上炒飯之前，我們三個都好一會兒沒說話。
其他菜都上來許久之後，烤鴨才來，放在一個很大的盤子上，在半空中穿過餐廳，吸引了所有客人的目光。盤子上有十幾片肉，全都帶金黃色的皮。這壯觀的一幕讓我臉紅，吉米注意到了，有點得意地靠坐在椅子上。

吉米說：「真不賴。」皮底下的肉有點泛紫色。

媽對著她的酒杯說：「絕對夠某人吃了。」炒飯是我最愛吃的一道菜，但我死都不吃，拚命吃肉，吃到感覺臉都腫了。

離開時，媽在前廳一塊公布欄前停下來，研究上面的公告：寵物協尋、找保母、個人廣告及音樂課的傳單，全都附帶了一條條的電話號碼，在散熱器的熱氣中抖動。她撕下兩、三張號碼，塞進外套裡。爸媽離婚前，媽除了偶爾當當保母，從來沒工作過。上學日的早晨，她會愉快地叫醒我，開始一連串儀式——用力打開我的房門，擺出穀片和牛奶，熱車二十分鐘才開車送我去學校。直到來到銀湖，習以爲常的儀式停止了，我才注意到它曾經存在過。她以前喜歡找扁平的石頭來作畫——一個我很討厭的嗜好。海星很喜歡我媽畫給她的那顆石頭，她收在梳妝臺抽屜裡。比較寬的那一邊畫了一把小小的大提琴，她的姓名首字母成波浪狀繞在大提琴身。我辦公室的桌子上也放了一顆——扁平的灰石頭化身成一朵向日葵，其中兩片花瓣有一半被削掉了。爐子上方的架子上也放了一顆。媽打電話來時，我就把手機放旁邊，開擴音，這樣我可以一邊聽，一邊煮東西或拆郵件，公寓裡都是她的聲音。我很後悔我花了好多年的時間想逃開她；成功的那一刻，我就想要她回來了。我現在可以輕易說出口——我愛我媽。可是那一年，還有接下來五年左右的時間，我幾乎想不到這一點。我記得我有多討厭所有朋友都崇拜她——有時我希望她不是我媽，這樣我就可以很容易愛她，不費吹灰之力。

「看，居家清潔。」上了車，媽轉過頭來，揮著一張紙，對我說：「多謝你們這兩個孩子，我知道這是我很擅長的事。」我沒在聽。我只在意沒去上學的事能瞞多久。

那天晚上，我一直睡不著——這狀況好像跟銀湖脫不了關係。我把右手伸進睡褲的褲腰下，彎起中指去摸自己。一股震顫在我的下半身擴散開來，於是我更進一步抬高骨盆靠近手。我閉上眼睛，隨著手指移動，努力抹去在我心裡流連不去的東西；一團亂七八糟的色彩、煙霧、瑪莉娜指甲上碎裂的淡紫色，還有字詞，像是**爸**，像是**她**，像是**不**，然後是**對**，**好**，**對**，**對**，**對**。在這一團大雜燴裡，有隻肌肉結實、刺青的手臂，纏繞著頭髮，淡金色，但又好像是我的頭髮，一如在你是你也不是你的夢裡。我的頭皮發癢。

那感覺變強烈了，強烈得令人沮喪，汗珠從我上唇和太陽穴附近冒出來。我把被子掀開，褲子脫一半，繼續隔著內褲揉搓自己，充滿一種奇特而實在的確信，要是我停下來，即將要發生的那件可怕的大事就不會發生了。我轉頭看著窗戶，突然緊張起來，擔心遠在她家睡得好好的瑪莉娜，會**聽到**我，擔心她知道我在做什麼。我按得更用力了，但那種急迫感消退了，又變回剛剛的震顫。我把手拿開，用手掌蓋住眼睛。我的手指上有味道。我捏住上臂的皮膚，讓皮和骨分開一點。鬆垮。鬆垮。鬆垮又噁心。

彷彿有那麼一刻，我忘了自己是誰。我的身體讓我丟臉，尤其是私密的部分，我沒辦法拿別人來跟自己比較，好判斷那些部分到底正不正常。我知道海星喜歡用她爸媽房間浴室裡的活動蓮蓬頭讓自己高潮。但我無法複製她形容的那種強烈感——每次我跟她說我覺得我做了，我讓自己高潮了，她都自以爲是地看著我。她會引用我也讀過的那本女性雜誌這麼說：「妳**覺得**沒有用，要真的**知道**。」

我會說：「我知道我覺得有。」但她的表情還是一樣。那應該是什麼感覺？我通常在洗澡時嘗試，站著，眼睛閉得緊緊的。終於，經過千百萬分秒的痛苦，我會感覺到某種東西，在麻癢的邊緣徘徊，漸強的開端——然後，沒了。海星要我幻想，所以我想像Abercrombie海報上的男人，最後他們都會化成一排又一排的腹肌，多虧了我的專注力。那時候，我暗自相信，是我自己有問題。也許我在性方面發育不良，某個基本的東西一開始就長壞了。這種憂慮超越性的範疇，但在那方面又特別嚴重，因爲加上了強烈的羞愧感。我不知道這種羞愧感從何而來，也許跟爸媽有關，不管他們是相敬如冰，還是卿卿我我，我們家裡的氣氛多半由他們在臥房裡進行——或沒進行——的事決定，而那件事也給他們兩人帶來很多痛苦。或者，也許只因爲我是女生。

我起身到浴室，用很熱的水洗了兩次手，連前臂都抹了肥皀。回到床上，我還是甩不掉那種被看到的感覺。不知道從什麼時候開始，我已經根深蒂固地認爲，性，我的身體，不是我可以享受的東西，除非有個男人先享受了。如果我不夠性感，到目前爲止，我也沒有理由認爲自己夠性感，那麼我的身體有什麼用？我鑽進被子，拉起被單蓋住頭。跟很多青少年一樣，我總是擔心有人發現我做了壞事，實際上從來沒有人發現——或者說，沒有人像我一樣那麼注意我自己——時，那種訝異又是那麼矛盾，那麼沮喪。

所以我錯過了很多。關於瑪莉娜，尤其關於我的家人。我生命中占據我最多時間的三個人，到頭來跟別的事物一樣神祕。

第二天，我搭公車到學校——沒看到薩爾，雖然瑪莉娜說他都搭公車——在校門口附近晃了一會，等大家都進學校，我以爲會看到她，或者看到葛瑞格或小不點，那個瘦巴巴的女生，我只聽到他們叫她這個名字。

※

前一天，萊德在簾子後面忙完後，就去床上和瑪莉娜躺在一起。他們從瑪莉娜的糖果盒裡又拿出一根大麻。她拿到外面去點，回來後，他們兩個就和葛瑞格及小不點輪流抽。現在我知道，那天下午，我們其中四個人隨時可能把我們炸成碎片。瑪莉娜的預防動作，把大麻菸拿到外面去點，避免點燃角落那堆化學物品的碎屑，頂多只是半調子，就好像有人說某件事會害死你，你聳聳肩，還是做了。現在這些事，在我眼裡都是訊號——我想，她那時應該很清楚風險。

葛瑞格好像要把大麻菸往我這裡傳過來時，瑪莉娜一把抓過去，皺起鼻子對我笑了一下，我就這樣不在輪流順序裡了。我坐在床邊一張桌子上，拉起膝蓋靠在胸前，背靠在牆上。另一個選擇是和瑪莉娜及萊德一起在床墊上。她的一條腿塞在他的大腿和胯下之間，他的一條腿很舒服地勾在她腿上，使得他的膝蓋碰到她牛仔褲內側的縫線。他們的碰觸是那麼不假思索，那是我無法理解的關係。他的手環抱她的腰，沿著她的T恤往上走，手指在布料上翻江倒海。

我的眼睛該看哪裡？我從來沒有被親吻過，連男生的手都沒牽過，連海星都交過男朋友。看著他們，好像有點沒禮貌，但瑪莉娜是讓對話持續進行的人，不可能不看她。況且，故意不看不是有點幼稚嗎？好像我覺得很尷尬，或者更糟，很**在意**那件事。後來我站起來，解釋說我得在三點前回去，才趕得上來接我的車（我特別強調這句話，彷彿來接我的是比我哥哥更不尋常的人）。瑪莉娜茫然地把頭從萊德的胸前抬起來，只說了一句話：「好。」就又把臉埋進他的T恤裡了。葛瑞格和小不點還在專心忙那輛腳踏車。他們不知道鐵鏈哪裡沒弄好，踏板轉不動。

萊德說：「妳沒來過這裡。」他的眼睛是棕色的，很柔和，像牛的眼睛。

「對啦，對啦。」我說：「就算他們要把我的手砍斷，我也沒來過。」

小不點說：「哈哈。」她舔了一下手掌上的一塊油污，用手指揉搓。我踏出門外，讓一團困在裡面的煙逃進冷空氣。

第一個鐘聲響了，最後一批晚到的學生走進基沃尼高中。我繞到狗屋去，但幾乎立刻就離開，因為不想暗自窺看（**這名偷窺客是凱特**），等著沒有在等我的人。我比昨天更沒有理由去上課。因為，要是去了，他們很可能會問我週四為什麼沒去，然後媽就會被拉進來淌渾水了。不過昨天晚上從中國王自助餐回到家時，答錄機上並沒有留言。我暫時算安全了。

我往市區的方向去，把瑪莉娜帶我走過的路都走一遍。一切都像毫無順序的自由落體一樣發生。我以前也有過這種感覺，在機場，短暫的片刻，沒有爸媽同行的旅行。出軌的感覺，有一種頭暈目眩的快樂——我發現自己微笑了，於是收起笑容，覺得很丟臉，彷彿被人逮到了。

我在地平線咖啡館買了一杯黑咖啡，雖然爸曾教我，咖啡要加糖和奶精。櫃檯後的那個女孩子，頭髮染成番茄湯的紅色，在我點完後，饒富興味地看著我，不過很快她就沒有興趣猜測我的事，繼續看她的手機。我縮在窗邊座位上看《基沃尼新聞評論》的大標題——「售水岸豪宅」、「本地少年州長晚宴上獨唱」、「八十七歲安妮史旺寇斯基慟失十七歲孫子……」、「滑雪季全面展開」。

離開咖啡館，我晃到圖書館去，對著辦公桌在室內中央的圖書館員閃了一下我的康科德學院學生證，她若有似無地點個頭。我不知道有什麼別的事好做，有什麼別的地方好去。圖書館是個到處是灰塵的大空間，跟網球場一樣大。兒童區旁邊有一排電腦，面對一扇落地窗，外面就是馬路。我在一臺電腦前坐下，搖晃髒兮兮的滑鼠，直到螢幕活過來。電腦上方的窗戶結了霜，我盯著窗戶上自己的那張臉。倒影中的我比較漂亮。活在商店櫥窗、水窪、來往車輛的引擎蓋上、瑪莉娜瞳孔裡那個殘缺不全的我——那個女孩子潛力無限。

我在搜尋引擎上輸入貝琪的名字，但什麼也沒找到。我登入Hotmail信箱，點開爸寄來的最後一封信。那是將近一個月前的事了。我那時只瞄了一眼，因為唯一的一行字——**我的凱薩琳好嗎？想妳！妳看這臺新的掃描器品質多好！很酷吧？**——下面，是一張他和貝琪的合照。我的手放在滑鼠上微微顫抖。我上中學那一年，貝琪從格蘭瓦利州立大學畢業，這表示她頂多二十七、八歲。照片裡，她依偎在我爸身上，拿著一束醜花，一臉燦笑。從霓紅色的紋理，就看得出來那是爛花。染色染得很差，像咖啡館的那個女孩子，以為改變外表的某個重要特點，是讓自己更像自己。

某樣東西撞到我頭上方的玻璃後彈開。我愣了一下才領悟到聲音從哪裡來。我望向啪嗒啪嗒走遠的圖書館員。她毛衣上的貓對我眨眼睛，人工鑽做的瞳孔閃著螢光。又一陣咻咻聲吸引我的目光往窗外看。外面，就在幾呎外，瑪莉娜、萊德和葛瑞格形成一個三角形。萊德的左手拿著一把小石頭，應該是從圖書館樹籬附近的景觀區撈來的。他瞄準我的眼睛，把石頭丟在分隔我和他們三人的玻璃上。

我關閉信箱。我俯瞰自己站起來，身體離開椅子時，椅子轉了一下，人從大門走出去。這是我實際上做的事。但是還有另一個女孩，在我走出去時，安安穩穩地留在圖書館的電腦前。換句話說，我看到自己一分而二。

※

我們頂著中午的陽光爬上聖方濟教堂的階梯，一副**在星期二下午一點做這種事再正常不過**的樣子。進入大廳，他們三人都收起嬉鬧的態度，用手指沾了一下盆子裡的聖水，然後在身上劃十字。教堂裡空蕩蕩的，匯聚了斑駁錯落的漂亮光點，祭壇上，耶穌掛在一具十字架上，下巴垂在胸前，軀體緊繃，肌肉線條明顯，幾乎到有點猥褻的程度。我也把手放進水裡，然後用手指點一下額頭、肩膀、胸口、肩膀，搞不清楚要碰那個部位，順序又如何。我們跟在瑪莉娜後面，走在一條陰暗的通道上。萊德一直去捏瑪莉娜的臀部，她想打他時，他就繞著她跑。他第三次要去鬧她的路上，拉了一下我的頭髮。他的指節抵著我的衣領，發出密語。

我們走到一間體育館，亮得讓人瞇起眼睛。一小盒全脂鮮奶跨在半場線上，開了口，插著一根吸管。牆上掛了一排磨損的地墊，中間有個櫃子。我們把自己關在裡面。萊德拖動角落一個裝滿籃球的垃圾桶，底下是個活板門，門後是座通往黑暗的梯子。瑪莉娜說：「菜鳥先。」她看著我，一臉不耐。

走到最下面時，我伸長脖子看著那三張臉。他們三人，好像之前在圖書館窗戶外的樣子。一個三角形，瑪莉娜每次都在最上面。這個畫面，有多少是因爲我的角度而形成的錯覺？萊德用肩膀碰了她一下，她猶豫地對他笑了笑，消失在我的視線外。活板門碰一聲關上。

黑暗收攏，感覺要將我整個夾住。瑪莉娜的聲音起起落落，像附近公寓有鄰居在發脾氣的聲音，混合了笑聲。我身後，有東西在吐氣，油膩的風抵著我的耳朵，是打嗝的溫度。全世界沒有人知道我在哪裡。我伸出一隻手想穩住身子，但手指碰到蒙塵的表面滑了下去，什麼也沒抓到，我一個不穩，下巴撞到梯子。

我爬到上面去，死命用拳頭撞活板門，差點失去平衡。洞口湧進亮光，我手忙腳亂爬過去，心臟猛跳。

「哇，」萊德說：「我們只是去拿手電筒而已。」

我把自己撐上去，抓住垃圾桶保持平衡。瑪莉娜說：「抱歉。」她的氣息吹在我的皮膚上，是咖啡放酸的味道。「他太野了。」她拉起一小塊衣服蓋在拇指上，揉擦我的鼻子。「妳沾到灰塵了。」

這次萊德先下去，葛瑞格跟在後面。萊德消失在洞裡，同時發出陰森的顫音。

「我不要再下去了。」

瑪莉娜說：「他們那樣捉弄我好幾次了。有手電筒，就沒那麼恐怖了，我保證。」

我還能怎樣？拒絕他們的時機早過了。

我們走在地道裡，地面和牆壁都是水泥砌的。來自一排鍋爐的蒸氣，像呼吸一樣起落。葛瑞格和萊德各拿一支手電筒，光束在天花板上互相追逐，照亮了上面的塗鴉，都是些髒話、怨懟和不知所云的字句。瑪莉娜的手臂緊緊勾著我，緊到我們走到最下面時，我的手肘撞了她的身側一下。

葛瑞格說：「這裡是教堂的地道，跟聖方濟教堂一起蓋的。小學也是同一時間蓋的，當時是當作修道院。有了這個地道，冬天修女去教堂或者幫神父辦事時，就不會冷到了。」

「哦。」我把注意力放在瑪莉娜的手臂上，不去理會我看到的那些法衣，就在我們身後沒有燈的地方飄動。

萊德說：「辦吹喇叭之類的事。」

瑪莉娜說：「這裡就是我們的小學。我們的爸媽都不上教堂，不過我辦過堅信禮。」

萊德說：「是為了免費午餐，寶貝。挨餓的人必不至缺乏，天主教那一套。」

我說：「原來神學是你的強項。」

「囚犯說話了！」萊德大喊，把手電筒轉過來直接照在我臉上。「而她的話語，是何等尖銳啊！」瑪莉娜打他的手電筒尾一下，使得光束在牆面上亂跳。

地道穿過一道拱廊，來到一個房間，像是在某種谷地上挖出來的空間，更多沒有使用的引擎堆在黑暗裡。也許每個引擎裡都有個修女睡在裡面，雙手交疊放在胸前。「甜蜜的家！」萊德說著，拿起手電筒照一疊靠在金屬欄杆旁的毯子上。葛瑞格在裡面翻了一下，最後撈出一包多力多滋。鋁箔包裝接收到手電筒隨意移動的光眼，反射出閃光。他們在那裡做的事，跟我之前看到的差不多。瑪莉娜拿出一根大麻菸；萊德輪流恫嚇我們其他人；葛瑞格張大嘴巴，把多力多滋的袋子拿到嘴巴上搖晃，終結那包玉米片，手指頭在牛仔褲上擦了幾下，在膝蓋處留下一道髒兮兮的痕跡，儘管燈光昏暗還是清楚可見。這就是在一起玩。我忍不住一直拿我和海星做的事來比較。我們在指甲上畫精緻的圖案，互考對方的法文，拿樂器練習流行歌曲。我們活在陽光底下。我們是小孩子，他們不是。他們是青少年，我有點驚奇地明白這一點。

大麻菸輪了一圈又一圈，林木的味道滲入整個空間。沒人傳給我。我自己都不確定，我是怎麼讓他們清楚我對大麻的看法？瑪莉娜躺下來，把頭枕在我的大腿上。我伸長了腿坐，把膝蓋壓在地上，壓得我的肌肉都僵硬了，因爲我一放鬆，她的頭就會往下滑幾吋，靠近我的胯下。

葛瑞格問：「怎麼？妳就不去上學了？」

我說：「應該是吧。我本來應該從第三學季開始念，可是我沒去。我想根本沒有人注意到這件事。」

萊德說：「壞痞子。」我得意得全身發熱，即使我的腿因爲一動也不動而發痛。

瑪莉娜說：「她可是從**底特律**來的。」其實我不是，朋提亞克是郊區，而且糟糕透頂。但我沒糾正她。她的頭髮，髮根永遠油膩膩的，此刻披散在我的膝蓋上，她動來動去，頭髮也搔得我發癢。「好樣的，小姐，妳的腿好舒服，好軟，就像枕頭一樣。」她坐起來，對著我的臉狂吐煙。跟男生在一起時，瑪莉娜對我的態度不太一樣——她會跟我調情，幾乎帶點惡意，就像她跟他們調情一樣。

「妳擁有絕對的自由，卻去圖書館。」葛瑞格說：「這不是有點矛盾嗎？好像在說，**我不要去上學，我只要當書蟲**。」

萊德說：「笨蛋，有什麼關係。那裡的電腦都沒有存取限制。」

「對，我相信她一定充分利用那一點，盡情上色情網站。」
「我又沒說色情網站！誰說色情網站了？」
「你認爲我沒有，那不是有點性別歧視嗎？」我打岔，把瑪莉娜手上的大麻菸拿過來。我學他們，把那團青草味很重的煙雲憋在胸膛裡好幾秒，再用口水把喉嚨裡的搔癢壓下去，癢得我眼淚都流出來了。
葛瑞格說：「確實是壞痞子。」他的聲音裡有一種裝腔作勢的傲慢，彷彿他正用一隻手拿著茶杯，小指頭翹起來。
大麻菸輪了一圈又一圈再一圈。我亢奮了嗎？時間感覺像一滴掛在水龍頭邊緣的水，飽滿圓潤，但沒有掉下去。我好渴，渴到幾乎是奢侈的程度，我的舌頭太大了，喉嚨裡有一種古怪的味道，沾了灰塵的蘋果皮，差一點點就要變酸的味道。如果這就是亢奮，好像也沒什麼大不了的。我曾經猛喝含咖啡因的激浪（Mountain Dew），喝到比現在更失控。大麻菸換成了一個缺角的水壺（喝了一口之後，我呆呆地想，**哦！酒！**），立刻把我嘴裡的毛燒光，讓我的手指都鬆弛了。每次水壺傳到我這裡，我都接下，喝到連瑪莉娜都搖頭，口齒不清地說：「把那東西拿走。」最後葛瑞格把水壺倒過來，證明我們「玩完了」。
「不。」萊德哀號，出手打了一下葛瑞格手上的水壺，水壺穿過欄杆，飛過斜坡，哐啷落在下面某個引擎缸裡，最後不知去向。
「不——！」我也哀號。
我不害怕，不緊張，也沒在思考。他們在說話，可是那些話都只是聲音，就好像打開聲音倒放影片，所有人的話都是倒著說的。我不記得了。喝酒之後記憶一片空白，對我來說並不是罕見的事。有個理論說，酒精中毒的人停留在某個時刻，永遠十二歲，或二十一歲，或十五歲，也就是他們第一次喝酒的時候，沉溺在舊有的恐懼或欲望裡，人生的進展被挾持，由一排又一排的酒瓶所取代。那麼，在聖方濟的那幾個鐘頭，就是開端，也是停止的地方。

我對那天下午最後一個鮮明的記憶，是關於瑪莉娜。她靠近我的臉，嘴巴貼近我的下巴，尋找我的唇，還有她的舌頭，有點生，有點太濕，有點好笑，就在我開始想到可以形容這件事的字——親吻——時，她的動作化作一聲大笑，吹進我體內，直到那笑聲從我的喉嚨冒出來，逸出我的嘴，彷彿她的笑是我創造出來的。還有一種味道，像是用指甲刮樹枝，刮到綠色的樹肉露出來，這時殘留在指甲裡的東西。我的初吻，是我據以評估其他吻的依據，至少接下來幾年是這樣。我的第一口酒。

後面，我什麼都不記得了。

你有沒有試過，從你以爲永遠睡不著了的那一刻，到張開眼睛，蜜糖般粉紅的朦朧晨光充滿房間裡的那一瞬間，把這兩者間的時光清楚地劃分出來？在A點和B點之間，你存在，你**活著**，你的氣息變慢，體溫降低，在你家寒酸的房子上方的天空裡，月亮一點一點挪移，家具的影子也隨之變長或縮短。是說，如果你眞的在那裡的話。每天晚上，什麼事都可能發生，而你永遠不可能更聰明。我想說的是，那天，我學到了一件事，時間不屬於你。你擁有的只有你記得的。一小部分；甚至更少。

※

我在黑暗中醒來。有張書桌，牆邊一盞燈的形狀，一張搖椅，很快我就開始把事情拼湊在一起。後來的日子裡，醒來時不知道自己在哪裡的時候，我總是先想到其他一樣迷失的清晨，必須一路掙扎穿過那些糾結的回憶。這種時候，腦海裡經常浮現的就是在瑪莉娜家的那個清晨。我在床上，一張毯子拉到膝蓋，蓋住我的腳，有人就睡在我旁邊幾吋。對方的氣息在房間裡拉鋸。我只穿了胸罩，用一隻手（這隻手，與其說是我的一部分，更像是一隻**慌張的**動物）探查，發現我還穿了一條短褲，褲檔的地方是開的，像男人的四角褲。我的（？）內褲還在。右腿有點痠，尤其是翻身側躺時更明顯。我實驗性地壓了一下臀部下面的皮膚，一股刺痛讓我立刻縮手。我不覺得累，但渴得不得了。我的嘴裡出了可怕的事；很可能我死了，然後又不知怎麼地醒了過來。

黑暗裡，瑪莉娜的頭髮閃著銀光，彷彿串了金銀絲線。一條鑽石花紋的汽車旅館被單，一路蓋到她的肩膀，所以她只露出頭，和兩條肌腱明顯的手臂環繞著枕頭。她總是趴著睡覺。後來的夜晚，我們喝得太醉或太累，有一搭沒一搭地說著話，到再也說不了話時，她就會換成這個姿勢。這樣我就知道她不跟我說了。她本來大手大腳仰躺，盯著天花板，或者蜷縮著身子側躺，跟我面對面，最後總會換成這個姿勢，後來我慢慢知道，這就是她真的要說晚安的意思。翻身趴著後，她會把左腳的足弓勾在右膝外側，舉起雙手放在頭上方。像個跳彎曲動作時跌倒的芭蕾舞者。她一直有口臭。跟她睡的夜晚，每當她翻身時，我總是鬆了口氣。

我坐起來，把她身上的被子拉開。

「呣。」她悶在枕頭裡喃喃說話，雙手伸到兩旁，把被子拉回去。「妳還活著。」

我低聲說：「什麼狀況？」

「妳爛醉了，喝到流口水。葛瑞格得背妳回來。」

「我的腿受傷了？」

「對，妳爬梯子的時候掉下去。」一堆旋轉的影子，上面有一方炙熱的燈光，一條繩子劃過我的手，又快又燙，不管我怎麼努力都抓不住。

「我們在哪裡？」

「我家**啊**，不然妳以爲在哪裡？」

「我得回家去了。」

「別急，我都處理好了。我用妳的手機發簡訊給妳媽，說，**在隔壁過夜**，她回傳，**玩開心點**，還加了一張眨眼圖，所以妳可以繼續睡。我還好心幫妳設定鬧鐘，因爲妳必須在早上八點以前回到家。拜託不要讓那鬼東西響，因爲今天是星期六，我不是那樣活的。」

「妳怎麼知道我媽的電話幾號？」

她翻身。「小蜜桃，拜託，妳的電話簿裡寫了**媽**啊。現在我們可以睡覺了嗎？我感覺快死了。」

「我好渴。」我的感覺簡直稱得上雀躍，一種耶誕節早晨的興奮。我從沒來過她家。然後，在雀躍的心情後面，潛藏著一種冰冷、病態的恐怖。我不記得自己活著的那段時間有多久？我做了什麼？

「水在樓下。盡量小聲一點，薩爾很淺眠，要是他起床，我也得起床了。」她翻身繼續趴著，抬起兩隻手。

我滑下床，在她的包包裡摸了摸，找到我的手機，走廊跟兒童的溜滑梯差不多寬，似乎只是爲了區隔瑪莉娜的房間跟另一個房間。門有裂縫，剛好可以看出一個人影，我想那就是薩爾，睡在一張攤開的躺椅上。我爬下梯子，進入放了好幾張沙發的空間。大部分的天花板都在穀倉橫梁處挑高，沒挑高的部分，也就是我下來的地方，像是臨時搭蓋的閣樓，隔出兩間臥房。另一個房間就隔在這處天花板比較低的地方。對面角落，有張凌亂的廚房流理臺，占據整個牆面，被隔著後門上的窗戶照進來的驅蟲燈照亮。我小心翼翼走到廚房，生怕不知道會踩到什麼，所以腳抬得特別高。最近的沙發裡有個人體動了一下，發出沙沙聲，我一動也不動，數到一百，才繼續前進。爸說數到一百人就會睡著了。

水槽裡的盤子都滿出來了。櫥櫃幾乎是空的，不過我在高層架子上找到一個塑膠碗，用來接水龍頭滴下來的水，痛快喝下，再繼續裝滿。每喝一口，前一天的事就慢慢進入我的思緒裡。瑪莉娜說我流口水。她是開玩笑的嗎？還有最後那一幕，像蝴蝶一樣在我的記憶邊緣飛舞，那是什麼？我們**親吻**了嗎？我得離開這裡。

黏在我赤腳上的碎石子，磨著油布地板。我的鞋子呢？還有我的T恤，我的背包？我試了一下後門，很輕易就開了。看到門開了，我才發現我以爲應該會拴得緊緊的。評估了一下兩棟房子之間的距離，還有通往我們兩家共用的垃圾桶架的那條積雪步道，我決定衝了。我往身後瞄一眼，瑪莉娜的爸爸一定是聽到了我的聲音，正站在廚房邊他那間小房間的門口，視而不見地看著我，臉上有一種精神病患的警戒。

我衝出門，不管門重重一聲甩上，應該吵醒了薩爾，連帶也吵醒了瑪莉娜。赤腳濺起雪花，手臂、胸口、肚子、腳趾頭的皮膚冷到發痛，彷彿身體凍到神智不清。

那時我已經猜到，瑪莉娜的爸製造甲安[1]，而且是在我們兩家後面的軌道車裡面做。我不記得她曾經直接這樣跟我說過，但那就跟我知道海星的爸爸在醫院工作一樣。父母的職業，正如跟他們有關的每一件事，既噁心又無聊，與其說甲安讓我害怕，在我的記憶中，我更覺得它很廢。儘管如此，那天早上看到瑪莉娜的爸爸時，我想到他很可能做了一些我無法想像的事。

我打開我們家的前門，很慶幸門沒鎖。沒穿鞋子的腳因爲跑過髒雪而紅通通。我直接走進淋浴間，站在流水下，把水溫開到會燙人的程度。我一直待在浴室裡，直到媽來敲門，大叫說我們得走了。

※

我把自己塞進媽那輛車的副駕駛座，腳邊放了一個桶子，裝滿了海綿、藍色清潔劑和鋼刷。頭上的痛楚有點不眞實，卻又越來越痛，彷彿我的頭顱裡塞了太多海綿，正在不斷擴張。

原來這就是宿醉。

「我蹺掉演講課的那一天，並沒有想到自己會逼近四十歲還沒有學士學位。」媽說：「當然

1 Meth，甲基安非他命、冰毒。

也沒想到會爲了錢去幫人打掃房子。」

我說：「還有住在銀湖。」

她打開收音機。誰知道親吻會這麼濕？也許只有瑪莉娜是這樣。我實在不敢想下去。

「還有住在銀湖。」媽同意我的話。

我們沿著密西根湖開，前往科勒爾斯普林斯，這是個迷你版的基沃尼，也比基沃尼有錢。下了高速公路，我們開上長長的車道，來到車道盡頭一個四層樓房的封閉社區。汽車收音機裡一首排行榜前四十名的歌顫抖發皺，那是瑪莉娜絕對受不了的垃圾歌。**Baby, I'm—on my—owwwn**。媽只念了七個月的大學。這件事我聽過幾百萬次了。高中時她是個瞇瞇眼女孩，在班上名列前茅，好成績和眼鏡必定掩蓋了她的美麗。是密西根青少年交響樂團的首席小提琴手。申請上密西根州立大學，主修英文。她本來想當老師。可是她開始不安分了。就像她說的，念了那麼多年的書之後，還要再念四年，讓她很想把自己的皮剝掉。我算過了——她退學時，她肚子裡的吉米應該只有兩、三個月大。我們搬到銀湖後沒多久，媽就報名當地社區大學的學分班，修了兩門核心課程。她應該主修護理，還是念一般課程就好，當作繼續念碩士學位的好基礎？吃晚餐時，她這樣問我們。她會說：「你們不知道，我眞的很聰明。我是有選擇的。」我不懂她那些計畫的重點。有什麼意義？她想要什麼？她是媽媽；她怎麼能當別的？

雖然不再說話，媽的臉上還是有一種緊張、搜尋的表情。她喜歡講過去的事，尤其是喝了一、兩杯之後。至於有沒有聽眾——子女——就不一定了。那個年紀的我，總愛批評她、隨便打發她，跟我在一起一定很難過。後來，我發現自己一再回顧銀湖，正如我在銀湖時，一次又一次回想我們在朋提亞克的老家一樣，我不禁疑惑，難以放下過去，是不是我們的家族遺傳，像長壞的甲狀腺一樣。

她靠在方向盤上，說：「我們要找二〇四四號。」她鼻子上的毛細孔很大。我們慢慢開過二〇三八號，那棟房子的屋頂積了雪，一扇大窗戶懸掛在宏偉的雙扇門上面，像一只昏昏欲睡的眼睛。收音機的靜電干擾變得很嚴重，然後又慢慢消除。所有的房子都上了鎖，空無一人。跟密西根大部分地區的冬天一樣，這個社區散發出沉船的氣氛——建築物半埋在雪裡，以逃生之名被拋棄了。

沒有想到，二〇四四，一棟藍色屋瓦，到處都是窗戶的城堡，是我們到目前爲止見過最大的房子。車道上積了厚厚的雪，當我們要把車子停到車庫時，車子費力地發出轟轟聲。媽刻意裝出精神抖擻的樣子，跳下車，從門邊吊掛的一盆常春藤裡摸出鑰匙。連車庫在內，這間房子其實是兩棟建築——主屋，以及後面一棟比較小、比較靠近湖邊的屋子，兩棟簡直一模一樣。比較小的那間是我們的模組屋的兩倍大，而且還有二樓。

我指著那間問：「那間也得打掃嗎？」舉起手時，我的頭一陣搖晃，困在腦袋裡的脈搏隨之暈眩。我的心跳從來沒有感覺這麼微弱、這麼含糊。

媽說：「如果那是客房，就要打掃。」

我們把清潔用品拉到屋裡去，本來應該不困難，但因爲每走一步，我的腿就痛一下，還得特別小心不讓媽注意到我畏縮的動作，整個動作變得很彆扭。要是被媽發現，她一定會想知道發生了什麼事，她又很會推斷出事實，最後我一定會洩漏整件事，然後就永遠也別想出門了。打開大門，裡面是個寬敞的空間。牆壁對面是整片俯瞰湖景的玻璃。每樣東西看起來都很乾淨，只是空氣裡有一種封閉的味道，彷彿屋裡某個地方有一朵花枯萎了，死在自身的污水裡。

媽說：「我的媽呀。」她是灰姑娘，站在大理石地板上，金髮用頭巾束起來，穿著黑色運動緊身褲，手上拿著一條抹布。這棟房子有三層樓，中間一個中庭，就像高一那年我去芝加哥參加合唱團比賽時住的那間旅館。不管在哪一樓，都可以站在類似陽臺的地方，看到下面的起居空間。我們在屋裡各處穿梭，瞭解狀況。「這就是有錢人，啊？」

「妳再說一次，他們給妳多少錢？」

「一個鐘頭二十塊，扣掉妳的份後是十六塊。所以，親愛的華生，好好享受妳的甜蜜時光吧。」

十二人座餐桌組的每張椅子，都是用一種像豹的奇特動物的皮做的。時薪二十元好像很少。我其實不太清楚我們家的經濟情況有多慘，有沒有瑪莉娜、萊德和葛瑞格他們家那麼慘，或者像楓樹旅館的房間那麼慘。那間爛房子的貸款，有三分之一是吉米付的，而每個月一號和十四號，我的贍養費支票入帳時，媽永遠都是一副開開心心要去採買日用品的心情。她申請的學生貸款，超過學費所需，也跟我說過，我那雙新雪靴，要感謝政府的「回扣」。幾天前，在格林大賣場，我把一盒冷凍披薩放進推車裡，兩秒後就被媽拿出來，她說一餐花掉五點九九元有違人道精神。

媽消失在一道迴旋梯上，去樓上的房間。牆上幾顆羚羊還是麋鹿的頭，眼神呆滯地看著前方，還有一張黃色的長毛地毯，也是某種動物的皮，攤在兩張L型皮沙發中間的地上。這間房子的主人都是嗜血的凶手。我脫掉鞋子，把腳趾頭埋進毛皮裡摩擦。

茶几上，有個鑽紋雕刻的罐子，裡面裝滿了生杏仁。我從來沒吃過一整顆生杏仁。我把蓋子拔開，抓起一把杏仁，丟了一顆到嘴裡去。杏仁在牙齒的壓力下裂成兩半，釋放出甜甜的感覺，某種熟悉味道的反轉，彷彿我一向只從回聲和手勢知道的東西——杏仁巧克力軟糖的內餡，加油站的焦糖咖啡——現在我終於找到源頭。杏仁留下一層粗粒在我的舌頭上。我一直吃。現在，生杏仁的味道，就是那間房子的味道，別人成功的味道。那是偷來的味道。對我來說，杏仁吃起來，永遠跟錢一樣。

還不到一小時，我就在主臥室的浴室裡大吐特吐。雖然我在三樓，媽在樓下用菜瓜布刷爐面，還跟著鄉村電臺唱歌，我還是打開水龍頭，讓水聲掩蓋嘔吐的聲音。杏仁也湧上來了，小小的粗粒哽在喉嚨。瑪莉娜的臉，腮幫子上閃著微光。她有化妝的習慣，還是皮膚本來就這樣？毛玻璃，出太陽的日子，把雪球拿到眼睛前，看到的就像這樣。她的手指黏黏的，在我的下巴上躊躇前進。

我像贖罪一樣努力打掃，做到手臂痠、眼睛被灰塵刺痛，做到嘴裡有清潔劑的味道，做到思緒都漂白褪色。媽檢查我的成果，但其實不需要——我看她做了這麼多年，每個星期還負責做一些家事，做了十年，早學會了。我把沾了清潔劑的抹布一角扭緊，擦過每個檯面的細縫；我半跪在浴室地上，膝蓋不舒服地換邊跪，連最小的毛髮都不放過。等到媽和我終於完工，太陽已經溶進湖裡，把整個宇宙變成宛如末日的粉紅。

我站在前廊看著荒蕪的社區，媽一路拖地往門口退出。我的手指幾乎伸不直，顱底沿著脖子往下，有一條線繃得很緊。很快就要天黑了。密西根的黃昏天空就是這麼轉變的；先變成粉紅，然後過幾秒，就是一片黑藍色的墨色。鎖好門，媽把拖把夾在腋窩下，再把房子的鑰匙放回常春藤盆栽。這麼大的房子，把四、五個我們家的房子放進去，還有剩餘空間，卻大半時間都沒人住。我還是相信，在那一刻，我還沒有做任何決定。

我發誓。

⁂

媽和我回到家沒多久，瑪莉娜就來了。我正在沙發上看書。每隔兩、三頁，我就戳一片布利乾酪來吃，配上椒鹽餅乾，把中間味道重又不怎麼好吃的奶油挖掉。這兩種奇怪的食物都是我從豪宅裡偷來的。我還偷了一把杏仁，塞在外套的內袋。媽說可以拿乳酪和餅乾，因爲等赫德森家人來，那兩樣東西早就過期了。沒人敲門，門裂開一條縫，瑪莉娜的臉，臉上有個問號，好像在說，**可以嗎？**我一放下書——一本破爛的《塊肉餘生錄》，上頭有酸牛奶的味道——她就一陣風似地進來了。

瑪莉娜沒打招呼，直接對媽說：「妳看起來總是這麼漂亮。在認識妳之前，我不知道媽媽還是可以那麼辣。」

媽說：「眞會說話。」她站得更直了，彷彿剛剛被澆了水。瑪莉娜不太有規矩，但爸會說她是贏家。我總覺得沒禮貌的人才會像她那樣突兀，可是對她感興趣的東西，她會賦予突兀一種輕快、明朗的特質。要是她感興趣的東西剛好是你，那感覺再美妙不過了。只是，當她關注的光束移開，像探照燈一樣搜尋下一段地平線時，感覺好糟。她在紐約會很吃得開，那裡有好多人都努力培養熱切又瞬間淡漠的氣質。

到了我的房裡，她跳上床，把腳踢高，腳踝相交，準備閒聊。彩繪過的牆壁讓我的房間活潑起來；我們自以爲很聰明，叫它「智庫」。有時候，她會打開我的房門，扯開喉嚨大唱：「我住在一盒顏料裡。」我關上門，祈禱她不會提起親吻的事。我幾乎不記得了，但是那模糊的細節殺傷力就夠強了，即使只是在記憶中（萊德和葛瑞格在笑，瑪莉娜的額頭撞到我的鼻子）小心翼翼靠近，足以讓我的身體啓動恐慌模式。

她說：「妳還滿能喝的。」她把玩別針，轉了一圈又一圈，轉到衣服都捲起來了。她的口氣很隨意、很輕鬆——也許關於那個吻，她記得的比我還少。

我躺在她旁邊，回答：「是啊，連我自己都不知道。」

「妳眞的沒喝過酒？我好像記得妳說過這句話。」

「沒有，除非喝一口我爸的啤酒也算。」

「眞屌。妳灌那瓶酒，就像灌一盒果汁一樣。像個行家。」瑪莉娜喜歡說髒話。我有一次聽到她跟我們的合唱團老師說，不要「噴到她的褲子上」。她出口的髒話多過好話，我想她是用那種方式來反抗自己的漂亮。我以前覺得那是天底下最荒謬的事，但現在我想我瞭解了，像她那樣的美，是怎麼把人圈起來，讓生活變得越來越小，直到所有人都認爲那就是妳的全部。

「大麻菸讓我好渴！」

「眞有理由。下次，要記得我們其他人。還有，拜託，想喝多醉是妳的自由（prerogative），但是不要在聖方濟喝成那樣，還得有人背妳上去。」

我說：「Pre-rog-a-tive。」她把 prerogative 唸成 perogaty。

「什麼？」

「那個字應該那樣唸才對。」

「妳是認真的嗎？」她說：「妳剛剛糾正我的發音？我用錯字了嗎？」

「呃，不是。」

「妳是想證明妳比我聰明？」

「不，我只是——」

「妳是個勢利鬼。」

「我很——」

「妳很抱歉？我很抱歉。妳這習慣眞糟。」看我沒再說話，她也不再咄咄逼人，也許是瞭解到我覺得很慚愧，這也是事實。「算了。現在我眞正需要妳做的，是當個女孩子。可以嗎？就當個愛八卦的笨女生？」

「呃，當然好。」我坐起來，擺出傾聽的姿勢，臉還是紅的。我剛剛的行爲，怎麼就不像個女孩子了？

瑪莉娜的問題是這個：她和萊德不再做那件事了，至少，在他們沒有嗑藥喝酒精神恍惚的時候，不再做了，最糟的是，她並不在意。她不**想念那件事**。可是她還是喜歡擁抱親吻之類的，那不是很奇怪嗎？她還愛他——她一直都愛他。我的意思是，除了跟他有關之外，她甚至不知道愛是什麼——連說這種鳥事，她都覺得很糟。有沒有可能，他們已經漸行漸遠了？這些對她來說都是可怕的背叛。要是她有一點點感覺，他也曾經想過她說的這些事，她就把他的老二切下來給波特吃。

我說：「這樣好像不太公平。尤其是波特應該會很高興萊德沒老二。少一點競爭。」

她假裝嘔吐。「妳覺得萊德也在想這件事，是吧？我已經很難因爲他而興奮了，卻無法忍受他不再爲我瘋狂，怎麼會這樣呢？」

「我聽到我媽跟她的朋友說過，她跟我爸好幾年前就不再做了。」我好想問她性是什麼樣子，但又不想讓她知道我還是處女，除非她用看的就知道了。男人對她做了一些事，她也對男人做了一些事。她怎麼會知道要做什麼，又是什麼時候該做，而他做的事代表什麼，那些事是她想要的嗎？會有人對我做那些事嗎？

「唉唷，沒有人的**爸媽**還會做啦。那不是他們離婚的原因。他們會離婚，是因爲他們受不了彼此，而且很可能其中一方正在上別人。」

「應該是吧。」

我說這句話的樣子，洩漏了我的心思。也許是我不敢看她。也許是才剛開口，我的聲音就破了。

原本趴著的她，一下子翻身坐在床尾，雙腳晃來晃去。

「哇。妳受到很大的打擊吧？」

「不是那樣的。」我的眼睛開始迷濛，我不能再說了，但我辦不到。「我只是想回家。」幾滴眼淚順著我的鼻子流進嘴裡。至少我努力了。「最討厭的是我不知道那到底是什麼意思。」

瑪莉娜靠過來，用指節把我臉頰上的眼淚擦掉。「沒關係，痛快哭一場吧。」她抱住我。我像一塊木板般朝她倒過去。她的手指梳過我的頭髮，從頭皮一直梳到髮尾，這是我媽幾乎不再做的動作。我想都沒想，癱軟靠在她肩上，最後把臉埋在她的脖子，哭到渾身顫抖。

瑪莉娜說：「嘿，我在這裡。」

媽敲門。我從椅子上跳起來，轉身面對門。

她說：「兩位小姐。」

我們回答：「嗯。」

她走進來，把我緊張的態度和浮腫的眼睛，還有瑪莉娜僵硬的姿勢都看在眼裡。

「瑪莉娜，親愛的，我很歡迎妳留下來過夜。」媽說：「需要打個電話給誰之類的嗎？」

瑪莉娜說：「不用，沒關係。」

「好。」媽看了我們一秒。「那我要睡囉。」

✲

一等到媽房門下的那條縫變黑，瑪莉娜和我就紮起營來。她找遍櫃子，翻出一罐豆泥和一罐貓食罐頭大小的青辣椒粒，這兩樣都不是我們會吃的東西，很可能是跟著房子一起來的。她把兩個罐頭裡的東西和成泥，抹在烤盤上，再用一層美國起司片鋪在這坨咖啡色的稀爛東西上，送進沒預熱的烤箱。

「唉唷。」她說，然後把電源打開。「有喝的嗎？」我打開冰箱，拿出一加侖裝的全脂牛奶，假裝一口灌下，然後氣絕身亡。瑪莉娜笑得張大嘴巴，醜得要命。她笑彎了腰，捶打大腿，沒發出笑聲，只有一連串的喘氣聲。我們都冷靜下來後，瑪莉娜又翻了一次食品櫃。最下層的櫃子裡放滿了盒裝的風時亞夏布利白酒，打從我有記憶以來就是媽的夜間飲料。「妳媽真的很喜歡這種白酒。應該有一百盒吧。」

瑪莉娜把兩個超大塑膠杯倒滿酒的同時，我整理了一下酒盒，好讓少掉的部分沒那麼明顯。我的腹部有一股油膩、緊張的感覺。不能說是討厭。每次跟瑪莉娜在一起時，我的神經都繃得很緊，一種處在暴風眼裡的感覺。媽沒有理由不信任我，而且她每次去雜貨店都會買一箱。梅傑大賣場特價時，她甚至會買四箱。我被逮到的機會微乎其微。我想像我們打打鬧鬧，把媽吵醒，發現我們喝醉了；媽偶然整理食品櫃，注意到酒少了；媽聞到烤箱逸出來食物的味道，突然驚醒，以爲房子著火了。可是我還記得——晚上十一點，媽在沙發上睡著了，吉米和我搖她的肩膀，想把她叫起來。他們離婚之前，某個週六晚上，爸還沒回家，吉米和我在她房間外面的浴室大吵一架。睡著的媽都沒起來，一直睡到她甘願爲止。我挪動風時亞酒盒，遮掩空隙。我們不會漏餡的。

我們來回兩趟，才把酒盒、杯子、豆泥和一條蘇打餅（取代我們沒有的墨西哥玉米片）搬到客廳。我們解決掉所有食物——沒有我預期的那麼難吃，尤其是第一杯酒下肚之後——還喝了夠多的酒，足以放膽靠牆倒立。不知道過了多久，我的頭猛力撞到茶几，以至於隔天早上，我的太陽穴腫了一塊，有剖半的乒乓球那麼大。瑪莉娜吐出一串驚惶的胡言亂語，聽起來好像法文。我費力把自己撐起來，坐在電腦前的椅子上，打開數據機，瑪莉娜斜倚在沙發上。螢幕亮起時，我發現已經凌晨一點多了。

我把最後一點豆泥抹在蘇打餅上，輸入電郵的帳號和密碼，希望能收到爸寄來的隻字片語。什麼都沒有。我打開一封空白郵件，希望我夠清醒，可以數落他沒做好的事，希望我知道如何用文字描述我內心那個可怕的宇宙，好好解釋一下。收到我三更半夜寄給他的信，他會擔心嗎？

瑪莉娜伸長一條腿越過沙發扶手，用腳頂我的手肘，讓我的手在鍵盤上晃動，同時命令我：「注意看我。」

「好啦，好啦。」我說著，關閉瀏覽器。

瑪莉娜咬著一片餅乾，問：「如果要自殺，妳會怎麼做？」她的一隻手臂勾在頭後面。白色的指尖捲過來抵著下巴。

「溺死。像那個作家，叫什麼名字的？維吉妮亞．吳爾芙。口袋裡裝滿馬蹄鐵之類的。」

「溺死！太可怕了。那一定是最糟糕的自殺方法。要耗好久才會死。」

「不，就像結冰一樣。」我轉一下椅子，表示強調。「剛開始會痛，也許妳會後悔，但那只是一下下。然後就變得很平靜，妳只想要睡覺。」

瑪莉娜盯著天花板上的風扇，說：「我想我會用槍。不然就讓自己嗨到最高點。Pfft。像榮耀的光輝。」她用力踢我的椅子，讓我越轉越快，差點跌到地上去。

我說：「妳知道我討厭誰。」我又刷了一次收信匣，還是沒有爸。

「我猜猜看。」

「他現在留了**小鬍子**。」我說：「我討厭他這一點。我討厭貝琪簡直只有十二歲。還有討厭主日學下課時，他晚一個小時十分鐘來接我。討厭我遺傳了他可惡的眼睛。還有可笑的酒窩。」

「妳知道留小鬍子不能算是討厭人的理由吧？其實大部分的事都不算。我討厭我爸，是因爲他把我們的錢都花光了，害我得去跟鄰居要東西吃。」

我說：「小鬍子當然算數。那樣很變態，那是一個象徵。」其實我知道這樣很幼稚。然後，擔心自己壟斷了聊天的主題，我問：「妳呢？」我以爲她會先說波特——我們越來越熟，我預期她會解釋波特這個謎團。「誰在妳的厭惡名單上？」她坐在那裡吸著冰塊，沒講話。「誰啊，瑪？」

她把冰塊吐回酒杯，說：「瑞特納先生。我一年級的科學老師。」

「不是波特？」

她說：「他無害啦。」雖然喝醉了，我也知道她在說謊。「瑞特納先生一天到晚在學校裡繞著女生轉。當初他會選這份工作，很可能就是因爲這樣。」

我說：「是喔。」

她說：「瑞特納先生，因爲他對我很好，因爲他讓我覺得我很特別，比其他人都還要好。剛開始感覺好像自己贏了什麼，他也很清楚，因爲之前從來沒有老師注意過我，除非是記錄我缺考之類的事。他喜歡在教室前面看著我，好像在說，**嘿，我注意到妳了**，我眞的相信是那樣，以爲我是眞的對**科學**很在行。」任何女孩子都可能遇到這種事；也許就是這樣，她才比較喜歡說這件事，而不是波特的事。有一天，她在用品櫃裡找燒杯時，瑞特納先生把手滑進她的牛仔褲後面的口袋。她離開現場，結果那門課得了個D，雖然嚴格說起來，她是應該得D，因爲那學期後面的課她都沒再去了。我們因此特別討厭瑞特納先生。

沒有多久，她就把重點從犯罪行為轉到伸張正義上。她花了很多時間，描述瑞特納先生應得的懲罰——在他的陽具上綁隻老鼠，吸引隼衝下來把他的蛋蛋咬得稀巴爛，超有創意。瑪莉娜是正義之士；罪行讓她鬱悶。她想把水煮蛋的蛋黃換成一小包陌生人的精液，拿給對不起她的男人吃。我們想要他們被殺害、肢解、存在冰櫃裡，然後不小心被他們的親兄弟吃掉。可是，在那幾個月裡，我們無聊時就數落男人對我們犯下的罪行，罵得義憤填膺，她卻從來沒有講到波特。她編造的那些誇張、陰森的暴力，有多少其實是為他設計的？

提議把瑞特納先生頭上腳下泡進一缸腐蝕性酸液裡之後，瑪莉娜說：「我不知道耶，這些辦法在心理上好像都不夠痛快。」

「妳說的對，他對妳做的，更像是玩弄妳的心。他就跟我爸一樣。我媽說這種人是操縱人心的高手。」

「搞什麼？」吉米說：「現在是凌晨三點。」他站在客廳門口，電視的藍光照在他的臉上。

瑪莉娜坐起來，說：「嗨。」她把胸口的餅乾屑拍掉，拉了拉上衣。

我問：「工作怎麼樣？」

「就是工作。」

「好極了。你可以走了。」

「要是我想看電視呢？」

我哀號一聲。瑪莉娜挪過來，整個人貼近我，留下整整兩張沙發墊的空間給吉米。儘管空間那麼大，他還是在她身邊的墊子上坐下，盤起右腳，以致於他的足弓和她的大腿弧線只有一線之隔。

她把遙控器遞給他，問：「你想換別臺嗎？」他小心翼翼接下，彷彿他們傳遞的是易碎物品。我想他們應該沒碰到對方——瑪莉娜窩在扶手椅邊，而吉米坐在沙發另一邊，占據了很不成比例的空間。可是當夜晚往清晨傾斜的那一刻，我們終於起身要去睡覺時，他喊了她的名字。

他說：「瑪莉娜，晚安。」

她在沙發附近逗留，對他說：「你也晚安。」

我從打開的浴室門口對她喊：「妳需要牙刷嗎？」以這個時間來說，聲音太大了一點。如果他們還說了什麼，我都沒聽到。

※

瑪莉娜唯一持續去上的課，是合唱團，所以在我蹺課的平日，下了公車或吉米的車後，多半跟她在狗屋會合，然後繞行大約四分之一哩的路線，市區、楓樹旅館、聖方濟的地下室都在途中，還有盡頭有個大燈塔的防波堤，我們在那裡抽菸和大麻，有一次還分享一顆神祕的藥丸，是瑪莉娜在他們家吃飯用的乒乓桌下面發現的。我們在網路上查了半天，再加上瑪莉娜對藥丸的種類和用途的廣泛知識，都無法讓我們辨識那白色的小圈圈，大約有鉛筆的橡皮擦那麼大，沒有標籤。我們在上午十一點把它吃掉，四十五分鐘後，我們確認那是顆搖頭丸。那天接下來的時間，我們就待在聖方濟教堂，用瑪莉娜從帽子上拉下來的一條線劃過手臂上的血管，同時爭執天堂這回事。瑪莉娜相信，我不相信——這是在搖頭丸開始在我的血流裡吶喊、在我的指尖上放煙火之前。我認爲，天堂不應該是種概念、心態嗎？我們不是應該努力在這裡擁有天堂，而不是寄望不可靠的未來？況且，那個未來，我們可能是蟲，也可能是非人世的某種存在，眞要認眞想的話，那也是一種天堂。我們就這樣討論了好幾個鐘頭。等藥效漸漸退了，我們兩人都躺下來，頭歪向對方，碰在一起，這時，我問她性是什麼感覺。「有時像是體內深處，譬如肚子，癢癢的。」瑪莉娜說：「有時痛得要死。我也有過什麼感覺都沒有的時候。那就是只是性，凱特。感覺就像性。若要給它打分數，像奧運一樣，我會給它三點五分。四分吧。」

她沒蹺課的日子，我就在圖書館或書店等她，等到合唱團或三角函數——這竟然是她第二喜歡的課——下課。我從來沒有把自己的曠課跟爸爸的行爲連在一起。他曾經假裝去上班，實際上呢，去找貝琪，這是當然了，不過很可能還有很多時間都花在消磨時間的蠢事上。我發現自己就在做這些蠢事。在咖啡館盯著窗外看，同樣的十個街區走了一遍又一遍。這是個小鎭；我之所以沒被逮到，是因爲沒人知道我是誰家的孩子。

在沒上課的漫長日子裡，基沃尼既是我們的囚牢，又像是某種遊樂園——任何一刻都可能開啓一趟歷險，因爲，對這個沒有發展的小鎭來說，我們兩個不是太大、太美、太狂野嗎？這兩個女孩子，認爲只有她們允許時，別人才看得到她們；在傑西潘尼百貨公司裡鬼鬼祟祟，出來時衣服底下穿了六層內衣；偷溜進酒吧，彎折衣架伸進菸品自動販賣機，設法弄出一盒或二十盒的百樂門；解開綁得好好的狗；勸四十五歲，住在自助洗衣店樓上公寓的佛瑞迪．狄克森喝他的水菸壺底部的黃水，害他往窗外吐，我們急忙爬下他的消防梯，一路驚聲尖笑；操德國口音點複雜的咖啡飲料；在楓樹酒吧的洗手間裡幫對方剪頭髮，萊德的媽媽要我們爲那一團亂負責時，無辜地裝傻；把偷來的丁字褲綁在鎮中心公園的長椅上；在街角唱慢版的廣播歌曲給經過的四名行人聽；拿起法國麵包店外的垃圾桶裡的隔日可頌，大吃特吃，因爲他們不肯給我們吃；在每間進得去的公廁牆上塗寫敵人的名字；只說兒童黑話[2]，再不然就是一句話也不說，只用眼睛和手勢，用只有我們兩人懂的信號溝通，搞得萊德和葛瑞格快瘋了。我們太太太**無聊了**，無聊到駭人聽聞、近乎悲劇。我們不該得到更好的待遇嗎？我們不是這個地方有史以來最特別的人嗎？

嚴格說來，思鄉不再是一種病，但它曾經是——十七世紀的瑞士醫師約翰尼斯・胡佛（Johannes Hofer）用拉丁文*nostos*（家，也可以說是回家）和*algos*（痛）給這種毛病取了名字（Nostalgia）。這種病會導致自殺，引來幽靈，出現無形無影的聲音，逼得受折磨的人因渴望而瘋狂。

強烈的憂愁，不過只針對某個對象或地方。發病病例多半出現在特定季節——通常是秋天——還有聽到特定歌曲時。河。土石流。加州。鄉村道路。動漫遊戲和弦進行。最好唱吧。*Nostos algos*。**我想回家**——這個句子困成一個迴圈，我隨時都聽到，入睡前、排隊買咖啡時、按下電梯按鈕往上爬升回公寓時，擔心這幾個字成了我的幸運石，然而我的渴望並未跟特定的地點相連——不是銀湖，不是瑪莉娜，不是爸媽也不是吉米。我想回家，我想回家，但我的意思，我想抓住的，不是一個地方，而是一種感覺。我想回去。可是回去哪裡？也許是回到我第一次

2 Pig Latin，以特定規則改變發音的語言遊戲。

聽到史蒂薇．尼克斯的時候，回到膝上攤開著一本平裝書，看著窗外的雪落下的情景，回到初嚐酒精滋味前的那一刻，回到處女狀態，而且並未眞的明白萬物皆有一死的那一刻，回到相信美好的事物仍在前方等待的時候，回到我做出某些把自己困在現在的人生之前的時候。我有時會後悔這樣的人生，我想，只因爲這是我的人生，因爲結果變成這樣，而不是別的樣子，因爲我不能回去，改變會發生的事。因爲她而發生的事。

Nostos algos——家痛，我核心深處的痛。

所以，正如各位所見，很快，就在幾個星期內，她成了我最好的朋友。她告訴我，我是第一個腦筋跟她一樣靈活的人，懂得她說的怪話、她的玩笑、她發明的粗鄙髒話，還能加上我的創意，精益求精。最好的朋友是神奇的事，就好像在水中找到一根樹幹殘枝，可以讓你永遠活下去；又或者是一片獨角獸聚集的田野；或是前一刻站在衣櫥裡，下一刻就到了覆雪的森林。我並沒有要把這份友誼視爲理所當然，維持這份友誼，需要奇特的巧合和懇切的承諾——不管有沒有說出口。每天我都有所犧牲，只是在當時，我並不覺得那是犧牲。我根據她的樣子重新定義我自己，直到我們成爲完美的團隊——她的衝動與勇敢；我的算計與警覺；她的危險，我的可靠；她的漂亮，我的可愛；她的嗨，我的醉；諸如此類的事。我跟收銀員問路時，她去偷戒指、精裝書、一雙男鞋；然後，等換班後，另一個人來値班，我就拿回去換現金。我喝拿鐵，因爲摩卡是她的最愛。她唱歌，我和音。她金髮，瘦得跟電線桿一樣，我棕髮，近乎圓圓胖胖。我們兩個，組成一個完美的女孩。

有時我會害怕——發現精品店天花板有監視攝影機時；警車繞著公園外圍巡邏，我們躲在涼亭裡，而瑪莉娜口袋裡的大麻味道那麼強烈，我相信就算關著車窗，警察也一定知道；當她跟波特約在船塢，要我去走一走，半小時、一小時後再回來時，尤其是我偷偷提早回來，看到她跨坐在他的大腿上，整張臉是個超大的假笑，那一整天接下來的時間她都不太愛說話，躲在自己的世界裡，手伸進口袋裡撥弄新到手的那包藥丸，人在心不在，不論我多努力呼喚她回來。有時候，波特走過來，她的整個身體會關閉，就像進入睡眠狀態的電腦；幾個鐘頭後，她會突然在對話中狠拍他的名字，彷彿那不過是隻昆蟲。現在我認爲，她眞的拿不定主意；她感覺掌控權在自己手上時，波特是一回事；她利用他拿到藥丸，爲了得到好處，這裡那裡親一下，他什麼事都願意做，而她亢奮時，那些事都沒有眞實感。可是自己一個人或跟我在一起時，我認爲她想到波特就害怕得要死，而且——對瑪莉娜這種知道如何跟恐懼共存的女孩子來說，這一點更糟糕——覺得丟臉。我想這就是她沒辦法告訴我的原因。她不要我看不起她，而在那段時間，我做錯了很多事，最糟糕的一件事就是，我讓她覺得，如果我知道了，就會看不起她。

我從來沒有說不要，沒有停下來，也沒有逼她告訴我到底是怎麼回事，甚至也沒有考慮要回學校去，尤其是一旦明白沒有人會注意到我到底有沒有去上課之後。那些日子如此重要，充滿刺激，把未來和過去都呑噬掉。我會從眼角看著走在前面半步的她，她的臉頰紅紅的，嘴巴上有歡笑曲線，然後我就知道了。要是我放棄瑪莉娜，我會永遠把某個重要的東西留在她那裡，某個屬於我的東西，而我永遠也拿不回來。

那時的我如此相信著，而事實證明，結果眞的是這樣。

紐約

第三杯馬丁尼已下肚。優惠時段的酒吧，座無虛席。我中午吃了輕食。一根香蕉。一碗蔬菜湯。服務生過來時，我又點了一杯。同時也拿了帳單過來。要是結了帳，就比較不容易再點一杯。現在馬丁尼喝起來也沒什麼味道了。

我喝掉那杯酒，在不知不覺中幾乎吃光那碗附送的花生。其他座位都有人，只有我這邊的沙發還是空的。一群二十多歲的女人下來，坐在所有空的位子上，獨獨放過我占據的那張。也許她們是想保持禮貌。或者以爲我在等人。她們一頭披肩長髮，大部分穿著牛仔褲，長度到大腿的排釦外套，昂貴的絲質T恤。我近得可以聽到她們的對話。**不好意思，可是**，最高的那個每次說話都從這句話開始。攤靠在扶手上的那個對老公不滿，一而再、再而三地跟大家解釋她爲什麼生氣，每一個版本都多一點細節。有一個喝得比其他人都快，一直招女服務生過來；另一個打從一進來，就喝著同一杯半滿的白酒，高度始終如一、沒有改變，讓我焦慮。瘦的那個用手指挑三角形的白乳酪吃；她右邊的同伴用叉子戳半透明的青蘋果切片。每個人都一直看手機。最漂亮的那個對著杯子喊了一句：「胡扯。」在對話又繼續之後，抬頭看著其他人，用眼神問了一句她說不出口的話。

一個女人對其他人說：「她簡直就是著魔了。」她講的是某個懷孕的熟人，我盯著她們，笑得好大聲，她們突然都注意到我了。她們對彼此露出驚恐的微笑。

我說：「不過妳說得很對。」可是這句話說出口，效果完全不對。她們其中一人噗嗤一笑，表示善意。確認我已經簽了驚人的帳單加上了小費後，我穿上外套。

之前，想跟某個女人交朋友時，我們通常會約在酒吧。陰暗的燈光，多樣的酒單，可分著吃的小盤料理。我們會點優雅、昂貴的東西，跟對方確認彼此的選擇。漂亮的鮪魚圈，用刀子一碰，晶瑩的生魚片就攤開在盤子上。厚厚的佛卡夏切片，麵糰裡揉進了迷迭香。像性、烹飪和難看的電視節目，像吃，像日落之後還存在這個世界上，我已經很難說話不配酒了。過了一會，一個鐘頭吧，要是氣氛不好的話可能更快，我會開始注意到她如何打斷我的話，一直說她自己的事，或問我一個又一個問題。注意她如何點第二杯酒——我點第二杯酒的時機，通常是在她的那杯喝完之前，或者等她準備好喝第二杯，或者她完全不喝酒時。注意她怎麼吃，餐巾紙鋪在大腿上，小心地把一部分食物挪到她的盤子，或者她是不是一開始就很自在，用手指拿起來吃。還有她傾聽的能力。提到她的伴侶、最後一個上床的對象時，口氣如何。她在不在乎我的想法。無論是顏面抽搐，喜歡做手勢的、坐立難安的、愛咬嘴唇的、怕眼神接觸的，還有我一見面立刻欣賞的那個女人，講到激動時會靠得太近，會把手放在我身體上她碰觸得到的地方，想藉由碰觸讓我聽懂她的意思，一視同仁。我注意所有細節，並且漸漸可以看到她最好的朋友的輪廓，她學習模仿的那個女孩。對很多女人來說，成長需要兩個人。要辨識另一個人留下的標記，並不難。

到了外面，我搖搖晃晃地站在門口附近。街燈發出朦朧的亮光。整個世界是個圓圈，逐漸縮小，而我站在中間。這個圓圈的半徑很短。我掏出手機，拿在手上過馬路到華盛頓廣場公園，坐在噴泉口。

響第二聲時，薩爾接了。他說，喂，哪位？是問句。我必須很專心，不讓子音融化成母音。我說，是你。我喝得夠醉，要假裝我們兩個有通電話的習慣，並不是問題。他聽起來沒有像語音信箱裡的聲音那麼老。我幾乎把這個感想說出來了。我感覺像是近距離在看自己跟他講話。很容易就說出口，我當然記得你，我很高興你打給我，明天，沒問題，六點可以嗎？聽起來很不錯，我很期待，明天見。然後，我的聲音有點顫抖，能跟認識她的人談談她，會很不錯。我傾身靠向電話裡的沉默，經過一陣明顯的暫停，「是啊」這句話終於來了。是啊。

我掛上電話，把明天晚上約的酒吧地址傳給薩爾。那地方在我的辦公室附近，也有咖啡和茶。他為什麼聽起來有點勉強？她一定會樂見其成。我們兩個，經過這麼多年，經過風風雨雨，又更加證明她的魅力持久不墜。

公園裡都是人。三個漂亮的女孩子，大約十九、二十歲，穿著高跟鞋嗒嗒走過，短髮俏麗；我看著她們把空氣裡的粒子都吸過去，也吸引了所有經之處所有人的目光。過了一會兒，我站起來離開，不過沒有人看我。

密西根

我以高中輟學生的身分短暫過了幾天的五年之後，在一所學院的英文課上，我學到亞里斯多德的故事結局規則。我看到自己，穿著膝蓋裂開的牛仔褲，跟我媽坐在萊西校長的辦公室裡，嘴裡咬著一支比克牌原子筆。年輕得叫人生氣。我怎麼能騙過自己，以爲從第一段就追著我們的殺人犯，最後不會眞的殺掉某個人？儘管事實上，從頭到尾我都**知道**。既驚訝又毫不意外——還有什麼更好的字眼，可以形容發現自己置身謊言的感覺？

事跡敗露的那一天，媽看了我貼在冰箱上的課表，算好時間，在我結束**世界史**，進入**午餐時間**的那一刻，她也剛好餓了。她開車到鎮上去，在殼牌加油站附設的辣鮑伯義大利餐廳的外帶車道買了一個五塊錢的披薩。她當然沒有什麼行動計畫，手裡拿著披薩盒，在自助餐廳周圍繞了三次，最後傳簡訊給我：**帶辣鮑伯來學校，不管妳在哪裡快出來！**幾分鐘後，她到大辦公室去問能不能用廣播叫我。我想接下來就是相聲常見的一段雞同鴨講，媽堅持我從學期一開始就來上學了，而坦利太太（負責出缺勤的職員）更明確肯定我從來沒出現，而我的缺席讓她一度推測，我們沒有完成轉學程序。

我一收到媽的簡訊，就請萊德載我到鎮上去。我只說我必須去見某個人。剩下到學校大約半哩路程，我像個蒙冤的烈士，挺直了背一路走過去。

媽說：「我就說她會出現。」坦利太太把我們拉到萊西校長的辦公室時，媽的信心動搖了。我們在坐立不安的沉默中，等待相關的大人把咖啡杯斟滿，並且把椅子排成半月形。萊西校長刮鬍刀過敏產生的泛紫色疹子連臉頰都不放過。除了他和坦利太太之外，我們還得對一個忙著記錄的鷹勾鼻女人（介紹時，她說：「老天，叫我雪兒就好。」）解釋。她不是心理醫師，只是社工。

坦利太太要我說明，蹺課的那六週期間我做了什麼。我說：「我去了圖書館吧，還有到處走。你們可以去問圖書館員。」不知道她還記不記得我待在那裡的兩個鐘頭。

媽問：「可是爲什麼呢？」

※

那天稍早，我跟瑪莉娜和萊德在公車站碰面。我知道那天一大早就會見到萊德，特別用心搭配衣服。我的牛仔褲膝蓋處裂開，上衣是吉米很多年前的一件格子襯衫，對我來說太大，但又不會過大，我在襯衫和黑色托高內衣交叉的地方用安全別針扣緊。有幾顆釦子掉了，我也用安全別針取代，因爲我注意到，瑪莉娜比較喜歡快速的固定方式，而不是縫死，所以常用釘書針或別針來處理衣服。萊德開著廂型車爬上通往銀湖的白色山坡，公車像毛毛蟲一樣在後面慢慢往上爬。

瑪莉娜打開置物箱，拿出一個花生罐，丟給我。她那件桃紅色的棉洋裝從腰部散開。洋裝底下，她穿了一件牛仔褲。沒看到釘書針或別針。

萊德盯著後照鏡裡的公車，說：「小心拿。」最近這兩個星期，瑪莉娜和萊德處在**分手期**，這是她的用詞。前一天他們關係冷淡、互相生氣，第二天又打情罵俏，熱絡到不理其他人。今天，算是介於中間。

瑪莉娜說：「錢、錢、錢。」

萊德糾正她：「我的錢。」

罐子很輕。我把罐子打開，它前世擁有的花生醬都已清空，不過還有一股淡淡的花生味。罐子內部塗了黃土色，所以從遠處乍看之下，會以爲裡面還有花生醬，只不過是顏色深了一點的腐敗花生醬。罐子裡面有兩個塑膠袋，都大到裝得下兒童的牙齒矯正器。我把一個袋子拿出來，捏著夾鏈處，舉到車子沾了鹽的窗戶前。紫色的結晶看起來像沒有棍子的彩色冰糖。幾乎算得上有趣了，只是我沒那麼笨。

瑪莉娜說：「邦尼爆彈。」

「這是甲安吧？」我知道我從來沒有把**冰毒**這兩個字說出口。瑪莉娜和我總是避開這個詞。「爲什麼是紫色的？」

萊德模仿我的口氣說：「**甲安？**」也許我用錯字了。他們說**冰毒**，或**安仔**，或者，戲謔地稱之爲**窮人的古柯鹼**，可是用那些詞，會讓我顯得更廢。「對，那是**甲安**。只要幾滴食用色素就好了。都是爲了行銷。效果還是一樣屌，不過我可以讓人以爲，只要做成不一樣的樣子，就會更厲害。」

瑪莉娜說：「而且他賣得更貴。因爲，雖然沒什麼，但看起來很誘人。」

「現在我知道你們所有的祕密了。」他們夠信任我，才讓我一起來——我很感激，甚至幾乎覺得榮幸。他們要我做什麼，我都願意。

萊德說：「我好害怕。妳明白妳這樣算是共犯吧？」

「哎，她不會說出去的啦。」瑪莉娜說著，從座位上轉身給我一個**萊德是白癡**的表情——眼睛吊到眉毛上，嘴巴皺起來。「小蜜桃會守口如瓶。」

我問：「邦尼？」**共犯**？

萊德唱起歌來：「我愛你，你愛我。」他的聲音也很好聽。「紫色恐龍，小博士邦尼，知道吧？葛瑞格覺得，買的東西跟童年記憶有關，人會覺得比較安心。我認為人買毒品因為那是毒品，可是最好的毒販會三不五時放鬆一下箝制，讓奴隸們以為自己有掌控權。所以就弄出邦尼來了。」

「葛瑞格知道你說他是奴隸嗎？」

瑪莉娜說：「不知道。因為萊德主人只有膽在我們兩個弱女子面前說這種話。」萊德哈哈大笑，一隻手去弄亂她的頭髮，另一隻手繼續操控方向盤。我永遠看不出來，嘲弄是會惹他生氣，還是逗他發笑；我看過他為更小的事暴怒過。但是不管是生氣還是發笑，瑪莉娜好像都不在意。

我把塑膠袋丟回花生醬罐裡，把蓋子轉到再也轉不動，遞給瑪莉娜。她把罐子放回置物箱。摸過袋子之後，我的手指感覺很古怪。我摩擦指尖，想看有沒有任何粉塵或殘屑留在我皮膚上。**共犯**這字眼挺不賴。

我們經過市區，萊德和瑪莉娜跟著一首以前的鄉村歌曲哼唱，歌詞很搞笑，跟烤肉污漬有關。每次瑪莉娜啪一聲躺在我床上，坦承他們的分手又破功了時——她會嘆口氣，說，我們**又**親熱了，可是那沒有任何**意義**——我就會有一點點嫉妒。在他們感情冷卻的那幾個星期，有個念頭偷偷溜進我的腦袋。如果瑪莉娜沒跟萊德在一起了，那表示他可能會開始喜歡別人。這個念頭揮之不去，而每次他特別關注我，它就會繼續膨脹。就像現在，他的高音沒有她熱切，她要他換歌時，他等我同意，才說好。

離開基沃尼市區沒幾哩路，我們轉進一條死路，像我和媽常去打掃的那種豪宅，順著一個環形車道整整繞了一圈。瑪莉娜和我在車子裡等，萊德下車去敲門。十七歲的萊德，體重大概不超過六十五公斤，站直了也沒比瑪莉娜高多少。沒穿上衣的他，露出結實、健壯的肌肉，一半是動物，一半是男孩子。瑪莉娜的身體，我的身體，坐下來時，我們的肚子會像手風琴一樣折起來，而我們兩對乳房——她的小而寬，乳尖像好時水滴巧克力，我的比較大，比較**可笑**——之間的差異，幾乎就像上帝或者別的什麼，懶得給女人的身體設計一套藍圖，隨便什麼都好。看著萊德時，你不會想像他是別的樣子。看我自己時，我能看到上百萬種不同的可能性。那裡少一點肉，胸部提高一點，膚色深一點，換個髮型，有陰毛，沒陰毛。哪一種最好？他最喜歡哪一種？

他貼平手掌，再敲一次門。

瑪莉娜說：「我最討厭沒人應門。我總認爲，這表示他們報警了。」

萊德從口袋裡掏出電話，拿到耳邊。他紅棕色的頭髮凌亂地貼在脖子上，側站著時，只能勉強看到那顆眼淚形的胎記淡淡印在顴骨上。遠遠看，那個胎記給他染上一抹傷心的氣息，在他慢慢靠近時，會變成別的東西，具有野性的東西，彷彿他是一盆水，再過一下下就要沸騰。他又敲了一次門。

門打開一條縫。萊德嘴巴動了幾下之後，門整個打開。兩個跟吉米差不多年紀的男人站在門口，都穿著Polo衫，領子豎起來，其中一個拿了一疊現金，跟萊德交換花生罐，臉上帶著吃屎一樣的傻笑。

瑪莉娜說：「兩個富家子。」

那兩個傢伙消失在他們的城堡之後，萊德站在那裡數錢。他把錢折好，塞進口袋，回到車上。整個交易只用了兩三分鐘。連有錢人家的孩子、大學生，都買甲安。我已經不再覺得那是應該害怕的東西——那些人在他們的大房子裡也吸甲安，這讓這件事顯得更稀鬆平常了。

這一點，當然，又是另一個錯誤。

我們去接葛瑞格（站在小七外面，手插在口袋裡，一臉慘紅），他帶著一股冷風衝進後座，坐在我旁邊，然後我們就去塔可鐘（Taco Bell）。萊德去櫃檯點了有二十五個塔可餅的派對分享餐（我只見過一次眞的有人點這種餐，是康科德足球比賽時，有個家長帶來的），和四杯超大杯汽水。他拿一張五十元的紙鈔付錢。我很餓，可是只准自己吃一個塔可餅——我不想讓萊德和葛瑞格看到我像豬一樣大吃特吃。上午的緊張刺激讓我三八起來；我用吸管朝瑪莉娜噴了一口激浪。

「**賤貨！**」她大叫，把我的塔可餅壓在辣椒醬裡。

店員過來，跟我們說我們有兩個選擇是「閉嘴或者去別的地方胡鬧」。

※

雪兒說：「妳覺得自己在社交場合有多焦慮？」她把手肘放在膝蓋上，一副我們是正在交換祕密的閨密似的。她的瀏海垂到眼睛裡。「妳的家庭生活有那麼多變化，妳感覺很沮喪嗎？例如沒有人關心妳的想法或者需求嗎？不關心妳，凱薩琳，的**感覺**？」

我說：「我做了很糟糕的決定。」剛剛咬的那支原子筆的墨水，在我的上顎擴散苦味。

媽說：「她以前從沒有做過這種事。我眞的很意外。這不是凱西。她眞的不是這樣。」

雪兒甩一下頭，一種無聲的不滿，同時看著媽，像是在說，**妳當然會這樣說啊**。

坦利太太一個字一個字慢慢地說：「妳讓她自己說，這一點很重要。」

從她的角度看我自己，幾乎有耳目一新的感覺：一個受盡傷害、焦慮不安的女孩子，而不是一直以來拍馬逢迎的完美主義者。我必須誤導他們，盡可能遠離我這段時間的實際狀況。不只是爲了我自己，也是爲了瑪莉娜，爲了萊德，甚至爲了葛瑞格。爲了**我們**，我發現自己這麼想。我還能怎麼辦？

所以，我當然說謊了。

※

爲了省麻煩而說的謊很微妙，是邊說邊發展的，因爲這種謊唯一的目的是爲了保護事實——也就是，我在蹺課期間曾跟著瑪莉娜去販毒。應該是吧？或者，我喝了太多酒。這種謊未必需要很優雅，不過確實需要使出魔術師的障眼法，也就是把對方的注意力吸引到手上，不讓他們注意你的袖子，才不會看到你把卡片藏在那裡。例如，我不看連恩的眼睛，問他今天過得怎麼樣，然後直接去浴室沖澡。那一天，我描述我喜歡在鎭上做什麼，我怎麼躲在書店和圖書館的書庫裡，手上有點錢時會去哪裡喝咖啡。我一直說一直說，說得越多，他們相信我這段期間做的事，和我眞正做的事，兩者的距離就會越來越遠。說謊感覺像伸展肌肉一樣。原來，我還挺在行的。

※

回家的路上，媽都沒說話。一停好車她就立刻下車，把我留在副駕駛座上，引擎鏗鏘等待冷卻。周圍的空氣漸漸銳化，最後變得跟外面的溫度一樣。瑪莉娜他們家有燈光，不過車道上沒有車。薩爾在家，不過很可能他是一個人在家，即使他這個年紀還需要有保母。我盯著後照鏡裡的自己，直到天色變暗，我的手也麻木了。

屋裡，媽在跟爸講電話。媽跟爸講電話的聲音非常明顯，一聽就知道。她的字句很清楚，好言相勸，彷彿是想談筆交易，同時又想裝酷。我小心壓著前門，讓門幾乎無聲地卡進門框，脫掉鞋子和外套，躲進走廊的陰影下，避免引起媽的注意。她沿著中島流理臺繞圈，對著聽筒吼叫。我拿起掛在浴室附近牆壁上的無線分機，帶進房間，把櫃子門拉開，推開一排涼鞋和夏天的Keds鞋，把自己縮在最角落，然後按下談話鍵。

「你可以假裝你現在要的這些都只是某個階段，可是我現在告訴你，瑞克，這是不對的。你知道凱薩琳會做這種事嗎？你女兒無所事事、逃學，天曉得去哪裡鬼混，然後還完全也不在乎後果，這樣你一點也不擔心嗎？」

「我不知道這怎麼會是我的錯。每天在她身邊，應該管好她的行蹤的人又不是我。」爸說：「她是個聰明的孩子，犯幾個小錯沒關係。不要因爲妳想吸引我的注意，就把這件事情鬧大。」

「老天，重點不在我們。」媽說得咬牙切齒：「重點是你的女兒。你眞正的女兒，不是那個讓你的老二濕黏的中年危機。」

爸說：「看吧，妳就是這樣心口不一。」**讓你的老二濕黏讓你的老二濕黏**，這句話在我的大腦一遍又一遍尖叫。

他那頭有個女人的聲音。媽說：「眞是夠了。」

我掛掉電話。

※

那天晚上，我大概發了十幾封簡訊給瑪莉娜，說的都是驚慌的蠢話。**我需要跟妳聊**一下，**我媽瘋了，救救我，妳在哪裡**，諸如此類，沒頭沒尾的隻字片語，因爲我那時太激動了，完全沒意識到自己的行爲。深切而巨大的孤獨感，被誤解的感覺強烈到宛如天翻地覆。這麼痛的感覺什麼時候才會停止？它要帶我去哪裡？十五歲時，世界一次又一次再一次結束。這麼年輕，簡直是一種自殘。沒有先見之明，又自以爲是，然而還是要爲自己的錯誤負責。就這麼精確地記起我的**感覺**有多強烈，有點嚇人。現在，要是世界眞的結束了，我想我也麻木了。

我塞了兩根菸在胸罩裡，挪到兩只乳房的中間，再把濾嘴塞在胸罩互扣的位置。我想喝一杯。我想要某種東西。到了穀倉後門，敲門前，我先隔著窗戶瞄一眼。瑪莉娜和他爸在沙發上，薩爾在他們兩人中間。他們正在看那臺爛電視上的某個節目。我沒敲門就離開，自己一個人在兒童攀爬架那裡把兩根菸抽完。他們家裡沒有地方給我坐。回到家，媽正在洗澡，我拿了一個高杯倒滿酒，拿著酒回到房裡，鎖上房門，把耳機線插在CD音響上，聽瑪莉娜燒錄的合輯——平克·佛洛伊德、威瑟樂團、很多首珍妮絲·賈普林和妮科·凱斯——我把聲音開得好大，我的思緒、身體，都化成了聲音。

⁂

在我最早的記憶裡，爸和我坐在食品儲藏室的地上，膝蓋互碰。他在幫忙我整理罐頭。我還不識字，所以我們用顏色、名稱長短和罐子大小來分。藍色罐子放最下面，紅色的大罐子放最上面。我們把鮪魚罐頭放在一個高圓桶裡。把所有罐頭拿出來，又重新整理好放回去之後，他一把抱起我，放在他的大腿上，讓我前後搖，可是搖得超級快，跟搖嬰兒不一樣。他抱著我站起來，抱得好緊，壓得我的肋骨都往內彎，壓到所有雜音都從我的體內跑出來。他把我放下來時，我的胸部有一圈隱隱發痛。我愛妳，他說，我最愛妳了。

⁂

第二天，吉米沒有讓我在校門口下車，而是把車開進停車場然後熄火。他說：「我跟妳一起進去。」一層鹽漬在儀表板上形成雪花。小時候，我相信，沒有我的允許，誰都看不到我。爸媽親吻我道晚安之後，我會偷溜到樓下，站在客廳角落，他們在看電視，媽的頭躺在爸的大腿上，爸的手垂放在媽身上。我在陰影裡移動，把自己塞進牆壁和扶手椅背之間。螢幕的光在我的書頁上閃爍。一直要等到爸媽關掉電視，回到他們的房間裡安靜下來，我才會悄悄回到樓上。屋子裡好黑，我感覺自己也跟著化成一片黑暗，就像周遭一切什麼顏色都沒有。

我拉下化妝鏡，不理會吉米不耐煩的悶哼。當個還沒入學就惡名昭彰的學生，是什麼感覺？我看起來很不一樣。我的眼角下面有一抹黃色，往顴骨的方向褪變爲紫色。我的頭髮披在肩上，中分，剛好平均垂在眼睛兩邊。沒有髮夾，沒有化妝，下巴上有一片小顆青春痘。鬧鐘響了之後，我在衣櫃裡翻找了半個鐘頭，試穿一套又一套衣服，最後從衣架上拿出一條牛仔褲和有密西根州字樣的運動衫。我曾經以爲，有穿衣服的自由是基沃尼高中少數的優點之一。

「快點。」

我忿忿地說：「好了啦。」

我從座位上滑下去，跳過一只泡在爛泥巴裡的手套。吉米低著頭，雙手插在外套口袋裡，走在前面幾步。一走到大廳，他簡直是用拖的把我拖進辦公室。坦利太太從電腦前抬起頭來，說：「凱薩琳，請坐。」牆邊一排髒兮兮的椅子，我挑了最乾淨的一張坐下。吉米用兩根指頭對我敬個禮，爸的風格。他正要離開時，辦公室的門開了，搖響門把上的一串鈴。是瑪莉娜。我看著吉米那張臉。

瑪莉娜說：「鮑勃西雙胞胎[1]。」

她靠在坦利太太座位的隔板上，直到腳踮了起來。瑪莉娜對她說：「妳好，我來了！」一如往常，沒穿外套。她身上那件黑色洋裝的背部，一直到肩胛骨下都是挖空的。發青的血管交錯在

---

1 《*The Bobbsey Twins*》，美國著名童書，作者 Laura Lee Hope。

兩片肩胛骨之間。

「我看到了，喬伊納小姐。」坦利太太說：「雪兒等一下就會來找妳。」

瑪莉娜用大得嚇人的聲音唱：「愛過之後，你還相信人生嗎？」然後一股腦坐在我旁邊的椅子上。她身上有淡淡的貓便味。吉米已經走了。

「呃，我真的不認為我夠堅強。」我說：「可是？」

瑪莉娜大笑，比她平常的笑更放鬆、嘴巴張得更大。她的凱特笑。她把一綹頭髮纏在手指上，塞進頭頂鬆掉的髮結。四個像點畫一樣的瘀青沿著她的脖子一路往上，每個都跟二十五分硬幣一樣大。

我低聲對瑪莉娜說：「我不知道妳要來。」

「我才不會讓妳一個人來。」瑪莉娜從托特包裡拿出一本黃色便條紙，寫下：**這裡會是我的葬身之地**。那本便條紙看起來好像泡過水，再放到電暖器上烘乾過。我的麻煩已經夠多了，所以我不敢回寫，只設法對瑪莉娜點了一個只有她會注意到的頭，表示**我也是**。雖然不太可能，但我相信坦利太太一定會看到那本筆記本。瑪莉娜翻到新的一頁，畫了一個女孩子，被來自四面八方的箭攻擊。她在下面加了一句，**至少在我的葬禮上，雞舍會美得不得了……那件衣服**。我接過她的筆，草草寫下**地衣＋牙線＝那件運動衫**。

瑪莉娜取下胸前的別針，也就是她一向帶在身上的那個，放在大腿上打開，雙腿交叉，擋住坦利太太的視線。她倒出一顆藥丸，快速丟進嘴裡。我在紙上寫，？？？。她回我，**頭痛**。然後用筆刺那幾個字，刺到紙都破了。

現在呢？我正在寫時，萊西校長從辦公室裡探出頭來，對我點點頭。

瑪莉娜說：「別漏了蛋蛋。」

我用嘴形說：「去妳的。」同時把背包掛在一邊肩膀上。

我坐在一張跟萊西校長的辦公桌相連的沙發上。他的頭上方有扇窗戶，可以俯瞰足球場。儀樂隊的隊員一個接著一個，在雪地裡形成一個N字形。萊西校長雙手手掌壓在桌上，用他那雙水藍色的眼睛緊盯著我的眼睛。他正講到魚——說牠們遲到了，開學好幾天才來到他的辦公室，剛開始很小，然後越長越大，沒做功課，被**雜草**絆住，交了狐群狗黨。他的檯燈旁有張照片，是個紅髮的豐滿女人。我一直忍不住想像那個女人在校長室中央，跪在他面前的樣子。我眞想把瑪莉娜殺了。汗珠在我的上唇震動。他一邊說話，我一邊摳下巴上的青春痘，摳到血染紅了我的指尖。N字形散開，變成方塊，擴大又縮小。在這麼遠的地方，儀樂隊聽起來就像一頭氣喘的大象。「然後，砰。」說著，他的手掌重重拍在木頭上，嚇了我一跳。女人的照片正面朝下倒了。他把照片立好。現在我直接與她視線相交了。下跪的畫面又冒出來，我解開交叉的腳，換邊交叉。「接下來妳就發現，我手上有了一頭虎鯨。」

我有點認眞地說：「眞是不好意思，我不認爲那是我。」

「妳在前一所學校的平均學業成績是多少？」

「三點八七。」

他吹口哨。「三點八七。三點八七。凱薩琳，妳想上大學嗎？」

我不假思索地說：「想。」

他說了一句這是個「大大錯」之類的話，而那個字從他口裡說出來，讓我想死。他雙手拍一下，然後互相摩擦，發出窸窸窣窣的聲音。他跟我在康科德的導師談過，那個老師說我是個「星級」學生。由於她的證詞，再加上我一年級時的好成績，我只要課前或課後留校察看一個月，配合各科老師要求補交作業，然後每兩週跟雪兒見一次面，討論我的適應狀況，以及我想到的任何問題，就能彌補我這段時間的缺席。校長還提了一個附帶條件，關於做出能反映我的潛力的選擇。我犯了個大錯，但無論觀感如何，學校都不想處罰我。他們想幫助我。

我站起來，說：「謝謝。」我盡可能把運動衫拉低，同時克制想要把衣服的帽子拉起來然後消失的衝動。

「凱薩琳？」萊西校長問。他露出似乎是眞心的微笑。歪斜的黃牙。眼尾紋散開來。老菸槍。「當我的小魚，好嗎？」

※

走廊上空無一人。一組飲水機上面有個電子鐘，告訴我我已經遲到九分鐘了。運動衫口袋裡的手機震了一下。吉米發來的簡訊。**妳辦得到**。我站在植物學/土壤生態學教室的門口，從窗口往內看，敲了敲門。一群孩子，全都垂頭坐在位子上，彷彿是黑板畫出來的。小不點和葛瑞格坐在最靠近後牆的那排。我很意外看到葛瑞格——我每天都蹺課跟瑪莉娜和萊德在一起，葛瑞格也在，至少有部分時間在。

老師大聲喊：「進來！」我看一下課表，過了半晌才眞正把他的名字看進去。那些字母似乎都各自獨立，彷彿都屬於另一個字。瑞特納先生把門打開。「我說了，進來。」我走進去。

他是個中年人，中等身高，五官毫無特色可言。我以爲他會長得像強暴犯，但那又是什麼意思呢？連他的頭髮都是最普通的棕色，綜合了人髮有史以來出現過各種深淺的棕色。夏威夷衫塞在卡其褲裡。「妳的手機。」我怔了一下，才聽懂他的意思。一聲竊笑：女生，第二排，短鼻子，金髮，綁馬尾，T恤的V領露出擠在一起的胸部。瑞特納先生對她眨眨眼，搖了搖手指。「給我吧。」他說。我把手機放在他手掌上，很想用我知道他的眞面目叫他。「怎麼不向大家稍微介紹一下自己？」

「我是新來的？」

瑞特納先生說：「我是說除了明顯的事實之外，不過那樣也可以，因爲妳的到來已經嚴重影響上課進度了。」

小不點將手腕抬離桌面，一個小小的、眞心的打招呼，我因此放鬆。走到第三排中間、全教室唯一空位的路上，我絆到一個沒有拉上的背包，順勢撐在一個男孩子的肩頭上保持平衡。他的衣領是豎起來的。他靠在我耳邊說：「小心。」聲音大得超乎必要。頭紛紛轉過來。我在他旁邊的位子上坐下。

整堂課我都把自己關在只有自我意識的繭，直到大家開始在位子上騷動，把課本收進背包，我才出來。我隔壁的男生把筆放進一個發泡塑膠熱狗裡，再把其他東西收進背包，然後把背包抱在大腿上，彷彿那是隻需要約束的動物。在康科德，還沒下課就期待鈴聲響起，是要記過的。等到鐘聲終於響了。瑞特納先生指指我，又指指他桌子旁邊的地板。

他把一本破舊的《基礎生態學：九至十年級》往我這裡推過來。一隻霓虹青蛙張大的嘴裡，某個現在應該已經中年的學生寫著：絕不再犯！！！「如果妳明天遲到，拜託就不要來上課了。」

我說：「遲到不是我的錯。」在知道他是瑞特納先生之前，我本來打算道歉的。但是瑪莉娜的好朋友一點也不抱歉，她沒做錯事，她也完全不在乎瑞特納先生對她的看法。

他在筆記本上用紅筆做了個記號，饒有深意地說：「從來不是自己的錯吧？」他拿起我的手機，拇指劃過背面的字——**夠刺激**——然後才把手裡的手機翻過來。

我說：「我不知道。某些事情是錯的。譬如，我覺得濫用職權就是。」我拿起他桌子上的課本。「請問，手機可以還我了嗎？」

「妳值得嗎？」

「那是我的。」

他按一下撥號鍵，螢幕亮了。我從他手上抓過手機，離開教室，氣自己沒有說出知道的事。

小不點低著頭靠在外面的置物櫃上，葛瑞格跟她站得很近，雙手貼在她大腿上。「眞高興妳在我們班上。」小不點說著，扭一下身子離開他。

我說：「那傢伙眞是糟透了。」其實小不點已經不知不覺讓我覺得舒服多了。

葛瑞格說：「瑞特納先生最爛了。他打分數大概是看天氣吧。不然就是看他中午吃了什麼。」小不點勾起我的手臂。我很得意地發現，瑪莉娜沒跟他們說瑞特納先生的事。

小不點說：「不然就是看他的心情。」

葛瑞格沒好氣地對她說：「我就是這個意思。」然後對我說：「我確定**妳**不會有事的，圖書館小姐。」他把我壓在身側，像用整隻手擁抱我，只是持續得太久了一點。我試著放鬆。凱特，有一大堆男性朋友，覺得肢體碰觸沒什麼大不了的女孩子。小不點瘦巴巴的二頭肌把我夾的更緊了，宣示主權。她說要看我的課表，我伸手到後面口袋去拿。葛瑞格放開我。

「欸，中午跟我們一起吃吧。」她說：「合唱團和法文三是跟瑪一起上，歷史，不知道，我連可以選歷史課都不知道。」**法文三？**

他們陪我走到學校的大穿堂。這裡的女生穿刻意撕裂的褪色牛仔褲，畫著粉彩色的眼影，成群結隊穿過走廊。小不點問：「要跟我們去抽一根嗎？」我還陷在跟瑞特納先生交手的低潮中，拒絕了她。小不點說：「隨便妳愛去不去。」然後拖著葛瑞格往大禮堂去。在他們消失在人群裡之前，葛瑞格回頭看了我一眼，就是那時候，我知道他喜歡我超過應有的程度。當時我還不知道那叫什麼——意識到男孩子對自己的興趣。

上代數二時，我認得兩張臉；短鼻金髮竊笑女，還有熱狗鉛筆盒男。我在後面的空位坐下。鉛筆盒從前面角落座位移到我隔壁的位子。快下課時，鉛筆盒，原來他的名字是麥卡，從走道那頭靠過來，把一張紙放在我打開的課本上。紙上畫了一隻手，一個加號，一根陰莖，後面是一個等號和一堆鋸齒狀的線，我只能推測那代表精液。他還寫了，**第一課**，周圍加上一堆小愛心。

鈴聲響完，我已經走出教室，在去合唱團課的半路上。我還沒找到我的置物櫃。合唱團團長，洛小姐，草草要我唱了一次大調音階，就遞給我一疊樂譜，要我去前排，跟其他負責和聲的女低音在一起。小不點是第二女高音，短鼻金髮女，我的課表雙胞胎，坐在我左邊第二個位子。洛小姐說：「我想今天沒人見到瑪莉娜吧？」她指著短鼻金髮女，金髮女迅速移到椅子邊緣，唱起〈以西結〉（*Ezekiel*）的獨唱，她的聲音又高又尖，像從管子裡擠出來。

高中基本上都一樣。鬧哄哄的自助餐廳——幾個男生用一盒巧克力牛奶玩丟接球；一群女生跨坐在餐桌長椅上，互相綁辮子；一名宅男爲了一臺復古的掌上遊戲機歡天喜地，另外四名宅男爲他歡呼；披薩區排隊的人多到繞了一圈——這差不多可以總結基沃尼高中的世界了。從外表就看得出來誰是人氣王。我現在才有點心痛地感激康科德，在那裡，服裝不會洩漏你家的經濟狀況，大家都假設每個人都很有錢，如果不是有錢，那就是聰明到可以拿獎學金，所以值得善意地忽視你的沒錢。瑪莉娜一個人坐在最角落的圓桌上。我們去跟她坐，幾分鐘後，葛瑞格也來了，選擇坐在我旁邊。

小不點說：「今天寇特妮唱了〈以西結〉。」原來她叫寇特妮。

瑪莉娜說：「嗯。」然後完美模仿了寇特妮帶鼻音的女高音。

我們全都去特許販賣部排隊，學校批發買來悠比巧克力飲料、藍莓鬆餅和餅乾，在那裡賣給沒帶午餐或想吃索爾斯伯利牛排或沒烤熟披薩的學生。瑪莉娜說：「我推薦Pop-Tarts果醬吐司餅乾。」不知道爲什麼，這句話讓我們哀號。瑪莉娜拿零錢出來數，數過的放在我手掌上，想看她夠不夠錢買一個吐司餅乾和一盒悠比，這時短鼻金髮女突然輕輕撞到我的背，幾個一角硬幣掉到地上。我回頭看她一眼，她無辜地看著我。她跟麥卡牽著手，就是在代數課上畫了東西放在我課本裡的那傢伙。

瑪莉娜彎下去撿我剛剛掉的硬幣。我聽到寇特妮在我身後清楚地說：「爛賤貨交了新朋友。」

瑪莉娜說：「我可以跟妳借一塊錢嗎？」彷彿她沒聽到那句話。她的肩帶總是露出來——髒兮兮的肉色蝴蝶結鬆鬆地抵著她的皮膚。

我點點頭，從口袋裡拿出一張折疊的一元紙鈔。寇特妮正在跟麥卡講話，可是我聽不出來她在說什麼。「賤貨。」我又聽到了，很小聲，幾乎跟只用唇語說話差不多，還有「噁心」。她說：「鮪魚。」[2]或者類似的字。我突然覺得自己快哭了。瑪莉娜一定也聽到了，但是她一直說個不停，所以我沒說話。我們買了吐司餅乾，回到位子上，耳語像眼睛一樣一路跟著我們。

也許是因爲我看起來心情很不好，他們全都自願要陪我一起留校。瑪莉娜先提議，葛瑞格和小不點立刻附議，這時，寇特妮說的那些話都蒸發了，換成了蒸騰而歡樂的暖意。我從來沒有過這麼多朋友。

※

那天最大的驚喜是法文三，只有四個學生的班，除了我和瑪莉娜之外，還有兩個不多話的女孩子，穿著幾乎一模一樣的喇叭牛仔褲和T恤。盧平太太用了整節課的時間主持「互相認識」的對話，因爲她相信，在感覺「*à l'aise*」（舒服自在）之前，不可能「*véritable compréhension*」（眞

2 俚語中意指女性的陰部。（編注）

正瞭解）法國的語言和文化。我因此知道瑪莉娜最喜歡的顏色是noir（黑色），超愛齊柏林飛船，一直想去阿拉斯加，最喜歡的人是薩爾，認爲婚姻是「屬於男人」且討厭的概念，而且她喜歡貓勝於狗。盧平太太只說法語，我幾乎聽不懂。可是瑪莉娜不會——她說得跟老師一樣快，還會講笑話，這是我從她的語調判斷的。

下課後，我責怪她：「妳說得好流利。」

「*Ferme ta bouche, ma pêche*（不要吵，我的小桃子）。我爸是魁北克人，我從小就會說魁北克話。所以我的拼字才會這麼糟糕。」

這時終於只剩我們兩人，我說：「瑪，我的第一堂課是瑞特納先生的課。他眞的**好**差勁。」

聽完我的描述，她說：「妳是不是說得太誇張了一點啊？」於是我就不再提了，很失望她沒發現這可以成爲我們兩人的共同點。

⁂

留校察看的負責人是網球教練，是個皮膚黝黑的老太太，幾乎沒有意識到我們在那裡。小不點坐在葛瑞格的大腿上，葛瑞格打開一個看起來很簡陋的網頁，背景是全黑的。網頁的標題用亮白色的類手寫字體寫著「葛瑞格的世界」，他點了螢幕中間一段影片，正是他那天在楓樹旅館拍的那段。影片下載的時間久得讓人受不了，影音播放器靜止不動，然後又是沒完沒了的緩衝。

我問：「你幹嘛不把影片放在YouTube上？」吉米以前常玩YouTube，當時那還是很新鮮的東西——我不常去，但直覺知道那是很酷的地方，也很自豪想到要推薦它。

「我只是覺得，大家會來『葛瑞格的世界』看特別的東西。他們幹嘛去YouTube？」
我說：「兩邊都貼啊，這樣看到的人會更多。」
葛瑞格說：「妳眞聰明。」小不點滑下他的大腿，移到他旁邊的椅子上。
我們花了好一會幫他想使用者名稱。瑪莉娜投「葛瑞格的世界」一票，這名字很經典，可是葛瑞格覺得會誤導觀眾。小不點提議用「葛瑞格好帥」，但我們都不理她。「密西根蠢蛋」被否決，因爲沒創意。我們想了好幾十個名稱——「BushLOVER」、「Chchchanges」、「BombsAway14」、「GMantheCandyMan」——最後，不知怎麼地，葛瑞格決定用「NotYourSanta」（不是你的耶誕老人）。他大放厥詞，談到在網路上引人注目的關鍵，就是要既親切，同時又高不可攀，這種組合就叫做「酷」。耶誕老人於焉產生，「不是你的」於焉產生，**整體計畫**於焉產生。
瑪莉娜說：「根本是胡說八道。」
他忿忿地說：「從沒用過MySpace的女孩如是說。」
他從背包裡拿出攝影機，和電腦連線。不出幾分鐘，影片就出現了，畫質比「葛瑞格的世界」上面的好太多了。葛瑞格說：「好主意，凱特，這下子我得分一點利潤給妳了。」
葛瑞格的個人資料一建立，瑪莉娜和我差不多就失去興趣了——小不點察覺到她的重要性，椅子越挪越靠近葛瑞格的椅子。葛瑞格一次又一次重播影片。
影片播到一半，萊德出現在背景裡。他打開小房間的門，走到電視機那裡，拿起一罐丙酮，回小房間去，沒注意到他沒把門關上，所以整套設備都被攝影機拍下了——咳嗽糖漿的瓶子和未拆解的電池，兩公升容量的空罐子和女性化的去光水瓶子，跟媽用的是同樣的牌子，連那塊大石頭都沒漏掉。每次計數器的數字增加，葛瑞格就心滿意足地哼一聲。沒有人說大部分都是我們點擊的，但每次葛瑞格發出一點點聲音，瑪莉娜就會和我對看一次，所以這次留校察看期間，我隨時都差點爆笑出聲。

⁂

瑪莉娜搭我的便車回家。吉米來接我們，我讓她坐前面，她一直轉收音機旋鈕，吉米笑她三心二意，卻總是轉回那個好像只有四首老歌輪播的鄉村樂電臺——關於烤肉的污漬、下流地方的朋友，還有喬琳，和喬琳[3]。

吉米說：「可以聽鄉村樂，但是妳得一起唱才行。」

她留下來吃晚餐，飯後——她幾乎沒怎麼吃，但是一直讚美我媽，讚美到我們都有點尷尬了——我幫忙她寫英文作業。她寫作很粗心，最後根本就是我幫她寫，而她坐在旁邊聊吉米，聊得興高采烈又天馬行空。中間他一度站起來，進浴室去，拿了一瓶皮膚軟膏和一團棉花球出來。他在她太陽穴上一個我根本沒注意到的傷口抹了幾下，看她的眼神充滿崇敬，我看了很煩。「兔子尾巴。」她咯咯笑。

媽讓瑪莉娜帶了一鍋鮪魚砂鍋回去給薩爾吃，走之前還要她答應，如果她需要任何東西，隨時可以來我們家冰箱拿。我站在門口，看她辛苦踩在沒剷雪的車道上。雖然很冷，她還是走得很慢。我努力不讓自己把當時的感覺說出來。我覺得那是有史以來最棒的一天，對我來說是新人生的開始，眞正的人生，充滿朋友，也許還有一點危險。

瑪莉娜把外套掛在一隻手臂上，塑膠袋掛在手腕上，敲打她的大腿。除了一層薄薄的破襪子，她的腿幾乎裸露。走到她家和我家中間時，她停下來，頭往後仰，那角度讓我以爲她要跌倒了。她開始轉圈，雙手張開，塑膠袋一直旋轉，轉到提把整個埋在她的手腕裡。她一直轉一直轉一直轉然後停下來，就站在那裡，身體晃啊晃，晃了好久，我看得都累了。這時候穀倉門開了，讓一塊橘色燈光照在雪地上，一個男人的聲音將她往屋子裡拉。在拉長的光束裡，她的影子好像長了翅膀。我突然覺得很不安。

3 分別是提姆・麥克羅的 *Barbecue stain*、葛斯・布魯克的 *Friends in low places*、桃莉・巴頓的 *Jolene*。（編注）

省略

有一些事，我希望不是這個故事的一部分。

到目前爲止，我還沒有記錄她那天在學校吞了什麼、吸了什麼。我沒有提到我們在法文課和留校察看之間，到體育館附近一間比較偏遠的女廁，站在馬桶上一起吸的菸。我們對著天花板的抽風機吐氣，這樣煙才不會飄到走廊上去。我沒有告訴你們她整天都收到簡訊，一封又一封，也沒提到她每次看手機臉色就變了。我還漏掉瑪莉娜跟雪兒見面後，又吃了一顆奧施康定，然後在大禮堂舞臺下面的小空隙睡了三個鐘頭，嗨到不省人事，連爵士樂團排練她都不知道。所以她才會那麼早就去吃午餐。至於她左邊太陽穴的傷口，看起來是刻意造成的，血跡還未全乾，這件事我也只是輕輕帶過而已。

在我們往來那段時間，對於瑪莉娜的藥丸，我的瞭解是一點一滴拼湊起來。那是淺藍色的，珍貴的核心由一層緩釋型糖衣包裹，要先含在嘴裡把糖衣吸掉，再放在課本上用學生證壓碎，或者在流理臺上切成長條粉狀，用捲成管狀的一元鈔票、切成小段的吸管，或是撕一張便條紙來吸。那是小顆黃色的，或者小顆白色的，可以放在舌頭底下讓它融化。那是亮橘色的，可以通便，或者是長橢圓形，雪白色，讓你好幾天大不出來。那些藥丸從瑪莉娜的別針冒出來，一次

一、兩顆，也可能來自她的托特包裡一個沒有標籤的管子，不同的藥混裝在一起，當我們在廁所，或者關在我的房間裡，或者走在樹林裡，要去軌道車那裡時，藥丸就會出現。在軌道車那裡，我得先躲進樹叢，才不會被人看見，因爲她需要錢。她很小心留意藥丸的蹤跡。在她的掌心裡，那些藥丸有各種顏色和大小，它們是小小的門，千百萬扇門，每開一扇門就可以選擇住在另一個地方。它們叫奧施康定、苯二氮平[1]、阿迪[2]、贊安諾[3]、波考賽特[4]。利他能[5]和專思達[6]就不怎麼樣——利他能藥效太弱，而專思達有糖衣和塑膠膜，太麻煩了。她通常覺得用別名太蠢了。

瑪莉娜跟波特拿奧施康定和波考賽特，跟學校裡的有錢學生拿阿迪，比較普通的苯二氮平放在她爸爸衣櫃最上層的抽屜裡，而搖頭丸和其他藥丸則是跟萊德拿。萊德是個小咖毒販，也是業餘的笨製毒者，但他隨時都有貨。那些藥丸很貴，尤其是奧施康定，一毫克一塊錢，甚至更貴，不過她有她的辦法。她第一次在我面前吃奧施康定那次，我們蹺課，躲在她家，而我陶醉在當時的情境裡，我們的友誼，全新的世界，除了好奇，還是好奇。我要她給我一點，她說要三十塊。

1 Benzo，安眠鎮靜藥物。
2 Addy，Adderall（阿德拉）的別稱，治療注意力不足過動症的藥。
3 Xanax Bar，焦慮抑制藥物。
4 Percs，Percocet的別稱，強效止痛藥。
5 Ritalin，中樞神經興奮劑。
6 Concerta，中樞神經興奮劑。

我大笑，以為她在開玩笑，可惜並不是。她說，拿去，然後給了我一顆維柯丁[7]。我吃了，心跳加速，既興奮又不安，有一點遲疑，但又急切地想要向她證明，我覺得那沒什麼大不了。一個鐘頭過去了，兩個鐘頭過去了，沒發生什麼事。我們看了好幾個鐘頭的電視，我覺得有點睏，但也止於那樣而已。這種反差讓我更不害怕了。她沒給我奧施康定，也沒給別人。藥丸還好，因為本來就是醫師給的，藥丸不是甲安，甲安才會要命。聽說，甲安就像全身的高潮，很誘人，可是會害你失去臉和牙齒。瑪莉娜說，甲安很噁。那是給窮人吃的。她很鄙視甲安，可是她似乎沒把自己和那些藥丸的關係，跟她爸、她爸的軌道車、她媽和她媽消失的事連在一起。我在網路上查過奧施康定。那一次，她躺在我的床上發抖，一遍又一遍喊波特的名字，她還哭了，只是好像根本沒注意到自己哭得滿臉淚痕。我找到一篇很長的文章，講得很仔細，聲稱只要照指示服用奧施康定，就不會上癮，瑪莉娜說她通常都遵照指示。她的皮膚聞起來卻像發臭的牛奶。第二天，我洗了床單。

瑪莉娜用她的方式保護我。她不准我用鼻子吸東西；她總是提醒我我才十五歲，一副兩年前她在我這個年紀時沒用鼻子吸過任何東西似地。極其偶爾，她分一點藥丸給我時，多半是阿迪，或利他能——這種東西一起吃很好玩，因為會讓我們講話講個不停——而且我已經吃習慣了。有一次，我們兩個聊到天荒地老，從早上九點聊到晚上七點，足跡踏遍樹林，抽掉上百根菸。她告訴我，如果她是毒品，她會是一顆跟大理石一樣大的藥丸，一種神奇的新化合物。她說：「用吸的或用吞的都可以。」她的吸毒反應就像睡眠：什麼事都可能發生，但都不會造成傷害，唯一的差別是使用者會完全清醒。我問：「那我呢？」我會是什麼？

瑪莉娜困惑地說：「妳？」

那天晚上，我眞正的開學日結束，她假裝吃晚餐之後，幫我訂正代數作業。結束之後，她從肩背包裡拿出一包扁掉的盒裝百樂門，打開前端開口，搖出一顆維他命大小的白色藥丸，放在掌心。她依慣例，把藥丸放在舌頭上，彷彿要把藥縫在皮膚上，然後喝了一口我的柳橙汁。我問：「瑪，那是什麼？」她聳聳肩。也許那眞的是維他命——連我媽放在流理臺上的超大顆藥丸，她都深深著迷，因爲那代表了健康的希望。接著她按開胸前的房子別針，接住掉出來的藥片，同樣放進嘴裡。「對付我的憂鬱。」她說：「提振我的精神。」我笑她，好像那只是個好笑的笑話。因爲在那時候，一切還只是笑話，我什麼都不知道。或者，也許我知道，也許我一直都知道。問題都出在我的記憶。

不到一個鐘頭，她的聲音就有點扁塌，彷彿她的話語穿了髒衣服，站不直。她的瞳孔縮成針孔，眼皮沉重。隔壁，薩爾一個人在家，窩在起毛球的毯子下看破電視機裡的《南方四賤客》，冰箱是空的。森林深處，瑪莉娜的爸爸跟波特關在軌道車裡，製造已經害死過人——瑪莉娜認識並愛的人——的東西，而且還會繼續害死人，直到連剩下來的人都永遠改變，像個行屍走肉一樣地活著。

甲安是毒品，但藥丸是藥品。

我把好事告訴你們。那一天是美妙人生的第一天，我以為我要的那種人生，而即使在回顧

---

7 Vicodin，鴉片類止痛藥。

裡，也只維持了一下下——呃，要維持這種感覺，我必須省略某些部分。但是我不知道我爲什麼要說謊，說小時候偷溜進客廳，看到爸媽在沙發上。好幾次，他們送我上床後，就像我說的，我偷溜下樓，爲了偷拿點心、看書，或想再看一會兒電視。可是我沒有一次看到他們在一起。我現在願意承認，那部分是我捏造的，但他們一定有過那樣的片刻吧，就算我不曾親眼看過。

但那不表示另一種版本不是眞的。

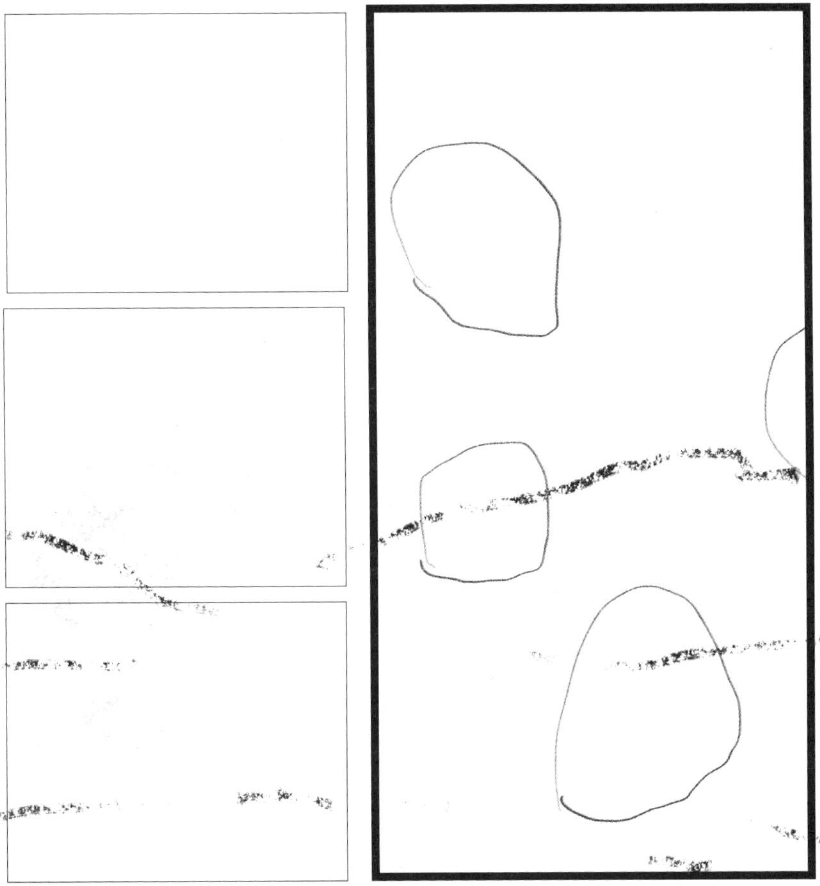

第二部

紐約

我們住的公寓是在戈瓦納斯運河附近的一棟新大樓，整棟的玻璃帷幕和發亮的稜角。連恩喜歡邊間的房子。這一區大部分都已經開發成像我們家這樣的公寓，不過我們隔壁還是一塊空地，散布著碎玻璃和釘頭，一群野貓占地為王。我從地下鐵走上來，看一下手機——下午七點。我今天提早下班，所以沒有比平常回家的時間晚多少。這個時間讓我感覺沒那麼醉。我在馬路對面的酒行停了一下，買了六瓶連恩最愛喝的時代啤酒，外加一罐珍喜。我把蓋子拉開，將那罐肉放在一個輪胎附近。小貓咪躲在一堆木板底下看，周圍是被風吹得啪啪響的破塑膠，貓咪的眼睛閃著金光。幾隻膽子大的衝出來跑向罐頭，然後又回去躲起來，又再跑出來，想看我會怎麼做。我轉身離開時，大夥兒都奔出來搶著吃。

我匆匆對門房山姆點個頭，按下電梯按鈕。山姆和我看到彼此都很尷尬；他已經好幾個月沒攙扶我到家門口，但還是感覺很彆扭。屋裡，一股熱氣，炒大蒜味，櫻桃蘿蔔過來用頭摩擦我的小腿。我刻意用愉快、清醒的聲音大聲說：「嘿，寶貝。」我從來不知道究竟是直接承認我喝酒，還是等連恩問起再說比較好。

「嗨。」他喊回來，有點心不在焉。我脫鞋，把外套掛在衣帽架上。我把六瓶啤酒放地上，直接進浴室去。我把洋裝拉到腰際，脫下黑色褲襪，掛在毛巾架上，幽靈般的腳晃啊晃。上完廁所，我盯著鏡子裡的自己好一會兒。爲什麼是**四**？我的眼睛還好，棕色，棕色，睫毛膏有點怪，不過就我看來，還好。很穩定。連恩說，我喝醉時，我的眼睛會有點往內，焦距往下，我懂他的意思，因爲媽也是這樣。不是很明顯的內縮，但親密的人就看得出來。她生吉米和我時那麼年輕，現在她甚至更野了，她和羅傑——他們來紐約玩時，每次都大吃大喝，媽會變得又吵又三八，我們主菜還沒吃完，她就已經雙眼迷離。我的皺紋也跟媽的很像——雙眉之間的V字越來越深，從鼻子到嘴角也有個梯形。我一直到過了三十歲才覺得自己的身體很迷人，現在，才過幾年，我已經可以在臉上隱約看到年紀更大的自己的鬼魂。

連恩有什麼祕密瞞著我呢？我們二十四歲認識，在一起快十年，其中三年是婚姻生活。他想要孩子，不過那不算祕密。我還有時間。我跟他說，快了，我跟他說，再晚一點。我說，這是我的身體。那我們的週末怎麼辦？我沒跟他說的是，我害怕九個月不能碰酒。我害怕自己辦不到，或更糟，害怕我發現自己懷孕，卻搖擺不定，晚上還是想喝酒。或者我害怕的是它**會**阻止我——懷孕，手指頭亂抓的寶寶，有連恩那張嚴肅的臉——而我眞的就不再喝酒了。我最討厭的那一部分的我，還沒失去酒就已經想念它；我不確定自己可以放棄。而且，要是我眞的不喝酒，也持續了一陣子，可是等到孩子五歲、六歲、十歲，我又開始喝呢？一兩杯，有些晚上再多喝兩杯，我變得跟媽一樣，人在但悶不吭聲，人在但心不在。

我們住的公寓是明亮、乾淨的方正格局，牆壁光禿一片，只有幾張黑白風景照。我們有臺大電視，固定式的書架。裝潢看起來很新，其實不然——典雅的鋼材與花崗岩，亮光木地板。這裡的一切都沒有歷史。我把六瓶啤酒放進冰箱，問連恩需不需要幫忙。

他推了推眼鏡，說：「我來就可以了。」他有點疑心——也許是我的招呼打得太誇張——但我要是不停下來，摟住他的腰抱他一下，那就更奇怪了。連恩很高，手長腳長，軟塌的黑髮，細細的腰。我把臉壓在最舒服的地方，他的兩塊肩胛骨之間。

我對著他的T恤說：「我買了啤酒。」然後才放開他。有時候，有點微醺時，我會刻意提起酒。攻擊就是防守。我把桌上的雜誌和舊信推到一邊，我們立刻吃了起來，是連恩偷懶的一道清冰箱快炒，外加兩人面前各一瓶啤酒。我安全過關了，因爲他問我要不要也來一瓶，我說當然好時，他沒有停頓，暗示不贊成，聲音也沒緊繃，沒有**妳眞的還需要再喝嗎？**他說了一下他今天遇到的事——他是會計師，所以每次說的都是他的同事；蘭迪，中午才來上班，開會時都在講屁話；席琳娜，個性活潑、太瘦，還有，我懷疑是他在辦公室的曖昧對象。我每次參加連恩工作上的活動，席琳娜都說一模一樣的話，戲謔的語氣也一模一樣：好酷喔，原來現在還有圖書館員！**而且活得好好的**，我每次都這樣回她，這是眞的，但是這樣說既差勁又毫無幽默感，所以總是很有效率地結束對話。

輪到我時，我跟連恩說了薩爾的事，只是說得彷彿這件事沒什麼大不了，彷彿這奇怪的巧合，這個時間點，更讓我驚訝，而不是經過這麼久之後，很快就要見到薩爾本人。連恩知道瑪莉娜，但是只知道大概——如果我在密西根之外的人生中，有人知道，也就只知道那些了，而且，這樣的人沒幾個。我還是個少女時，我有個朋友死了。我們很要好。我不談這件事。我想，我是覺得很困窘，自己到現在還這麼在意這件事吧——長大後，青春期的自己要不就是有一種神祕的重要性，要不就是拿來取笑的材料。我想當的是把那些年完全抹去的那種人，實際上，我害怕正是那些年讓我成爲現在的我。

「妳應該看一下那個舊盒子。」連恩說著，站起來，他的盤子就跟小孩一樣——吃得很乾淨，只留下花椰菜。「櫃子裡那個。也許有什麼東西可以帶去給他。」他離開，拿出一個鞋盒，裡面裝滿瑪莉娜的東西，還有我在銀湖那個房間裡的東西。是我升大二那年暑假，那間房子被法拍，媽搬去安納保之後寄來給我的。從此，那個鞋盒跟著我搬了一次又一次家。那是個簡單的舊愛迪達鞋盒，裡面的東西滿到把蓋子往上撐。連恩清理善後時，我帶著鞋盒和一瓶新開的啤酒到辦公室去。

多半是紙張，畫了愛心和閒聊的小紙片。一張有點油滑的折疊剪報——是篇報導，標題是「**市區大男孩遭毀損**」。一張瑪莉娜和我在海邊的拍立得照片，在長大的我眼裡，我們兩人的相似程度，遠超過我在少女時代的想像——最明顯的是，我們兩個看起來都像孩子。瑪莉娜的別針，比我記憶中的大，而且精細得嚇人——魚鱗狀屋瓦，窗戶刻了花紋，暗示每扇窗戶都裝了窗簾，有人生活在裡面。我壓了一下正面，把別針打開。空的，只有一層白色藥粉的痕跡。我用手指劃過別針的凹洞，然後放進嘴裡，吸吮苦澀的藥粉。最下面有個T恤領口的絲結，跟連恩的拳頭一樣大，一時之間讓我有點困惑。最下面是我的舊手機，安安靜靜地插著充電線。我接上電源，按下開機鍵，手機慢慢活過來時，我感覺到淡淡的驚奇。諾基亞的標誌亮起，畫素蔓延到整個螢幕。一個小小的時間膠囊。我們就在那裡——一封又一封簡訊。手機叫了一聲。即使接上電源，電池似乎也充不了電了。我打開筆電，趕快把我們的訊息記錄下來。

我想，青少年幻想自己早夭，是常有的事。我們知道時間會逼我們犧牲——我們想在決定自己往後會變成什麼樣的人之前燃燒殆盡。大人的人生早就失去指望，每天就只是一連串妥協，靠著小小的樂趣舒緩，讓你忘了先前的野性，忘了自己的本質。希薇亞．普拉斯、瑪麗蓮．夢露、伊迪．塞奇威克、珍妮絲．賈普林。她們可以永遠美麗。太耀眼、太受傷、太有才華、太悲傷、太脆弱而無法活下去，就像某種奇怪的蘭花，只活兩分鐘就凋謝，這不是最極致的女性成就嗎？我們還能尊敬誰？年輕似乎不足以當藉口，我們互相慫恿，一起認同這些有害的理論，直到某一刻，看法不同就代表背叛彼此的友誼。我們怎麼會這麼傻，錯得這麼離譜？瑪莉娜死後好幾年，一想到瑪莉娜說她不想變老，就讓我得到安慰。在那個穀倉活到二十五歲、三十歲，還在吃那些藥丸，或者更糟，她變得面目全非，好嗓音沒了，腦袋一天比一天糊塗，對她來說，那不也等於死亡嗎？銀湖是流沙。對瑪莉娜這樣的女孩子來說，除了吸毒、時而亢奮時而消沉，她還有什麼可能性？也許她會有完全不一樣的發展，也許她的人生會有超乎想像的變化，可是我看不出來。在她的世界分崩離析之後，她沒有努力脫身，而是坐以待斃。

我又拿了一瓶啤酒。我並不想——這不是謊言。我並不想。但我感覺到一股跟意願無關的欲望，來自身體的渴望，清楚、強烈而無法遏止。在我把瑪莉娜和我跟對方說的蠢話打下來之際，這份渴望噬咬著我。那些話有太多是關於性愛和爛醉。**我就是想玩**，她不止一次這樣寫給我，**我們今晚要大玩特玩**。我可以改喝茶。不，啤酒好了。有什麼不可以，現在不喝也來不及了吧？我已經醉了。我不喝。不，我已經喝了。而且，連恩又沒說晚安就去睡覺了，所以我錯了，他生氣了，我很快就得面對這件事，但現在只有我一個人，我是自由的。我用開瓶器把瓶蓋打開時，金屬瓶蓋飛到空中，噹一聲打在垃圾桶上。我已經渴得想喝水了，我的四肢與身體分離。如此無趣的苦悶。餐廳的漂亮菜單，五點鐘的心情，只喝一杯，只喝兩杯，永遠沒用的花招，不喝棕色的酒，不喝透明的酒，不喝烈酒，不喝葡萄酒，只喝啤酒，這些規則我都試過了，好些日子在清晨三、四點醒來，口渴、酒醉，一去不復返的睡意，第二天工作，整個禮拜貼著厚棉紗布，喉嚨深處的味道，飢餓、永遠不覺得飽，所有食物味道都太重，我的頭髮變得像稻草，之後，臉腫得跟什麼似地，想要更多也想要停止，互相拉扯，力量對等，不對等，還沒，再來一杯。重複同樣的過程。等我到了四十歲。如果我們有了孩子。手機又嗶了一聲，更大聲，然後就死了。我壓住電源鍵，但沒反應。還有好多我來不及打。Ctrl-S。我度過好幾個月，確定自己一定誤判了，好幾個月正常的生活，跟其他人一樣過日子，像連恩一樣，喝一杯就不喝。我又試了一次電源鍵；什麼都沒有。但是渴望一直在那裡，危險的小拉扯，臣服於它感覺就像開懷大笑，放過我自己。有多少成分算是選擇。美妙又簡單地喀答一聲，接著就褪入黑色。

密西根

密西根州，全美國最靠近加拿大的地方，在它的最上面，麥基諾大橋往南二十分鐘車程的地方，十月中就入冬，運氣好的話冷到三月，運氣不好的話就要熬到四月。也許因爲這裡實在太偏僻了，再加上幾乎無時無刻不在下雪。讓我們對大千世界無動於衷——我們從來不談政治、名人，或任何新聞事件。潮流要過很久才會傳到我們這裡來。伊拉克有一場我們不懂也大概反對的戰爭。瑪莉娜沒有電腦，萊德從來不上線；有時葛瑞格、小不點和我會在線上聊天，可是我家的網路是撥接式，不太穩定。我們聽的是自己燒錄的音樂光碟，瑪莉娜是這種事的意見領袖，所以是她在我家，以外科手術般的專注匯集成的。連收音機似乎都在傳送舊時代。每天都在窄小的範圍裡打轉。我們的注意力多半都放在追求快感和酒醉，而我們做的每一件事就以這個即時而迫切的目標爲依據，尤其是瑪莉娜不舒服或心情不好時。我們的宇宙就只有彼此，侷限在銀湖和周圍的小鎮裡，奧施康定早就在這些小鎮裡生根，醫生用來治療幾乎每個人都有的某種病痛，讓它更加成長茁壯。車程不到一個鐘頭的格雷陵是這一帶的聖地，那裡有個醫師，只要你有耐性排隊，能說出正確的症狀，什麼藥都可以開給你。排隊人潮滿出停車場，漫到街上，大家在車子裡等好幾個鐘頭，點送到車子來的披薩吃，有些人甚至穿睡衣來。瑪莉娜看過。

我後來發現，美國鄉下有很多像我們這樣的孩子；我們，尤其是瑪莉娜，基本上就是統計數字的一部分，啞巴軍隊的一員，等級一天比一天高。我們單獨待在房間裡，在課堂上打瞌睡，在停車場和樹林裡碰面。瑪莉娜用憐愛的儀式照顧她的藥丸——從各個庫藏地挑選她每天要吃的藥丸，藏在別針裡。有一次，有人在學校走廊撞到她，把別針碰開了，兩顆藥丸滾到地上，我看到平常冷靜得近乎病態的她，慌了手腳，爬著到處找藥丸，眼淚快掉出來。我們確實跟上了一股潮流。十年後，大家會叫它流行病。現在我瞭解，那絕對是屬於美國的東西——從濫用藥物開始的流行病，一種我們自作自受的疾病。可是那時候的我哪懂什麼美國？我一向患有慢性政治冷感，也許是因爲從小生長在只能勉強度日的家庭，等到自己脫離那種環境，我已經累得不想去在意，習慣不信任體制了。

整個二月以及三月大部分時間，天氣都太冷了，不適合待在戶外，要是待在萊德的車子裡，就得打開暖氣，很耗油，所以到了週末，我們就在兩個地方之間來來去去——要是瑪莉娜的爸爸不在家，就去她家，不然就去聖方濟教堂的地道。萊德抓了抓臉上那隻獨角獸的角，說：「沒有人想得到四名青少年會在教堂裡吸毒。」那個獨角獸刺青紙是前一天晚上瑪莉娜給他的，那時我們在兒童攀爬架下，把一盒我媽的風時亞白酒喝完了。我們手臂挨著手臂坐著，酒盒來回傳遞，幫彼此把塑膠龍頭撐開，酒從我們的下巴滴下去，弄濕外套領子。「眞是又蠢又天才。」

他很放鬆，這也讓我們都輕鬆起來。自從我開始去上課的幾個星期後，他就變得很焦慮。貼刺青那天晚上，他要我陪他把整個社區走一圈。他抓住我的手，要我停下來，同時說：「噓，妳聽。」我們就這樣站在馬路上，離我家大約幾十碼。我只聽到風聲。每次一陣風吹過，或者樹上有鳥飛起，或水溝裡有什麼看不見的東西嗖嗖跑過去，萊德就抓緊我的手。我們兩隻手掌間的濕氣，是我的汗。他又繼續走時，我把手抽回來，不確定他有沒有想要繼續牽手。我把兩隻手都伸進外套口袋，擦了擦尼龍布料，想把手擦乾但沒成功。我繼續跟著萊德走到路的盡頭，接著穿過一個又一個後院，最後走到我們家。

他問：「那是什麼？」他靠得很近，我可以感覺他的氣息拂過顴骨，聞得到他身上的嬰兒爽身粉。他慢慢舉起手，指著我家廚房的窗戶，媽的影子在窗簾後動來動去。

「萊德，你說什麼啊？那是我**媽**。」

「她爲什麼在窗戶那裡？」

「我們家很小。人站在廚房，就一定會在窗戶前。」

瑪莉娜說他變得疑神疑鬼。那天晚上男生都走了以後，我們兩人躺在我的棉被底下，三不五時伸出冰涼的腳趾頭碰對方的背，互相驚嚇。她說：「我一點也不替他難過。我從來就不想要他去販毒。他活該疑神疑鬼。是他自己做了蠢事。他退學之前，常在學校吹噓他有賣泡過冰毒的大麻，還有怎麼多賺一點錢的蠢花招。」她說他的鬼東西是「奇怪的組合，基本上就是詐騙」，還說要不是他多半賣給耍帥的遊客，早就不知道被揍扁多少次。她一直說：「那樣很危險。而且不管怎麼看都很蠢。」聽她這樣說之後，我有點替他難過——也許他開始販毒，是爲了讓她另眼看待。我可以理解。

我想念聖方濟；我仍然會夢到它，在夢裡，我在地道裡遊走，尋找某種找不到的東西，還有一些夢，不知道爲什麼背景會是那裡。我去雜貨店買日用品，結果店裡沒有層架也不是明亮的燈光，是聖方濟的地下室，一球球的萵苣排在通道上。我喜歡我們大膽溜進去，跳上教堂階梯，走進前廳，彷彿我們也是來禮拜的。我喜歡用手指沾聖水，清涼又有點黏黏的，彷彿它眞的含有生命精華。我喜歡微微的害怕在我的血管裡流竄顫動，躲在角落，注意修女動靜，然後衝向體育館和清潔用品室，鞋子在打蠟的地板上發出嘎吱聲。還有，克服了恐懼之後，我甚至喜歡上我們宛如探險家殖民入侵的地下室。

可是葛瑞格和瑪莉娜會抱怨。我們爲什麼不能去楓樹旅館？那裡有暖氣，有電視，有床，有沙發，還有裝滿存貨的酒吧和菸品自動販賣機。

葛瑞格說：「這裡太差勁了。那麼暗，什麼都不能寫，小不點也怕要是她在這裡吸毒，瑪利亞不會在天堂幫她留位子。我還聽得到該死的老鼠。也許現在我身上就有該死的老鼠。」我說：「去他的老鼠！」

瑪莉娜說：「我跟葛瑞格的意見一樣。萊德，我好久沒看到你媽了。我想去謝謝她給我東西。」

萊德說：「我反對。有狀況，事情不對勁。」

「你在說什麼？」瑪莉娜把手放在他腿上，就在他的膝蓋上方，她的聲音充滿誇張的擔心。她又在扮演萊德的知心女友的角色了。她可以好幾個星期嫌他煩，可是當她想要某種東西——情報、香菸、接送——的那一刻，她就可以使出這種誇張至極的行爲，每個人——顯然萊德除外——都看得出來那是裝的。葛瑞格捏了捏我的手腕。我看不到他，但我知道他現在什麼表情。

「起初，我看到有人在小屋那裡探頭探腦。」萊德低頭看瑪莉娜的手，然後看她的臉。她點點頭。「我以爲他想買。我就走過去，他一直盯著我，好像是努力想要記起我的臉，然後他又只是搖搖頭。眞的太詭異了。我覺得他是警察。」

就這樣？我以爲葛瑞格和瑪莉娜會一笑置之，可是他們兩人都很安靜。瑪莉娜問：「你有看到他上了什麼樣的車之類的嗎？」

「沒有。我表現得像個白癡。我不想帶他到四十二號那邊去，我的東西都放在裡面沒遮掩，所以我就晃到樹林裡，在那裡躲了有一個鐘頭吧，把我的寶貝凍得半死。」

葛瑞格問：「他有鬍子嗎？」

萊德說：「葛瑞格，你眞是個討厭鬼。」

我說：「你剛剛說『起初』，還有別的事嗎？」

「我跟你們說，警察不會有鬍子。你們看過有鬍子的警察嗎？」

萊德說：「我一直收到信。有人說他要給我好看，說要檢舉我。他說他有影片證據。說他在網路上看到我。」

葛瑞格說：「搞什麼鬼啊！」

瑪莉娜問：「你怎麼沒有早點跟我們說？」

萊德可憐兮兮地說：「現在他開始勒索我了。」

葛瑞格呼了一聲氣，說：「老天。」我想到葛瑞格放上YouTube的影片，拆解又重新組合腳踏車的影片，上頭有好一段時間萊德拿丙酮的畫面，計數器的數字一直增加，也許並不全然是因爲我們。我聽到自己說：「這樣看到的人會更多。」我一直不喜歡看到萊德欺負葛瑞格的樣子——也許我只是不想提到葛瑞格貼的影片，給他惹麻煩。萊德一說「影片」，我就聯想到了，顯然他並沒有像我一樣。瑪莉娜取笑過我，說我不管什麼事都習慣道歉——也許葛瑞格的影片跟騷擾萊德的人無關。又或者，我想讓萊德被警察抓到。

就算葛瑞格把影片撤下，會有什麼影響嗎？那並不會阻止萊德做他將要做的事。

瑪莉娜說：「如果不是警察，我們可以跟我爸說。」

萊德說：「算了吧，他才不會幫我的忙。」他說「他」這個字時，那突然湧現的惡意，瞬間切斷我的思緒。「要是可以的話，他會想親自逮捕我。」

※

在朋提亞克時，吉米身邊總是有一群幾乎不知道我叫什麼名字的男孩子。他們霸占遙控器，用襪子加大麻的味道讓客廳臭氣沖天。不過我想，在銀湖，他很寂寞，因爲他一點一滴融入我們這一群。當時我覺得這樣很可悲，但現在我明白了，十九歲的男孩子，跟媽和妹妹搬到陌生的地方去住，在塑膠工廠上班，他心裡一定很苦。他下班回家後，會跟我們一起窩在沙發上，如果我們四個在瑪莉娜家，他會去敲瑪莉娜家的門，帶著六瓶啤酒或大瓶裝的酒。基於某種原則，他不肯分我喝大瓶裝的酒。他其實不算反對我喝酒，只是不想當提供酒的人。國道三十一號公路上有個BP加油站，如果輪班的是女收銀員，就會賣他啤酒。他一星期只有兩個晚上休假，但那兩個晚上經常跟我們混，尤其是葛瑞格和萊德去做別的事時。跟瑪莉娜、萊德、小不點和葛瑞格在一起時，我們兩個都不太看對方的眼睛——吉米不像把我當妹妹，比較像是擋路的東西，譬如放在房間中央的椅子。

不過有時候，我們會以手足特有的方式——那種親密感，自從我離開密西根後就不再有了——經歷密切合作的片刻。那主意是我想到的——雕像、黑夜的掩護、改成陽具——幾個基本要點。不過整個陽具計畫的執行細節都是吉米想出來的。他建議用混凝紙漿來做，甚至自願負責開車。剛開始他只是用假設的語氣，隨口說說，精神恍惚，瑪莉娜越投入，他說得越起勁。瑪莉娜說：「絞碎的紙！你是天才！夠噁心又夠勁爆。」

我們在網路上找到幾個互相矛盾的作法，不過最後我們只是在瑪莉娜家的一個垃圾堆裡找來一疊泛黃報紙，撕成碎片。爲了把紙做成陽具的形狀，瑪莉娜拿了一根木頭，據說是她媽媽以前最喜歡的搖椅的一部分，讓吉米把濕報紙碎片包在上面。「媽媽會贊成的。」瑪莉娜說著，把一條皺巴巴的毛巾泡進裝滿白膠的塑膠保鮮盒。白膠刺得我的眼睛都痛了。她在頭部的位置細心地多繞一圈報紙。她用手指捏了一條小脊線，說：「包皮繫帶。」

「還眞的以爲有人會看到上面有包皮繫帶啊。」

「凱特，妳是哪種人？是選簡單路走的那種人，還是務必把事情做對的那種人？」她用手腕背部把馬尾上掉出來的金髮絲從眼睛上撥開。她撥得很刻意，很明顯是針對吉米來的。

至於睪丸，我們決定用兩顆葡萄來做。那是瑪莉娜從鎭上專門作觀光客生意的天然食品店裡摸來的。我們用了一整張報紙，加上大半條白膠，才把它們黏在陰莖上。乾了以後，瑪莉娜說那兩顆睪丸太像書擋了，可是我覺得看起來就像老二，很像麥卡一直在代數課上留給我的那些畫的3D版。

瑪莉娜說：「不管肥短老二的相反是什麼，這就是了。」

當年，如果從南邊進入基沃尼高中，往夏利華去，「大男孩」餐廳就是在進入市區範圍之前首先看到的地標。餐廳跟一間叫「叢林」的購物商場兼迷你高爾夫球場共用同一棟長形建築。大男孩雕像本身立在一個石頭基座上，離地大概三呎高，身穿紅白色格子工作服，頂著一撮鴨嘴似的髮型，伸出的右手上端著一個大漢堡，一雙狂亂的藍眼睛。餐廳十點打烊，餐廳右邊的五三銀行五點關門，馬路對面的沃爾格林藥局七點關門。吉米和葛瑞格凌晨三點載我們過去，陽具和一罐黑色噴漆放在後座跟我們擠，我跟瑪莉娜都穿了深色衣服，針織帽往下蓋到眉毛，手腕上掛著好幾卷防水大力膠帶。萊德不肯來，因爲他的妄想症已經到了歇斯底里的程度。

我說：「這樣好像《發條橘子》喔。」

「啊，眞的，超像的。」瑪莉娜說：「這完全就像除了妳之外沒人聽過的奇怪東西一樣。」

「吃根老二吧，土著。」我說著，傾斜陽具去戳她的臉頰。吉米大笑，站在我這邊，於是我偷偷原諒他。

從銀湖開車到基沃尼的另一頭要將近四十分鐘，即使那天是星期四，主要道路上完全沒車。除了另一邊往科勒爾的路上那家BP加油站之外，鎮上沒有二十四小時營業的商店。街燈都關了，除了街角那盞孤燈，水藍色的光照著荒涼的十字路口。

吉米把車子停在兩個路口外，葛瑞格一直留意有沒有警車開過來。我們得先用外套袖子把雕像擦乾，因爲雕像已經滿身露水，快要結冰了——三月了，停車場還滿目瘡痍，一堆堆沾了廢油的雪。瑪莉娜把陽具舉高到大男孩的身體上，我設法用大力膠帶黏住，用牙齒咬斷膠帶，可是她精神恍惚，動來動去，一直笑，每次我覺得膠帶應該夠多了，下一秒陽具就掉到地上。

我低聲說：「瑪，別鬧了，妳動來動去我沒辦法黏。」

「好重！而且我冷死了！」

「我叫妳要戴手套，我說妳會冷。妳每次都這樣。每次都穿錯衣服，然後一直抱怨。」

「車。」葛瑞格用氣音喊，瑪莉娜和我跳下基座，躲進後面的樹叢裡，大聲喘氣，而陽具還半黏在上面。

最後我終於想到必須把大老二黏在大男孩微分的雙腿之間，抵著隆起的肚子，好好利用那個不規則四邊形的空間，然後膠帶必須像腰帶一樣整個繞一圈。爲了確定它可以撐到早上，我們一直繞圈，把膠帶都用完，還用畫8字的方式黏它的睪丸，等我們大功告成，大男孩的工作服下半身幾乎完全變成銀色了。瑪莉娜在大男孩的背部用噴漆噴上**瑞特納先生**，然後再到處噴上**瑞特納**這幾個字。漢堡麵包的最上面，**大男孩**胸前的霓虹藍「大男孩」字樣上，連基座也沒放過。陽具上頭有PERV（變態）四個大英文字，是我們在白膠乾了之後立刻用油性馬克筆寫上的。

葛瑞格喊：「車！」可是無所謂，已經完工。瑪莉娜用吉米的高級手機拍了一張照片，然後我們三個拔腿就跑，拚命跑。那是我記得最清楚的事，我們的身體劃破黑夜，瑪莉娜的手握在我手裡，兩排睡著的房子看著我們狂奔，我們的氣息在空氣中變成銀色，我們甩上車門，吉米加速駛離，我們的心臟猛跳，窗戶放下，冰凍的黑暗鞭打我們的頭髮，我們狂笑三十分鐘。我們有那麼多時間。在他們在湖水裡發現她之前，八個月又幾天，足以改變接下來將要發生的事，如果我們知道要留意它。

在一起，我們就擁有力量。我們有能力報仇。就像我說的——我們兩個成就一個完美、不能隨意對待的女孩。只要不落單，沒有什麼能傷害我們。

※

瑞特納先生就住在大男孩餐廳的同一條路上，去基沃尼高中一定會經過那裡。更重要的是，他一星期至少有兩天在那裡吃早餐，這是小不點說的，她在**叢林**當收銀員。她說他習慣跟他太太和四歲大的兒子坐窗邊的雅座，可以看到停車場和**大男孩**雕像。

上課時間開始五分鐘後，他一進教室，一半的學生開始竊笑。他沒注意到。他面無表情地說，今天要看影片。《比爾教科學》，講火山的。有好幾次，他走出黑暗的教室。從門上窄窄的窗戶，我可以看到他在跟別的大人講話，萊西先生，還有一名警員。影片在下課前十五分鐘結束。

他說：「你們可以走了。」於是我們魚貫走出教室。我慢慢收東西，可是他好像沒注意到，也不在意，要是平常，他就喜歡在我走出教室時攔住我，教我上課要專心，說他看到我在桌子底下玩手機。當他成爲注目的焦點時，他是什麼感覺？他感覺被人**看光光**嗎？他知道原因嗎？我把一閃而過的同情趕走。

第二天我們成了頭條新聞。我想，這是我們所有人的第一次，也是最後一次，除了瑪莉娜。報導引用了一句珍妮絲．瑞特納的話。她是瑞特納先生的太太，在報紙上登的那張照片裡，她看起來很漂亮，而且沒比我和瑪莉娜大多少。珍妮絲說：「這裡是個小鎮。我希望做這種事的人能好好想想，這會給我們家帶來多大的衝擊，我要怎麼對我的小孩解釋。」瑞特納先生則拒絕評論。他們拆掉陽具，把大男孩從頭到腳噴成黑色，我們推測，只有這樣才能夠遮住瑞特納先生的名字。

那天晚上我問瑪莉娜：「妳覺得很糟嗎？」

「他活該。」

「可是我沒有想到他的老婆。」

「我們幫了她的忙。」瑪莉娜翻身，她的背剛好靠在我的手臂邊。她的睡覺習慣很霸道。

「她應該知道自己嫁了什麼樣的人。」

「眞的嗎？也許她不要知道比較好。他們有個孩子。」

「別傻了，那個孩子沒有他會更好。變態是慢慢養成的。妳想那種人最初是怎麼變成變態的？」

「大概是吧。」

瑪莉娜說：「說個故事給我聽。」她已經快睡著了。

「妳不會喜歡我正在看的東西。是講一個孤兒女家庭教師，愛上年紀大的老闆，不過他有個被關在閣樓的瘋老婆。而且她很迷信神。」

「看吧？不是只有妳，沒有人考慮到老婆。那個女教師知道她嗎？」

「她覺得情況很複雜。」

「算了，我不要聽這種故事。不要傻女孩。講別的。」

「例如？」

「說我們的故事吧。」她又翻個身，面對我，整個人醒了。「而且要精彩的。給我們刀子，或別的。讓我們很強。」

※

我們的陽具上報紙頭版的同一天，《新聞評論》還提到**勞德洛**遭到入侵的事。勞德洛是一間家庭經營的地方藥局，距離大男孩餐廳大約五哩，附近有幾間避暑別墅，每年那個時候多半是空屋。我們的惡作劇，因爲太粗鄙顯眼，幾乎占據整個頭版，而藥局的新聞只有左手邊一小欄，翻到第三頁再繼續。我能注意到這則新聞，算我運氣好——是因爲報紙上登了我們的事，我才會拿起報紙來看。警方懷疑勞德洛竊案是內賊所爲；四周都沒有遭破壞入侵的跡象，但是架子上有價值數十萬——這是報紙說的，我完全無法理解這數字到底有多大——的藥品失竊，而且多半屬於第二級和第三級管制藥品——主要成分包括羥考酮[1]、派醋甲酯[2]、苯二氮平[3]和右旋苯丙胺[4]。我沒有證據能證明竊案是波特所爲，而我在銀湖期間，也沒有人因爲該竊案被捕並遭起訴。可是大概就從那時候開始，一直到夏天，瑪莉娜好像更容易拿到藥丸了。

1 Oxycodone，類鴉片止痛成分，即奧施康定的學名。
2 Methylphenidate，利他能的學名。
3 Benzodiazepines，鎮靜安眠藥。
4 Dextroamphetamine，類安非他命藥物。

※

四月一個週五晚上六點半，媽正準備出門去約會。她在房間和浴室之間來來回回，身上籠罩著香水、焦慮和髮膠的味道，每次踏著釘鞋搖搖晃晃到玄關照屋裡唯一的一張全身鏡，身上的衣服就換了一套。

我跟瑪莉娜說：「我就知道會有這一天。」她已經吃掉兩碗玉米麥片。有時候，瑪莉娜真的很會吃。

瑪莉娜說：「當然啊。妳媽很辣，很**務實**，而且**什麼事都會嘗試**一次。媽的，我都想上她了。」她唸的是我媽的線上交友資料。有天晚上，凌晨三點，瑪莉娜去用我的電腦，想看葛瑞格有沒有上線，結果既尷尬又興奮地發現我媽的「遍地芳草」帳戶資料就在螢幕上，而且沒有登出。那天晚上我們幾乎把她寫的東西都背下來了。

「真搞笑。」

「吉米去上班嗎？」

「我不知道。大概吧。」

「也許妳媽會徹夜不歸。全壘打。」

「拜託拜託，不要拿我媽開噁心的玩笑好嗎？」

「拜託拜託，不要對妳媽那麼壞好嗎？」

「我哪裡對她壞了？」

「妳眞的對她很壞啊。妳的態度都很自以爲是。她就算走過來跟妳說她得了癌症，妳還是只會翻白眼。妳好像忘了，我們有些人沒那麼奢侈，還能對媽媽使壞。」

她把碗丟進水槽，跟我放在那裡的碗相撞，氣沖沖地往我媽的房間走。我應該說什麼？我討厭瑪莉娜偶爾會用她不堪的人生讓我顯得品行不如她，我討厭她老是打出傷痕累累的朋友這張王牌，讓我的問題跟她相比之下顯得多麼幼稚。她脾氣暴躁，是因爲她的藥吃完了，而不管她一直發簡訊的對象是誰，對方都沒回應。我爲什麼該因此受罰？可是她說的對。我對我媽很壞，只爲了這個不可避免的原因：她是我媽。

「她這樣很美吧？」瑪莉娜在浴室裡喊，語氣裡沒有絲毫吵架的痕跡。「妳過來看。」

媽的頭髮燙直了，像閃著金光的瀑布，從頭髮上反射出來的浴室燈光，變得更亮了。站在她們兩個旁邊，我反而是格格不入的那個人。她們是耀眼金黃，是比基尼加冰棒，是會割人的草和正午豔陽下會燙人的塑膠椅。

媽穿了一件老鷹合唱團的T恤，是我沒見過的，領口繞著脖子一圈磨出了柔和的細洞，像蕾絲。她的牛仔褲是緊身的。她看起來不老，但臉上有種氣質——你絕對不會以爲她是我們這種年輕女孩子。我在內心深處一向意識到，我這年紀的女孩子正要進入美貌的全盛時期，而一旦漂亮的年紀過去，我的價值就會開始滲漏了。我在電視和雜誌上看過，在老師和雜貨店裡的女人的臉上看過，再也沒有人會看那些女人。我也在我媽身上看過，她打量我和瑪莉娜時，她的眼裡閃著一些回憶。

「那件T恤是哪裡來的？借我穿。」我靠在門框上。浴室已經有她們兩人，容不下我。

「我在妳這個年紀時，應該就有這件衣服了吧。」她畏縮了一下，把一個銀色三角形穿過耳垂。「有些東西是神聖的。這間屋子裡的每一樣東西都是你們兩個孩子的。我也得有幾樣東西只屬於我自己。百分之百屬於我的。妳懂吧？妳也不喜歡我借妳的東西來用。」

「媽！我根本沒看妳穿過。」

「妳眞的要這樣小題大作啊？」瑪莉娜從她口袋裡掏出一支珠光唇蜜，遞給我媽。「我覺得妳應該在口紅上加點唇蜜。口紅太『認眞對待我了』。唇蜜就像，『要不要吻我？』」

門鈴響了。我大喊：「馬上來。」

我要瑪莉娜把視窗關掉前，我們看了幾個和我媽通訊息的男人。他們多半年紀大，不然就是看起來很無能，很可能是有婦之夫，只是在「遍地芳草」上尋找一時的快感，在一成不變的平凡生活裡麻痺自己，暫時逃脫他們的粗織地毯、壓平堆在車庫裡的可沛利果汁袋。有些是夏天來度假的有錢人，想在天氣暖和、來這裡之前先安排好約會。他們寫給媽的訊息大概是：「嘿，辣妹，妳今晚要做什麼？」或「寄張照片來吧！」或「妳＋我＋船＝七月四日！」幸好，我發現媽從來不回那種訊息。

我去開門，結果站在門口等的人是波特，他剪了個平頭，丹寧外套的袖口露出一個扭曲的刺青，一路張牙舞爪爬到手背上，手裡拿了一支紅玫瑰。

「老天爺！」瑪莉娜在我後面低聲說。

「我馬上來。」媽從浴室裡喊出來：「請他進來坐一下！」

他看著瑪莉娜，絲毫不意外，一抹笑容爬上他的臉。我說：「等一下。」然後當面把門甩上。

我氣沖沖地對她說：「搞什麼，波特來這裡幹嘛？」

「我不知道。我怎麼會知道。」我聽到的是她要我不要逼問她。我聽到她要我酷一點，不要管。波特敲門，客氣地叩兩下。

「瑪莉娜，不要當我是白癡。這是我**媽**的事。」

媽問：「妳們兩個在做什麼？」她站在玄關口，看起來就像從更好的宇宙裡剪下來、隨便貼到這個場景來的人物。她正要上車出門的對象，是個毒販，願意用小包裝的藥丸，換來我最好的朋友讓他上十分鐘的二壘，而我什麼都沒說。「妳剛剛當著他的面把門關上嗎？」

門開了幾吋，波特把頭伸進門縫裡。「沒事吧？」

媽說：「啊，請進。」她的聲音完全聽不出緊張、奇怪或正要約會的樣子。「麥可，這兩個沒禮貌的野人是我女兒，凱薩琳，還有她的朋友瑪莉娜。」

「我在瑪莉娜這麼小、還沒有現在一半漂亮的時候就認識她了。」波特亮出一排灰牙齒，伸出手掌，比出一個看不到的孩子。「我跟她爸爸從高中就認識了。」他把她拉過去側身抱了一下，親吻她的頭頂，發出誇張的咂聲。媽生氣了。在瑪莉娜的葬禮上，很多人提到她跟人相處的樣子。她不管到哪裡，那裡的氣氛就會變得像可樂表面的氣泡。這讓她很容易解讀——當她害羞、害怕或不開心等等，她就會把自己關起來，那個氣氛就會消失，好讓她把自己變成——眞的沒有更好的說法了——一個殼。波特一碰她，瑪莉娜就武裝起自己，媽也注意到了。

波特長得並不難看，不過他的牙齒歪七扭八。我從沒這麼近而且是在正常的光線下看過他。

他的臉有一點凶惡的帥氣——他震動腳掌丘，用玫瑰花拍打著牛仔褲。跟我爸很不一樣。我爸，笨手笨腳、裝模作樣索求幫助以及感情，是男性版的深閨怨婦。波特把玫瑰塞進我媽手裡。誰來阻止這件事？

過沒幾分鐘他們就走了。

「她不會有事的。他並不是壞人。他們要去蘋果蜂餐廳，妳別緊張。」瑪莉娜吃很多之後，臉都會有點腫，而且她需要洗頭了。「要是他會變成，呃，妳的新爸爸，」她繼續說：「我保證我們一定會想辦法的。」但這只是一次約會而已，她一直這樣說，提醒我自從我們搬過來之後，我媽從來沒在天黑以後出過門，也沒換上外出服，甚至沒去酒吧吃個漢堡，像正常人一樣喝點啤酒。「妳媽絕不可能喜歡上他的啦。她那麼辣，還很聰明。他這輩子大概只有兩種想法，其中一個是**我餓了**。」

我確定媽有危險，因爲我選擇保護瑪莉娜（保護她什麼？避開波特？避開我媽知道眞相後改變對她的看法？），而把自己的母親交出去，交給讓我在直覺上害怕瑪莉娜的爸爸的那種東西。不管我們做什麼，瑪莉娜的爸爸都在邊緣盤旋，像個拿著尖銳物品的影子。即使如此，我還是讓她的聲音關掉在我的身體裡響個不停的警鈴。

況且，波特親瑪莉娜時，媽生氣了，這個訊號只有我看得出來。最近她很少這樣，但我從小就對她這種情緒很敏感——譬如我跟她說，每天下課回家，麥克斯威爾·貝里都會吐一口痰在我頭髮上，還有爸說要來又取消之後那緊張的幾分鐘。在關上的門後，在傳出車子發動駛離的聲音之前，我聽到媽的笑聲。虛假而充滿警戒，假裝**我什麼都不知道**的意味。

如果這不是表示一切都在她掌握中，那又是什麼意思呢？

※

媽出門後，我和瑪莉娜就去找酒，費力把櫃子深處一瓶沒開過的風時亞挖出來，我們在那裡放了幾個空盒子，排得整整齊齊，塡補媽的存貨空位。我們把兩個水壺裝滿酒，連同三盒起司通心麵，拿到瑪莉娜家去，陪薩爾玩一會兒，再送他上床睡覺。瑪莉娜和萊德現在不說話，我搞不清楚這次又是爲了什麼蠢原因，而葛瑞格跟小不點在一起，所以只有我們。雖然我會跟瑪莉娜一起抱怨，好好一個週六卻跟不到十二歲的小鬼在一起，眞是太差勁了，但其實我比較喜歡這樣。我甚至喜歡薩爾，因爲跟他在一起時，我們會暫時不魯莽，用微醺取代爛醉，早早上床，第二天還能看到週日早晨的太陽。

也許大部分的青少年都認爲自己住的地方很無聊。但言語實在無法形容，在冬天的尾巴，住在密西根北部的十五歲孩子所感受到的沉悶近乎悲劇。好幾個星期看不到太陽，雪下個沒完沒了，無處可去，永遠都好冷，認識的人都很窮，煤氣燈電影院每隔幾個星期才播兩部難看的大片，除了一間加油站，就沒別的二十四小時營業的商店。我們不能滑雪，因爲只有寇特妮和麥卡這種有錢人家的孩子才能滑雪，除非你認識在滑雪場工作的人。學校就別提了。唯一類似音樂廳的地方，是週五晚上十點過後的金水酒吧，那時高中樂隊老師會演奏詹姆斯・泰勒的翻唱歌，喝了蘭姆可樂的他會變得多愁善感，超有情調——但是他們嚴格檢查證件。最近的購物中心要往南開九十分鐘的車，天氣不好的話就得開整整兩個鐘頭，而天氣永遠都不好。外面的一切都好美。

冰柱跟學步的孩子一樣高，空氣乾淨到你的呼吸就會把它弄髒。於是每個人都喝酒。老師帶著宿醉來上課。家長開車過了停止標誌還滑行，被開了酒駕罰單。我們喝酒，瑪莉娜吃藥，萊德賣亂七八糟的甲安，連吉米，我認識的人裡最聰明的一個，也像個可憐的殭屍，從家裡到基沃尼塑膠到Subway漢堡店到家裡，拖著腳步來來回回，彷彿有人綁住他。有時我們想方設法找來可以開的車，開到比我們住的地方更鄉下、更偏遠的地方，停在冰凍的湖邊，而方圓二十哩內還有千千萬萬個這樣的湖，只爲了聊勝於無地換一下風景。我們不是買得起冰刀鞋的那種小孩，就算買得起，也沒人教過我們怎麼溜。雪兒的辦公室有一盞紫外線燈，跟她有約時，她會用燈照我的臉，希望那樣能讓我心情好起來。

她不瞭解，我也永遠沒辦法解釋清楚的是，雖然銀湖的無聊程度眞的到極度壓迫、危險、令人痲木的境界，但現在的我比以往都還要快樂。我感覺到一股陌生的自由。我完全搞砸了，可是世界並沒有結束。冬天壓抑了一切。

穀倉跟平常一樣亂七八糟，至少碗盤還算乾淨。我拿一個大鍋子沖洗一下，裝水下去煮，把兩盒起司通心麵放在流理臺上。

薩爾說：「我媽都會加番茄醬。」每次薩爾提到他的媽媽時，我們都故意忽略——他最近常提到，說得好像她就在樓上，不是已經失蹤三年。

「幫你那一碗加很多番茄醬好不好？」

他皺起眉頭考慮。薩爾很機靈，但好像沒人注意到或沒人在意，即使只有那短短幾個月，我看到他的脾氣慢慢變得無法控制，像蜷縮在他體內的小野獸，渴望鮮血。

他說：「可是妳必須試試看。」

我抱住他的腋下，把他舉起來，讓他可以把兩盒通心麵倒進水裡，十八公斤重的他動來動去。水還沒滾，可是薩爾沒耐心。他多久沒吃東西了？瑪莉娜在浴室。我把通心麵撈起來後，讓薩爾站在椅子上，給他攪拌起司粉和我在冰箱最下面的籃子找到的半條奶油，奶油還有點軟軟的。沒有牛奶，所以我們加一點水，然後加很多鹽和胡椒。

「我要**很多**。」薩爾跟我說：「我可以吃比我姐姐還多。」他都這樣叫瑪莉娜——我姐姐，我姐姐，所有權和榮耀的印記。

我們看了一個節目，講一群少年怪獸去上怪獸學校的事。其中一個把眼球拿在手裡，偶爾用眼球來當武器。爲了讓薩爾開心，我吃了一整碗的粉紅色通心粉。薩爾把麵吃完後，瑪莉娜對他說：「*Tu es mon diamant, Je t'aime beaucoup*。」你是我的鑽石，我非常愛你。在那個地方，水泥地板，刺骨的空氣和空無一物的櫃子，聽到那些奇妙的母音——滿城的燈光、酥脆的麵包、藍色遮陽板和昂貴的香水——感覺好奇怪。我突然覺得好難過，把薩爾拉過來，緊緊抱著他。

他盯著電視，說：「不要啦。」

瑪莉娜的爸爸回家時，我們正在改造薩爾。他坐在一個充當茶几的矮櫃上，櫃子的木板都裂開了，周圍放了瑪莉娜數量驚人的化妝品，多半是藥妝店偷來的。我拿口紅在他的顴骨上畫紅圈時，他對我說：「妳沒有我姐姐那麼漂亮。」

我說：「喔，眞的嗎？那現在呢？」我露出牙齒，伸出下巴。薩爾哈哈笑，睫毛膏染到眼睛下面。

瑪莉娜說：「薩爾，你的忠誠會得到獎勵的。」她調整他的水鑽髮帶。「好了！你，*mon petit prince*（我的小王子），你是最帥的。」

沒有車子宣告他的到來。後來，我想了想，他一定是從樹林裡的軌道車那裡，搭雪車來的。不然我們應該會看到車頭燈照亮穀倉臨街的那扇窗戶。他甩上廚房門，我們三個都嚇了一跳，瑪莉娜手上打開的一條眼睛亮粉掉在地上，亮粉四散在地上。

他說：「什麼味道啊這裡。」**這裡**兩個字分解成一連串身體爲之振動的噴嚏。爲什麼人吸毒亢奮時，都那麼明顯呢？他們的身體和四周環境沒有順利接合——彷彿他們是從人生裡被剪下來，縫回去時沒縫好。瑪莉娜眞的精神恍惚時，那就好像她的電影是黑白的，而我的電影還是日復一日同樣老套的顏色。瑪莉娜的爸爸狀況眞的很差，他的不正常像煙一樣在屋裡繚繞。

「把你臉上那鬼東西拿掉。」他對薩爾說，搖搖晃晃走了幾步。「那是誰？妳是誰？」他的眼睛聚焦在我的頭上方，所以我不確定他是在說我，還是某個只有他看得到的東西。薩爾走了，像變魔術一樣。我們綁在他脖子上的毯子的鬚邊消失在黑暗的閣樓。

「爸，是凱特。妳見過她。你知道她是誰，是我們的鄰居。」

「喔，對，很吵的那個。還很愛管閒事。」

他在沙發上坐下來，擠在我們兩個中間，用指節擦了擦嘴巴。我不喜歡他的腿碰到我的腿。

「妳們兩個在喝酒？」

我說：「沒有。」

他說：「妳是騙子。」

瑪莉娜說：「凱特，回家去。妳趕快走。」

我說：「沒關係。」

瑪莉娜的爸爸模仿我，說：「沒關係，沒關係。她不想走。」

瑪莉娜用法語說了什麼，說得又快又急，我聽不懂。

他把手放在我的下背部，我全身都繃緊了。

「妳是什麼？印地安人？」他的拇指沿著我的脊椎移動，我發現，那是不曾有人碰過的地方。「妳有印地安人的眼睛。」接著他的手伸進我的運動衫，往上走，把玩我的胸罩扣。他說：「很黑。」他的手指一扭，解開扣子，大聲呼吸，近乎笑聲。我可以感覺一動也不動的瑪莉娜正在用力思考。我的胸罩開了，釋放了我的乳房，可是我沒動。他把手抽開，一股戰慄從他的皮膚擦過的地方流過我的身體，然後離開。他說：「妳的奶奶跟胖女生一樣，可是妳很嬌小。」

我竟然笑了。

瑪莉娜說：「別鬧了。」她誰也沒看。

「小莉娜，妳喝太多了，妳喝得跟成年男人一樣多，像個沒用的人。我覺得妳喝得比我還多。」他拿起一個水壺，打開蓋子，聞了一下。他用力把沒蓋蓋子的水壺扔出去。水壺砸中樓梯，冰塊炸開，塑膠瓶悶聲落在地上。「妳從哪裡學來的？妳媽都沒這樣喝。」

我說：「我們走吧。」我站起來，雙臂環抱胸前。

瑪莉娜說：「妳要聽懂暗示。」她的視線還是低垂。

「什麼？」

「妳眞的很煩。」她把手掌壓在閉著的眼睛上，像她頭痛時的舉動。「這不關妳的事，我要妳離開——拜託不要讓我說好幾遍，走就是了。」

「跟我一起走。」

「凱特，回家去。」

我不會哭。可是她的話讓我呼吸不到空氣，整個被掏乾淨了。

「瑪莉娜？」

她搖頭。

她要我走開，而且不肯再理我。就像那天晚上在他們家外面，我看到她在波特的車上一樣。我現在知道了，把別人關在外面，那是會成癮的行爲。我有時候也會這樣對連恩。瑪莉娜把嘴唇貼近她爸爸的耳邊，用法語低聲撫慰，同時揉捏他的頸背，像安撫受驚的狗。這就是瑪莉娜應付男人的方法。這就是男人在不知不覺中讓她拔除尖刺的方法。她也用這種方法來說服自己，就算他們對她予取予求，贏的人還是她。我站在那裡，胸罩還是沒扣上，直到我再也站不下去。然後我如她所願，把她一個人留在那裡。

到了外面，我拉起運動衫，不拿掉胸罩，費力把它穿好，用手電筒閃了一下空洞、黑暗的樹林，看似如此安靜，卻充滿——**我很清楚**——窺看的人。我距離軌道車有二十分鐘的腳程，那個地方奪走瑪莉娜那麼多東西。要多少根火柴才能把它轟到天上？車庫裡有點火器用油——我可以用那個。如果我從安全的距離把火柴丟過去，火柴沒在半空中熄滅，那我應該可以跑得夠快，不被火燒到。

我從後面口袋撈出菸，手濕濕的。我拿起一根菸咬在嘴裡，點燃尾端，直到整包菸都抽光。穀倉裡，他們相互大吼大叫，法文和英文夾雜，我一句也聽不懂。

我在樓梯旁的雪堆裡徒手挖了一個小洞，把七個菸蒂埋在裡面。我家的前門沒鎖；那個門通常都沒鎖，我突然後知後覺地害怕了，好幾百個夜晚，我都睡在一個任何人都可以隨時進來的地方。屋內，燈都關了，爐子上的鐘亮著晚上十點四十二分——比我想的還早。媽跟波特出去，很可能還沒回來。我要她。一種原始的感覺，根植於細胞的渴望。我想打電話給她，要她回家，陪我坐在沙發上，在她大腿上放一顆枕頭，讓我的頭枕在上面，一起看《亂世佳人》，或其他時間夠長的電影，足以讓我抹去我離開家踏出的每一步可怕的步伐。我拿出手機撥號。直到今天，我十幾歲時記住的她的手機號碼，仍然活在我的指尖。幾秒後，我按下撥號鍵，聽到她的電話在附近響起，就在屋裡。我隨著聲音穿過廚房，踏上通往臥房的走廊。整間屋子感覺超級空洞，除了那預設的**鈴**、**鈴**聲；她一向懶得換來電鈴聲。她的房間門開著，我一路挺進，起初，我很確定房裡沒人。屋裡的物品一樣又一樣——梳妝臺、半掩的窗簾、牆壁上的水藍色——我的眼睛慢慢適應黑暗。她在床上，趴在被單上，臉朝下，穿著那件老鷹合唱團的T恤，兩條腿光溜溜。

「媽，」我說：「媽咪？」

我走過去時，被她的靴子絆了一下，我很確定，確定——確定什麼？我嚇死了，被那個念頭嚇到無法思考。我靠在她上方，拉她的一邊肩膀，拉到她翻身，以彆扭的姿勢躺著。她的手臂落下。她睡著了，呼出的氣息滿是酒味。

紐約

我在慘淡而虛弱的時分醒來，地上的貓抬頭看我。我在浴室用兩大杯水灌下兩顆止痛藥，回到床上繼續翻來覆去的睡眠，半睡半醒地剛好察覺公寓裡嚇人的光亮。連恩的鬧鐘停止，房裡盈滿陽光，我賴在床上。我不想跟他一起去搭地鐵。我又宿醉了。嚴重宿醉。

在我們的居家辦公室裡，盒子裡的東西散放在桌上——垃圾桶裡有三個空啤酒瓶。第四瓶，喝得差不多了，只剩一小口，就放在我打開的筆電旁。我碰一下軌跡板，螢幕上出現一個Word檔案，寫滿內容。我關閉電腦，拿了盒子裡的別針，要給薩爾。爲了掩飾病容，我上了比平常濃的妝。我的隱形眼鏡盒蓋子沒蓋，牙刷丟在浴缸裡，刷子插在排水孔上。離開公寓時，我把空瓶子和六瓶裝的包裝套拿到走廊底的回收箱。

擠在地鐵車廂內兩名西裝筆挺的男人之間，我的胃上翻下落，上翻下落，往喉嚨騰起，接著又沉落腳下。不管有多不舒服，我都沒吐過——當天晚上不會，隔天也不會，除非我刻意要吐。我沒有關閉按鈕。沒有事物來阻止我，沒有內在機制說，夠了，拜託，妳這樣會傷到自己。我好累。接著來的是慚愧，熟悉的老朋友。我看著地鐵玻璃上的自己畏縮了一下，想到啤酒加馬丁尼，血液都凝結了。早上，我總是覺得自己可能永遠不再喝酒。這時我又想到自己，在連恩睡覺時跌跌撞撞走進廚房，麻痺地又打開一瓶。我不能繼續這樣下去。可是，我已經可以想見那令人疲憊的一刻，既渴望又可怕的一刻，傍晚到了，又是適合喝酒的時間。

我到辦公室時她不在，幾個小時後，我下樓問愛麗絲問題，那個女孩子就在她習慣坐的位子上。她看起來很緊張，專心看著一本厚厚的犬科圖鑑。她的臉很蒼白，乾乾淨淨的，我走近她時，看到她正用食指畫著頁面上的狗輪廓，像孩子一樣。她穿著沾了土的牛仔褲和棕色長夾克，背包塞得滿滿的，上頭都是馬克筆塗鴉、補丁和泥巴污漬。我猜她大概十九歲，不過愛麗絲猜她應該更大，將近二十五歲。只是我知道，毒品會加速人生的時間線，就算後來戒毒了，也會讓人更靠近死亡。年紀若不是意識到個人時鐘一分一秒的消逝，表現在外貌與姿態、骨骼與皮膚上，還能是什麼呢？

我的辦公桌抽屜裡有一盒很貴的堅果燕麥棒、整顆杏仁和黑巧克力塊。連恩擔心我的血糖，每次都買一大堆。我知道，如果我不戒酒，他會離開我，我也知道我愛他，愛目前這樣舒適安心的生活，穩定的收入，回家，並且每次都知道，他會在那裡。我喜歡他把毛巾折好放在洗臉槽下面，喜歡他叫貓小寶貝，也叫我小寶貝。媽第一次見到連恩時，跟我說他是呆頭鵝。我應該提一下，她那時有點醉，而連恩幾乎不喝酒。她過了好幾年才發現，才看到我看到的——連恩是妳逼他走他才會走的男人。我想，瑪莉娜會懂的。我們想當離開的人，而不是每次都被留下來。

我拿了兩包燕麥棒，下樓到閱讀室。那個女孩正專心看最後一頁，那裡沒有狗的照片，只有小小的印刷字寫著資料清單和照片來源。我走到她後面，碰一下她的肩膀。這應該是個錯誤的決定，但我那時頭很重，反應遲鈍，心跳都快停了，腦筋不清楚。她生氣地轉過頭來，近距離看到她的臉，我就知道她嗑的不是海洛因。

「我是要拿這個給妳。」我把燕麥棒遞給她。她看看燕麥棒，又看我，眼神粗野。她張嘴，縮緊雙唇，發出噓聲。她的牙齒周圍都泛黃，下排少了一顆牙。我說：「對不起。」靠過去把燕麥棒放在書上。她繼續呲牙裂嘴，發出噓聲。痰在她的喉嚨後方響動，從嘴巴跳出來，落在我手臂上，像一排發亮的珠子。我後退，但是她持續發出聲音，整個人反身靠在椅背上。稍遠一點，一個坐在兒童室入口一張扶手椅上的小女孩目不轉睛地看著這裡，一臉驚惶。也許，她長大以後，還會記得這件事——有個女人在圖書館裡抓狂，算是她的現實裡的小裂縫。

愛麗絲過來我旁邊時，我已經走到安全距離的借書櫃檯附近。那個女孩子現在好像在拉扯眼睛，彷彿想要把眼睛從頭顱上挖出來。每扯幾下她就停下來，全身搖晃，然後把手掌貼在臉上。她的嘴唇在動，但是沒發出聲音；儘管如此，還是不可能不注意她。她的身體和手臂抽動的方式，太不像人類了，同時還發出一種聲音。我用牛仔褲擦了一下手臂，感覺她的痰還在那裡。眾媽媽領著幾個孩子走出大門。愛麗絲說：「我打了電話，他們在路上了。妳沒事吧？」

「誰？警察？妳幹嘛找警察？」

「凱特，妳在說笑嗎？妳看她。她不安全。她應該是嗑了古柯鹼之類的。」

「應該是甲安。」

「都一樣。」愛麗絲說：「她根本神智不清了。每次看到這種人，我都很疑惑，他們的家人呢？」

警察來時，那個女孩子已經平靜下來。他們一人站一邊，帶著她往圖書館門口去，就像在護送她去參加舞會。

一等圖書館恢復平常的安靜，愛麗絲就說：「事情結束了，我眞是鬆了一口氣。也許現在她會得到幫助。」

「妳知道她叫什麼名字嗎？」

愛麗絲說：「不知道。」她看我的眼神很古怪。也許我身上有酒味。

密西根

吉米說：「太誇張了。」一副媽上身的語氣。那是星期四的黃昏，我們站在瑪莉娜家的後院抽菸，就我們三個。我現在可以呼出完美的煙圈。吉米不准我蹺課，卻不反對我抽菸。我沒有跟他說這個邏輯好像有點混亂，只是很高興可以拿我跟媽打掃賺來的錢，請他到加油站幫我買菸。剛開始我都抽駱駝牌，現在則跟瑪莉娜一樣，抽百樂門——它的味道更苦也更有氣質。我有一次眞的這樣跟葛瑞格說，他很善良，沒取笑我。

瑪莉娜問：「什麼？」

我拿出手機，打開簡訊——爸寄同樣內容的簡訊給我和吉米，通知我們星期天他會到我們「這一帶」幾個鐘頭，他想帶我們去吃中飯，聊一聊彼此的近況。

「哇！魔鬼從巢穴出來了。」她噴出一條長煙。「我覺得這樣很好。這是好事，至少他想見你們。」

吉米說：「將近半年了。我們搬來這裡快半年，離他住的地方不到五個鐘頭的車程。凱特簡直是望穿秋水，他過了半年才終於要上來，好讓我們『聊聊近況』？」

吉米浪費地把抽了一半的菸丟在融化的雪形成的細流裡，轉身走回家，不管我們三個跟薩爾玩了一個鐘頭的大富翁遊戲正在中場休息。他的靴子在雪地上踩出鞋印，腳一舉起來水就流進去。五月初，院子裡還有一堆堆雪，髒兮兮的棕色，像雕刻過的爛泥巴。儘管有一堆破房子、垃圾堆和爛車，隆冬時分的銀湖還是漂亮得出奇。只是過去這幾個星期，隨著氣溫升高，一切也變醜了。

瑪莉娜說：「呃，我不懂他為什麼來一下就走。」她的失望和渴望難得那麼透明。她跟她爸吵架那件事隔天一大早，她到我家來，一副快哭的樣子，右手臂上有一排瘀青。她抱著我，說她很抱歉說我煩。她說，沒有妳我要怎麼辦？她說她之所以說得那麼難聽，是因為她知道，她只有傷我的心，才能要我離開，才能保我平安。我可以應付他。妳不行。她說，他是我爸。雖然有時候我很討厭他，可是他是我的一部分，妳懂嗎？我懂他。我相信她。

我跟她到穀倉去，各自許了一個跟爸爸有關的願望：跟我爸爸見面不會是災難一場，而她爸爸很久都不會回家，甚至永遠不回來也沒關係。

※

星期天早上，我們找不到吉米。媽九點叫我起床；我們中午要在蓋洛跟爸碰面，離我家兩小時的車程，據他說，從他現在住的地方出發，要三個鐘頭。他和貝琪要去多倫多，儘管銀湖就在他們北上加拿大必經的高速公路下來西行一個鐘頭的地方，他也懶得稍微繞一點路。爸在簡訊裡說，**畢竟我們只有這一週休假**，最後還加了一個:)。我到外面找吉米。他很可能只是早起，正在用一管大麻武裝自己面對今天，可是前後院都沒看到他。我瞄了一下瑪莉娜家的窗戶，同時注意到來回他們家門口的鞋印，當然那只是他昨天留下的足跡。

吉米的床亂七八糟，像剛剛才起床，但是他的靴子和外套都不見了，他的菸也不見了。我踢了幾下堆在地上的衣服，趁這個機會好好窺看一下。他從來不讓我進他的房間。我沒穿鞋的腳踩到一樣又冰又刺的東西，我的體重壓得那東西叫了一聲。我彎下腰去看踩到什麼。瑪莉娜的別針，讓我的腳壓到彈開，灑落白色粉末和三角形的藥丸碎片。我昨天才看到她戴；我清楚記得我們在玩大富翁時，她還把玩過別針，那是她思考時的習慣動作。小房子的門關不緊，別針歪一邊。我有看過她沒戴這個別針的時候嗎？我把藥粉抹在地毯上，一直抹到看不見藥粉的痕跡，把別針拿到我的房間，弄了好一會，想把刺針扳回正確的位置，很緊張自己弄壞這麼重要的東西。那種驚慌，讓我一時忘了問自己踩到什麼東西時應該問的問題。瑪莉娜的別針為什麼會在吉米的房間地板上？有人敲門，我的心猛跳一下，我把壞掉的別針藏在衣櫃最角落一件破舊的運動衫口袋。

我開門時，媽說：「他至少也該留張字條吧。」一縷熱氣從她手裡拿的馬克杯升起，半遮住她的臉。

「馬的，他眞的太幼稚了。我不敢相信他竟然讓我一個人去應付爸。」

「妳的嘴眞甜。」

「馬的，馬的，馬的。」

媽看著手上那杯茶乳白色的中心。她說：「我們二十分鐘後出發，到時要是妳沒準備好，我們就不去了。」我翻白眼，然後，發現她已經轉身走開，又大聲嘆口氣，好讓她聽到。我決定，我要努力不去想別針，不去想我在哪裡發現它，儘管我領悟到的事已經在那裡，在我的思緒邊緣飛舞，等著我給它正名。要忽視你眞的不想知道的事，很容易。

我很快就會見到爸了——別的事都不重要，甚至，連瑪莉娜也不重要。

我沒約會過，但那天早上，我感覺自己就像正在準備去約會。我試穿了一件裙子，又換一件，兩件都是自從搬離底特律後就沒穿過的。最後我決定穿瑪莉娜的衣服——是我親眼看到萊德去喀斯開車道送貨那天，她穿的那件桃紅色洋裝。那是她幾個星期前留在我家，自從她發現媽會把她的衣服跟我的一起洗之後，她就養成這個習慣。我把棉洋裝套在頭上往下拉，很驚訝地發現，洋裝穿在我身上，就跟穿在她身上一樣適合——裙襬在臀部的地方放射幅度更大，因爲我的臀部比她胖，不過領口在我的胸部之間露出了類似的山谷。我的頭髮掠過鎖骨，像鼠毛一樣的褐色。這個我無能爲力。我在臉上塗粉底，用修容餅刷亮顴骨。瑪莉娜教過我用煙燻筆沿著內眼線畫，再用亮粉修飾鼻梁和淚溝之間的凹陷，所謂「修容」，就是這個意思。我夾撬睫毛，刷兩遍睫毛膏，最後朝空氣中噴香草香體霧，穿過那刺鼻的雲霧。

在車上，儘管冷風刺骨，而且我們高速離開銀湖，經過公路上沿線的農田，一陣陣肥料味隨風吹進來，媽還是刻意把窗戶放下。媽也刻意打扮了。她穿黑色緊身牛仔褲，一件薄紗長版衣，突顯出包覆她上半身的細肩帶背心；她用了一種可笑的乳液，讓她胸口的皮膚在燈光下微微發亮。要不是她太明顯想讓自己看起來年輕一點，我會承認她看起來挺不錯的。最近，她越來越常借我的衣服去穿，愛逛莫理斯的少女裝。看到她塗珠光唇蜜、穿高跟靴，我是既想搖她、抱她，又想消滅她。最重要的是，自從她和波特的約會災難——沒有第二次——後，我就不由自主地注意到，她那既陽光又黯淡的眼睛，像男孩子一樣小的臀部，細瘦的手臂，使得她看起來更像是瑪莉娜的媽媽，而不是我媽。

離開小鎮幾哩路，車子在停車號誌前暫停時，媽放下上方的鏡子，皺眉看著自己，舔了一下指腹，擦掉左眼下方一抹暈開的棕色眼影。

「媽媽，很好看啊。」一股突然湧現的愛意讓我自己嚇一跳，也截斷我原本對她的嫌惡，因爲我發現她花了整整一個鐘頭，拉直原本就已經很直的頭髮。「妳看起來眞的很漂亮。」

她把鏡子翻回去，一隻手搭在我肩上，抱住我。我的臉頰自己跑去貼在她胸口——我隱隱擔心睫毛膏，但還是閉上眼睛，吸收她的氣息，那熟悉到超乎感官的氣息，是我既抗拒又渴望的生物型鎮定劑。燈號轉綠，她繼續抱我，反正也無所謂，因爲路上沒別的車。

「眞是我的乖寶貝。」她對著我的頭皮說：「我就知道妳躲在某個地方。」

※

媽瞄了一眼我的大腿上那本沒打開的《黑暗的左手》，問：「看這麼慢啊？」

我說：「不是啦，只是不太能專心。」

蓋洛郊外二十分鐘車程的地方，我的手機震動了。瑪莉娜發來的簡訊。**我的小桃子別讓惡魔打倒妳！！！**過了幾秒，手機又響了一下。**真討厭妳不在，真討厭妳不在。**

我發簡訊問，**妳知道吉米在哪裡嗎？**

過了一會兒：**不知。**

媽把車開進餐廳的停車場，餐廳名叫克佛。餐廳四周的田裡都是斷掉的玉米莖；馬路對面有間BP加油站，還有一家阿比速食跟它打對臺。停車場幾乎是空的，只有幾輛車，我都不認得。媽輕快地說：「他還沒到。」已經十二點十四分了。每次有車子開過來，我們就緊張起來，可是沒有一輛車轉進來。

十二點三十二分，媽說：「抱歉，親愛的，他可能只是晚了，或者在市區遇到塞車。要不要進去吃點東西？」

「去克佛吃東西？」

媽哈哈笑。「幹，克佛到底是什麼鬼名字？」

「我不想去叫克佛的人開的店裡吃東西。」

「他們很可能沒賣食物，很可能那只是某個可憐鄉巴佬家的客廳。」

「我敢說裡面一定像上億個皇帝豆放過屁的味道。」

我們兩個都太過努力想要真心笑出來，儘管如此，我跟她在一起，已經好幾個月沒有感覺這麼自在了。

我告訴她：「妳剛剛說**幹**。」

她說：「幹。」然後我們兩個眞的都笑了。我們的笑聲融合在一起。

「妳知道我從什麼時候開始覺得妳爸是個討厭鬼嗎？」

十二點三十五分。我傳給爸十幾個問號。

「我懷妳的時候。我想，吉米小時候我應該也有很多理由這麼想，只是那時我是新手媽媽，注意力都放在妳哥哥身上，更在意他的排便狀況，而不是自己該不該不到幾天就吃完一包薯片。」

「眞噁心。」

「懷妳時，我變得很胖。眞的很胖。我超愛吃麥當勞的麥香魚堡，可以說是我唯一想吃的東西。以前外婆總愛開玩笑說，妳會游泳出來。」

「媽，眞是的，謝謝妳傷害我的大腦。」

「哎，妳沒事啦。」

她繼續說，她挺著一個大肚子、我快出生的時候，有一次她問爸能不能去幫她買一份麥香魚。吉米那時候正在鬧脾氣，爲了一些小事哭鬧，那時是晚上七、八點吧，她記得她吃過了，可是又餓了。她說，等我以後自己懷孕，就會懂那種無時不刻的飢餓是什麼感覺，就算嘴巴已經在嚼了，飢餓感也無法平息。爸沒回答，她又問了一次，他還是一句話也沒說。「瑞克。」她又喊了一次，兩次，他繼續盯著電視。於是她抱起當時已經在大吼大叫的吉米，站在電視機前，擋住爸的視線。她說：「我氣的不是他沒立刻跳起來去幫我買，而是完全沒**回應**。」他常那樣，連直接的問題都無視，嚴重到她覺得是自己瘋了，也許她開口說話，可是沒有話跑出來。她受不了而失去理智，開始像吉米一樣大吵大鬧，爸站起來甩門離開。她以爲他是去得來速，可是他一直到第二天早上才回來。後來，她在汽車後座一個沾了油的紙袋裡發現兩個麥香魚。

我們看到一輛貨車從媽的車窗前越開越近，又揚長而去，超過阿比速食，超過遠方的十字路口。聽了媽的故事，我對父母的認知經歷了一連串快速的轉變，就像檢查視力的醫生換鏡片時的字母——先是清楚，接著模糊，銳利，然後又回到無法理解的混沌。

「我懂了：他很爛。我的一半是由天底下最糟糕的人貢獻的。妳是要我這樣說嗎？」

「不要這麼幼稚。我沒有要妳說什麼。我只是要妳知道，他現在做的事，其實他一直是這樣。冷漠，古怪。那一直存在於他的個性。第二天早上，他表現得像什麼都沒發生過，但也沒有想要彌補我的樣子。我發誓，我感覺腦袋裡有一個小門開了，小門後面的房間裝滿所有關於他而我不願面對的鳥事，然後就這樣，啊，離婚，這句話就這樣冒出來，成了一個選項。」她往我這邊調整了一下姿勢，伸手要碰我。我往副駕駛座這邊的門縮。「嘿，不過很值得。妳，妳哥哥，你們兩個實在太值得了。」我快受不了她了。「我只是不想要妳對他有任何期待，那是我想要表達的重點。」

我突然想到書裡的一句話。**我的人生暴露在危險之中，而我不知道**。很早期的記憶，如此不確定，我往往當夢境一樣隨手揮開；我，五歲，半睡半醒地坐在他的車子後座，而車子停在一棟陌生房子的車道上，爸坐在前廊跟一個女人說話，她的頭髮上有一條粗藍線。我八歲或九歲那年夏天，爸搬到商店街附近一間公寓。我去他那裡時，他都會給我很奇怪的禮物——巨魔娃娃，而實際上我討厭娃娃，甚至到會做惡夢的程度，還有身上有二手店味道的絨毛狗。我還記得幾件他的事，都是在那些長週末發生的。想到那段時間，我的想像力就會充分發揮，想到陰天，我在他住的社區晃蕩，把巨魔娃娃臉朝下地埋在某戶人家的花床碎木片下，沒人找我，沒人在乎我會遇到什麼事。

媽把窗戶開到一半，又往上升，升到只有一個手指的寬度，讓春天潮濕的空氣及護根木的味道咻咻吹進來。「妳多大了？十六歲？」

「我十五歲。」

「妳知道我的意思。妳可以應付這種事。妳可以面對事實。」

一點零三分，我們正要離開時，他把車子停在離我們有一小段距離的停車格，彷彿是在說，**我到了，不過不要習慣這種事**。他開了一輛陌生的車，暗紅色的五人座，駕駛座那邊的門有個很深的凹痕。疏落的陣雪可能就會讓它退役。貝琪坐在副駕駛座。我當然知道她會在那裡——**畢竟我們只有這一週休假：）**——可是看到她，還是讓我的腸胃都打結了。

我們四人在人行道上碰面，詭異地打招呼，媽和爸先來一個虛假的擁抱，兩人的胸部離得老遠，中間足足可以塞下一對眞正擁抱的人，貝琪就在這時虛情假意地拍一下我的頭。接著她和媽都當對方不存在，而爸——他沒有使出超有魅力的招牌動作，衝過來抱起我轉一圈，假裝見到我是他所能想像最棒的事——則是一副畏縮又有點難過的樣子，說我今天很可愛，伸出一隻手勉強勾住我，把我夾在他的側身。媽說她在車子裡等我們吃完。

貝琪問：「妳確定？」完全就是在裝善良。

媽說：「我確定。」她已經往車子走去了。

爸說：「妳這妝化得有點誇張吧？」我的體溫瞬間上升一千度。

進到克佛，裡面亮得跟醫院一樣，瀰漫炸油和清潔劑的味道，就像標準的速食店，菜單跟「冰雪皇后」幾乎一模一樣。「歡迎光臨克佛！」收銀臺後一個開朗的超重女孩大喊，她穿了一件可怕的白色護士服，上頭濺了番茄醬和油漬。我直接到廁所去，花了幾分鐘用一張折疊紙巾擦臉。餐廳幾乎沒客人，只有另一張桌子有一名黑人婦女和兩個小孩，其中一個把一根薯條塞在兩顆門牙中間的缺口，對著另一個孩子猛搖頭，對方不理他。

終於，爸，他在這裡了。爸，占據了太多空間，傳遞薄薄的菜單，把位子上的麵包屑拍掉。爸。他現在的身材好像比較好——手臂上的肌肉有過度運動的扭結，讓上了年紀的男人看起來很累，有點可憐。他一邊唸菜單，手指頭一邊敲打桌面。他的鼻子曬傷，他一直把長長的頭髮從額頭上撥到後面。貝琪坐得好近，幾乎要坐到他的大腿上。爸研究菜單時，她一直看著打開的手機，用兩根發出金屬光澤的拇指甲敲打。

爸說：「我可以吃完一整個漢堡。」我從沒看過他臉上的那些皺紋。「妳們兩個寶貝呢？餓了嗎？」

我說：「當然。」我覺得自己願意做任何事，只要讓這件事快點結束，災難越少越好。

貝琪說：「我要雞柳條。」她的視線沒離開過手機。「不要薯條。」

「還要多一份烤肉醬。」爸用錯亂的嬰兒聲對她說，把醬變成了狀。他站起來要去點餐。

我說：「我跟你一起去。」

「不用不用，妳留下來。妳們兩個可以說點女生的悄悄話。」我怔了一下才明白，他的手指比的那個動作代表引號。

我說：「好吧，沒關係。」

貝琪繼續玩手機。她長得比我印象中普通，這讓我更難過，我爸竟然爲了她離開我媽，我媽——我想這個說法應該很客觀——比她漂亮一百萬倍。貝琪一發現我爸拿著食物要回來了，立刻把手機正面朝下放在桌上，對我露出差點穿幫的笑容。

「我錯過什麼了嗎？」

我似笑非笑地說：「如果跟你說，就不叫悄悄話了。」貝琪用一隻手拿起手機，另一隻手把一條雞柳丟進嘴裡。

我們安靜地把桌上的每樣東西都吃完，只剩下一個半月形的漢堡麵包後，爸說：「好啦，妳要跟我說學校的事，還是我得逼妳說？」

我扮演不再是我的那個女孩子，說：「爸，我很好！學校很好。我剛開始不想去，不過現在沒事了，我交了幾個朋友。那只是一件小事而已，你知道嗎？我現在甚至喜歡上學校了。」

他說：「我就跟妳媽說，那沒什麼。」

我同意地說：「本來就沒什麼。」**我討厭你我討厭你我討厭你**。我把頭歪一邊，讓頭髮遮住更多的臉。

「我覺得，妳一向都……太乖了。稍微反抗一下，有益小孩子的健康。我在妳這個年紀時，眞的很討人厭。」他說：「不過妳看，我長大後也還可以吧。我永遠不會成爲美國總統，但還算可以。」他告訴我有一次他把爆竹丟進卡亞街的下水道柵門，害一整個街區淹水，有一次他喝光一整個魚缸的大麻菸水，整整嗨了一個禮拜，有一次他偷開爺爺的快速船，在暴風雨中開到海灣外五十哩的地方，去見某個上州的女孩子，對方叫什麼名字他已經想不起來。貝琪不停碰他，捏他的頸背，手在他的手臂上摸來摸去，把額頭歪過來靠在他肩上。他幾乎沒看她。有一次他還把她的手撥開，彷彿那是隻大黃蜂。他也許不想要我們回去，可是他也絕對不愛她，這個愚蠢的貝琪。她雖然看起來很遲鈍，但也知道這一點。

跟我擁抱道別之後，他往我的手掌塞了一張折好的鈔票。他說：「別跟妳媽說。」他手舉到頭邊做了一個神經病的手勢，同時看著我，好像在說，妳懂我的意思吧？「還有，凱西？不管妳現在跟菸是什麼關係——別再抽了。我從妳的頭髮就聞到了。」

我看著他們開車離開時，餐廳裡的那個女人正在人行道上走來走去，耳邊夾著一支手機。她舉起手，不安地對我笑了笑。我回以微笑，打開那張發皺的鈔票，是五十元。

我下一次見到他，是十七歲，隔天就要離開密西根到紐約，追求部分受到他的失敗影響的未來。那時已經太遲了。我永遠不會原諒他把我當傻瓜。

※

媽去付油錢時，跟收銀員一起笑。她走出來時，有個男人替她開門。她把外套拉緊，彷彿要提防他。我看到他看著她經過。他一直盯著她的臀部看，腎上腺素開始在我體內奔流，呼叫危險。如果全世界只有吉米一個男人，不知道對我以及我愛的人來說，日子會不會好過一點。媽上了車，把冷空氣和那男人對她的興趣也帶上車。他現在站在一個大垃圾桶旁抽菸，還在看她，看我們。轉動車鑰匙之前，媽撕開一條好時巧克力的包裝，咬一口，剩下的遞給我。我們沒談跟爸見面的事，她只問我爸有沒有約好下次見面的時間。沒有。巧克力好甜，甜到我的舌頭都痛了。

她把車開出停車場時，我問：「那天晚上妳最後吃了什麼？」雖然看不到那個男人了，我仍然可以感覺到他的目光。「我是說他出門之後？」

「眞是奇怪的問題。我吃了Rice-A-Roni。速食調理包。我會記得，是因爲我做了懷孕才會做的變態事——我打了一顆生蛋進去，攪成一團。」

「眞噁心。」雖然我這樣說，但我們兩個都知道我心不在焉。

一直到開過基沃尼高中，再二十分鐘就到銀湖，我才又開口說話。天空變得很冷硬，鎳灰色，要是能敲打天空，可能會發出金屬聲。很快就會下雨，也可能是下雪。我看著窗外的風景，這片大地永遠會對我提出要求，在我離開多年以後還呼喚我回來。我把額頭靠在玻璃上，直到感覺冰冷刺進腦袋裡。

「如果妳那麼早就知道他那麼壞，當初爲什麼要跟他在一起？」

過了一會，她說：「他很有魅力。」

「他很有魅力？就這樣？」

我討厭**他很有魅力**這句話的言外之意——老鼠橫行的披薩店設置的機關，路上的灰泥，有狗毛和陳舊爆米花味道的沙發床。我討厭我是**那句話**的結果。

「他讓我笑。我的第一次高潮就是跟他。」

「天啊。拜託，注意界線好嗎？」

「如果要我教妳什麼，那就記得，不要因爲美妙的性而變得盲目。」

「知道了。」

「說到性——」

「好了，不要說了。」

「我只是要說，如果妳做了，可以跟我說。」

「我沒有。」

「好，我是說，如果。」

「我不會的。」

「妳永遠不會有性關係？好吧，親愛的，妳說什麼都好。」

我只想回家，我的朋友在那裡，瑪莉娜在等我。自從那天晚上穀倉那件事之後，她一直對我很好——這讓我消除了最後一絲疑慮，相信她是真的想要我在她身邊。我的人生暴露在危險之中，而我不知道。媽在加油時，瑪莉娜又傳了一封簡訊給我。**快回來！！！**

※

我要怎麼形容**不乖**帶來的可怕樂**趣**呢？即使只有十五歲，我也沒有笨到要去美化瑪莉娜的世界，美化那組成一切的貧窮與毒品，但我仍舊受到那個世界吸引。我總是貪得無厭，多還要再多；我擁有的永遠不夠好。我不念公立學校，非上康科德學院不可，我要那落葉飛揚的庭院，要繡在衣領上的姓名首字母花體字，要用我渴望瞭解的語言寫出繽紛世界的課本。然而，我是多麼容易就把我對那個地方的渴望拋開，換上我想要與銀湖無縫接軌的渴望。

也許就是這樣，我才會那麼害怕那可怕的電流，那恐怖的自我生根，在那些無眠的夜晚征服我，讓我把手往肚子底下伸，鑽入褲腰，找到一種完全屬於我自己的需求。隨之而來的，是彷彿我只要向那種懸崖邊的感覺投降，我就會煥然一新。我會以全新的方式屬於我自己。每次，我都停得太快了。

※

一看到我們的車開進車道，瑪莉娜就過來了。離十一月的那天晚上還有半年，我們的友誼過了一半，我們兩個，至少我，都沒有看到會結束這份友誼的東西。直到他們在貝爾河裡找到瑪莉娜的屍體之前，我甚至不知道有這條河。

媽做了鮪魚砂鍋。我之所以記得，是因爲瑪莉娜請她不要放豌豆。我還記得我們沒辦法嗨一下。這一次媽竟然幾乎滴酒不沾，會陷我們於險境，瑪莉娜去吉米的房間找了一下，只找到幾片大麻碎片，大部分都是從他房間的窗臺上收集來的。我們眞正想要的是搖頭丸，或者應該說瑪莉娜想要，但那幾乎不可能弄到，而唯一會回她簡訊的人，開價一顆二十元。我們花了那麼多夜晚，絞盡腦汁想要讓自己嗨到一塌糊塗，現在我眞不知道我們那麼做是爲了誰——瑪莉娜幾乎隨時都有奧施康定，我則根本不在意毒品，我在意的是想與世界作對、想用花言巧語攻城掠地的天性。那天晚上，我們放棄得比平常都快。

結果，我們跟好多個夜晚一樣，在黑暗中，並肩躺在我的床上，棉被拉到下巴，一直講話。我爸在加拿大邊境的某個地方，她爸在附近的軌道車裡，他們兩人都沒有在想我們。我想要相信，那天晚上瑪莉娜的狀態，跟吃藥一點關係也沒有。她說話時，聲音輕而平，有點破碎，像水塘的表面，以致於我不知道如何回應她說的話。彷彿她的人生就像某種刑罰，從她第一次開始說話就壓在她身上，實在稱不上什麼人生。黑暗的房間裡只有她的聲音，我的鼻尖冷得像冰，我們的腳黏糊糊地壓在被窩裡，偶爾一陣窸窣，她翻身側躺，拉了拉枕頭，星光一如往常流瀉進來，因爲我一直沒有眞正的窗簾。

瑪莉娜，十三歲，爸媽不知道去哪裡，波特在她家後面第一次親她，她只記得讓她的下巴放鬆，他的舌頭在她的嘴裡像手指一樣動。幾個月後，她親了萊德，只是想看看當那個動舌頭的人是什麼感覺。第一次吃奧施康定，讓她想到熱氣球——不是搭熱氣球，而是當熱氣球。需要跟她爸爸要東西——通常是錢——時，她就帶薩爾到軌道車去，那時她還太小，不知道光是吸進從破窗戶和虛掩的大門飄出來的氣體，就足以對他們的肺造成永久的傷害。每次看到大雨後在人行道上曬乾的蟲，像貼在水泥上的問號，她就想到她媽。瑪莉娜的媽媽習慣在下雨時把窗戶都打開；瑪莉娜的爸爸叫她巫婆，雖然十四歲的瑪莉娜已經大到不相信那麼蠢的事，有好長一段時間，她認爲她媽媽離開時，對他們下了咒語。如果她眞的這麼做了，又是什麼咒語？她的人生的哪個部分受到詛咒？薩爾有時會因爲一點小事就暴跳如雷，瑪莉娜覺得他可能會害自己中風。夏天的午後她媽經常開車帶他們去冰雪皇后，去海邊，薩爾每次都會破壞好氣氛，故意弄掉冰淇淋之類的，在別人破壞之前先下手爲強。要是瑪莉娜吃奧施康定剛剛好的量，又在嗨到剛剛好的時刻開始喝酒，她就會當很久、很久的熱氣球。考量到這些事，有些時候我難道不認爲她活該跟自己道別嗎？我北遷的前一年夏天，瑪莉娜在波特的車子後座，第一次幫他口交。她說，他的陽具有股強烈的味道，像玩具黏土。他跟我爸爸同年。他們是銀湖土生土長的孩子，同爲棒球隊的隊員。如果她可以無條件實現一個願望，那就是錢了。只要錢。但是要很多很多錢。就像她四年級時在班上聽到煮麵巫婆的童話故事，給她靈感發明自己的版本，錢吐錢吐錢，大家都笑了。

我什麼都沒做。我聽得入迷，不怎麼害怕，彷彿不太相信這些故事是真的。當然我已經知道，他們的關係建立在交易上，如他的願，換來藥丸、食物、香菸、接送，甚至還有錢。我一直在等她告訴我，等她坦白一切、停止那些行為，所以從某個角度來說，我很感激她告訴我那些。我敬佩瑪莉娜——她既強悍又漂亮，我從來不認為事情不在她的掌握之中。她在很多方面都比我強；我是多麼傻啊，躺在床上聊天時，我感覺我們是那麼靠近，近到讓我想像我們幾乎分不出彼此。

※

那天晚上，在我們滿心雀躍、一路聊到一個充滿新希望的世界，黎明也爬到了我的房間窗戶上，彷彿在嫉妒。之後，我們穿著衣服躺在床上睡著。我在十點左右醒來，她已經走了，她的身體原本躺的位置床單凌亂，不過已經沒有溫度了。

我一把抓起床頭櫃上的手機輸入：**妳去哪裡了？沒事嗎？**我覺得很不安，隔壁出事了，她爸回來發現她不在家，又抓狂了。我翻身，把臉埋在枕頭裡，眼睛還因為沒睡飽而張不開。過了幾分鐘，她打開我的房門，把我推向她睡的那一邊，她的手指瘦得很有力量，很討人厭。我不情願地挪過去。

她說：「我剛剛在浴室。」

她不在那裡，而且她知道我知道。

紐約

敬生爲女兒身。敬每天我們剩下的時間又更少一點。敬每個年紀只會活一次。敬她的頭髮在陽光下，在雪中，在黃昏與黑暗交界之際、燈剛剛亮起的沃爾瑪停車場，她的頭髮在地下，在湖面下，妳一張開眼睛，她的頭髮就纏繞住妳，讓妳看不清她的笑容，看不清泡泡從她的嘴角冒出來。敬粉底。敬後照鏡裡那張臉，他進來時室內的味道就變了，她低聲說，我不怕，聲音含淚。敬保險套。敬生日，敬說我愛你，敬說不要。敬爲了錢而做。敬綽號。敬你喉嚨深處那苦澀的一滴。敬吞嚥時你閉上眼睛。敬口是心非的一聲好。敬只認識她不到一年。敬沒有答案的問題，敬你還是舉手問了。敬**那只是一個夏天而已**。敬上臂上的傷口，原來血跟痛不痛沒關係。敬拿起刀。敬鹽。敬永遠不忘記，然後，再敬你說不會忘記的謊言。敬遺忘之境。

舉杯吧。敬努力，像這樣，讓她回來。

密西根

接下來幾個星期，我竭盡所能避開瑪莉娜的爸爸。看到他上下車、坐上雪車穿過屋後空地快速駛離，我都湧上一股令人錯亂的屈辱感，如此強烈而無地自容到讓我短暫隱形。有時我會莫名其妙感覺他的指尖灼燒我的脊椎，解開我的胸罩，點燃的菸尾一直往上爬，越爬越高。然後是一連串疑問。**要是我那時留下來會怎樣？我做錯了什麼？我想要他覺得我漂亮，這代表什麼？**我幾乎受不了看到穀倉，看到任何我覺得跟她爸爸有關的東西。瑪莉娜很會擱置難以面對的事，這一點讓人抓狂——有時我想提起她媽媽，或者那天晚上她在我房間講的那些波特的事時，她直接拒絕回答——就這件事來說，我很感激她這一點。現在，我們兩個在銀湖活動時，不是在我家就是在戶外，有時會約在兒童攀爬架見面。薩爾也更常過來了，有一次甚至在我家過夜，睡在我們用被單在客廳搭成的超大堡壘裡。

上課時，我多半都在宿醉，看藏在課本裡的小說，專心塗寫瑪莉娜看了會笑的卡通和只有十句的故事。不知怎麼的，學期結束時，我拿到四個A和兩個C-——一個當然是代數二，雖然有瑪莉娜幫忙訂正作業，還是沒救起來，另一個是生物學與土壤生態學，被期末成績拖垮。除了成績之外，瑞特納先生用紅色大寫字母寫著：**太令人失望了**。我懷疑他是不是知道眞相。那件事過了幾個星期之後，他恢復正常。沒多久他太太就懷了老二。

幸好很多科目都是我在康科德上過的內容。我一定也花了一點力氣——我還記得跟瑪莉娜一起在我家地上看書，寫練習簿之類的——除此之外就沒什麼了。那我還記得什麼？寇特妮的眼睛，在合唱團或英文課時打量我，因為——這我記得很清楚——有人開始傳我和麥卡有一腿，這讓我成為目標，引來很多討厭的關注，男生寫下流的字條塞進我的置物櫃，在字條上叫我凱蒂貓。我記得抽菸——大量傾洩的菸，校園裡每個偏僻角落各十根，故障待修的廁所裡兩百根，工藝教室的狗屋五百根，這是在天氣夠暖之前，後來那個地點就變得危險了。我記得早晨——看著浴室裡的鏡子，一隻眼睛四周是黑的，另一隻光溜溜——這時我才發現，眼線已經像內衣一樣成了我的必需品。

我還記得萊德，就在學年結束前幾天，跑下學校大門階梯。我沒趕上巴士，媽在幾個鐘頭後才放我在校門口下車。他看起來有點可疑，只因為他一副故作輕鬆的樣子，彷彿他這個十七歲的輟學生，在豔陽高照的六月天上午十一點從高中走出來，一點也不奇怪。

日子一天天過去，我急切想要成為的那個人，跟別人相信我是的那個人，慢慢靠近，那成了我朝思暮想的幸福來源，我沉浸在這種完全的喜悅中，到暈頭轉向的地步，幾乎忽略周遭發生的事——晚上媽越來越常不在家，還有吉米的祕密。吉米，跟我在家裡的黑暗走廊上碰頭，像個礙眼的鬼魂，是我大概認識的一個人，而那張臉，跟我的臉像得讓人心慌。他和瑪莉娜之間一定有什麼，可是我說服自己，那些證據都不足以證明。我記得好幾個夜晚，我坐在我們設法弄來的車子的副駕駛座，瑪莉娜開車，收音機開得好大聲，我可以感覺低音在我胸口震動，天空既遼闊又黑暗，我們衝向天際，幾乎要躍向遺忘之境。我記得自己好快樂，完全活在**當下**。之後我再也沒有活得那麼率性了。

※

我跟瑪莉娜走在樹林裡，離軌道車只有幾公尺，她正在說萊德的舉動很奇怪、她想幫他打氣時，我突然想到，鑰匙，我媽打掃的那間豪宅的鑰匙，就塞在門邊的吊掛盆栽裡，而我知道那間房子這幾個星期都不會有人，因爲赫德森家要嫁女兒，在西班牙的馬約卡島辦盛大的婚禮，所以會比往年晚幾個星期來。

瑪莉娜說：「喔，馬約卡島。我比較喜歡夏天的摩納哥，不過我正學著盡量不批評別人的選擇。」

「親愛滴[1]，妳也知道小資產階級是什麼樣子，總是想跟上流行。」

瑪莉娜大喊：「DAY- CLASS- HAY[2]。」然後笑得歇斯底里。

「不，我說眞的。」我說：「妳想想看，豪宅，完全沒人，酒吧應有盡有，簡直像眞正的餐廳。而我有鑰匙。好吧，不能說我有鑰匙，可是我知道怎麼進去。」

「我的天啊。妳什麼時候變成犯罪高手？」我紅著臉，鞠了個躬，陽光從葉縫間灑落，在我裸露的肩上留下溫暖的斑點。五月一開始，我們決心只穿無袖的衣服。「是受我影響嗎？我眞的有點想居功了。」

我們決定把派對辦在六月的第一個星期四，學期的最後一天。赫德森一家的遷徙行爲，跟遊客一模一樣。他們在耶誕節期間來密西根北部住個兩星期，到了春假再上來。之後就一直要到夏天才會再來。勞動節[3]那天十二點鐘一到，基沃尼和科勒爾斯普林斯就打回小鎮原型。媽把赫德森家的預定行程寫在我們家的日曆上，從他們來的那天一直到離開那天，用亮銀色塗了方塊。不管媽有沒有意識，她選這顏色，一定是因為那象徵了他們有多珍貴。我們自己的活動是用普通黑色簽字筆寫的。赫德森一家要到月中才會回來——我們的時間綽綽有餘，可以神不知鬼不覺辦完派對。

四月時，赫德森家辦過春季癌症照護募款活動後，瑪莉娜曾幫我和我媽打掃他們的房子。我們把欄杆上的金屬彩帶拆乾淨，把乳酪屑和沾了唇印的昂貴餐巾丟進垃圾袋，再把垃圾袋搬到下一個房間繼續收拾。瑪莉娜非常尊敬那間老房子，欣賞天花板的大梁，裸男裸女的胖雕像，還有後院靠近湖邊的私人沙灘。我很小心不要留她一個人待太久，只有一次為了上廁所而丟下她，上完廁所就找不到她，找了好久。我走到三樓，發現她在那裡，盤腿坐在一幅畫前的地毯上，畫裡一間茅草屋頂的房子被花團錦簇包圍。她說：「很漂亮吧？我想住在這種地方。」我不覺得那房子很漂亮，我想赫德森家也不這麼認為，不然他們為什麼把這幅畫藏在這麼上面？

「那裡？」我說：「我希望我住在**這裡**。」

1 原文dahling。
2 可能是在做發音練習（胡言亂語）。
3 九月第一個星期一。

她說：「是啊，可是住那裡，就沒人找得到妳了。」

我確實整天注意她的行蹤，因爲我覺得她可能會偷東西。她確實把每個藥櫃和床頭櫃的抽屜都打開看。但是說過謊、偷過東西，並不代表你就是騙子和小偷，瑪莉娜的本質並不是小偷。也許是因爲無聊或者需要，但那不是她的本意。一直到看到她興致勃勃地摸過赫德森太太的眾多喀什米爾毛衣，而不是像我一樣，看到那誇張的衣櫃而覺得悲哀，我才瞭解她的貧窮跟我的貧窮有多大的差異。我沒有從媽打掃的那些房子裡偷東西，是因爲我怕被發現。瑪莉娜沒偷，是因爲她覺得偷也沒用。你不可能偷一整個新人生。

※

我。她說的是我，不是我們。

※

學期最後一天下雪了，一整天細雪紛飛，忽大忽小。坦利太太還是照每年的傳統，把大門都打開，於是室內的空氣感覺像萬刃齊飛。大家都很意外，也有點害怕，都說，六月竟然還下雪。有些年紀比較大的老師站在教室窗戶前，點頭說，其實這並不罕見。他們以前也見過。雪花一落在走廊磁磚上就消失，陣雪之間，太陽露出無力又無用的橘黃球。看到預兆，即使不知道是什麼意思，我們也知道那是預兆——當然，天氣代表我們的霉運，這麼明顯的解釋除外。

瑪莉娜說：「我知道，今年眞的是這樣。」我們跟平常一樣在抽菸——這次是在網球場附近的樹叢裡。「夏天不會回來了，它拋棄我們了。」

葛瑞格對著樹梢大喊：「夏天，你這個大混蛋。」幾隻鳥四散飛進混沌的天空。「反正我們也不需要你。」

小不點說：「這看起來根本不像雪片。」她伸出手掌，幾片雪花在她的皮膚上蒸發了。「更像灰塵。」

我們手挽著手回學校。因爲派對的事，我們相親相愛。以前，在學期快結束那幾天，我從來沒什麼感覺。我有什麼好期待的？跟海星逛購物中心。多半時候在看書──那就是我消磨時間的方法，蓋上前一本書的最後一頁，繼續翻開下一本書的第一頁，我彷彿住在某種修正過的超級書世界裡，清秀佳人安妮、妙麗、兔子邦尼和希斯克利夫都是我的鄰居。

不過今年夏天不一樣。我到現在還沒回去圖書館一次。

下課後萊德會來接我們四個。他的妄想症越來越嚴重，過去這幾個星期，瑪莉娜一直努力說服他來。我們需要萊德。我們需要他的車，還有似乎源源不絕的菸，我想瑪莉娜也需要他提供的藥。他不想讓人看到他出現在基沃尼高中附近，所以我們約在半哩外的BP加油站碰面。他還命令我們繞遠路，從學校旁邊的後院進去，不要沿著出城的大馬路排成一列前進。

他說：「不能讓人家看到我跟你們任何一個人在一起，聽懂了嗎？」

瑪莉娜說：「懂啦，懂啦。有人在跟蹤你，我們知道。」

萊德的第一站是我和瑪莉娜家，這樣那天晚上瑪莉娜、小不點和我就可以確認一下薩爾的狀況，讓他吃飽、送他上床，換上晚上的外出服，跟吉米和他的車會合。根據瑪莉娜的說法，萬一出了什麼事必須盡快離開現場，我們一定要有兩輛車。開門時，我承認我心裡在想，一輛車應該就夠了吧。我問她：「眞的嗎？**眞的**是因爲我們需要兩輛車嗎？」

她說：「眞的啊。」她看著我，一副**怎麼搞的？**的表情。我有點相信吉米會打小報告，或者在我們出門前一刻阻止我們，可是我去質問他時——我發簡訊給他：**你眞的不可以破壞這件事**——他回我，**如果你們要做，誰也攔不了。應該有個不是白癡的人在場**。

我們排練整個計畫排練了上千次。每個人都有偏愛的部分。小不點超喜歡在我和瑪莉娜的家暫停，因爲她很悲哀地覺得，如果她穿得下我在八年級時穿不下的那件夏洛特露絲牌黑洋裝，就會像她期望的那麼瘦。瑪莉娜一心一意要確定我們會約到吉米及可能的逃亡車，葛瑞格畫了一張地圖，包含一條去豪宅的路和一條回來的路（不知道爲什麼，不能走同一條路），而我想確定我們不會沒菸抽。養成每天要抽半包菸的習慣，只要幾個月。萊德負責啤酒——這對他是小事一樁，因爲他只要把錢和酒單給他媽媽，她就會去店裡幫他買。他們的興奮讓我很得意。我看過他們做很多更危險的事，可是這件事，不管是闖入別人的房子，還是房子的豪華程度，都是另一個層次，這是我送大家的禮物，我第一次眞正的貢獻。

一整天在學校，我們上課時都在互相使眼色、傳紙條。練合唱團時，小不點和我交換聲部——她唱女低音，聲音繃得太緊，我唱得太尖又走音，唱到〈莫嘆息，姑娘〉的合唱部分時，我刻意附和寇特妮的聲音，讓她快崩潰。代數課時，我們把一個數學天才的電影後半部看完。鐘響前兩分鐘，一如預期，麥卡把一張紙條放在我桌上。紙條上寫著，**凱蒂貓，明年見了**。一隻貓騎在陽具形狀的太空梭上，貓的身體用筆塗了顏色。法文課時，瑪莉娜和我發表了一場複雜的演講，談到我們的暑假計畫是在海邊開個思樂冰快閃店——我們要把思樂冰重新打造成高級享受，而這是我們的第一步。講完時，艾芮卡和凱絲鼓掌，盧平太太則大喊：「*Brava, deux pois dans une cosse!*」（好極了，兩相好！）

上先修英文課——又是看電影，這次看的是《返校日》——時，莊先生把我叫到走廊上，要跟我進行個別輔導。我眞的很喜歡莊先生。我喜歡他用細瘦的書寫體寫在我的作業邊緣的問題，我尤其喜歡他讓我在先修課書單上自由挑書讀，只要我讀完寫篇報告，並且在我說要交的時間如期交給他。他問我以後有什麼打算，還引用了一句西班牙詩人馬查多的詩，是他要我們背的——我想坦白告訴他，允許自己作夢時，我會想像一個滿滿都是書的房間，可是我突然覺得不好意思。我站起來之前，他把我在創意寫作練習寫的短篇故事從桌子另一頭推過來，那是今年的最後一個作業。我寫的是一場吃熱狗比賽引發集體嘔吐，像病毒一樣傳給地方市集上的每一個人，唯二沒受到波及的兩個女孩是好朋友，她們把整件事記錄下來。我是看了史蒂芬．金的短篇小說後，在尼古丁的助力下花了兩、三個鐘頭寫成。我用了幾乎一模一樣的情節，把主角改成同學，背景改成基沃尼的市集。完成初稿後，我唸給瑪莉娜聽，她笑得好誇張，一直說**她**要吐了。莊先生在最後一頁小小的紅墨A+後面，寫了評語。**不過爲什麼寫這個故事呢？如果妳選的是妳眞正在意的主題呢？**回到教室，我把報告捲成望遠鏡，透過望遠鏡去看，先是看電視，後來又看著窗外的雪。

英文課下課後，瑪莉娜重重地靠在我的置物櫃旁邊的櫃子上，彷彿辛苦跋涉了好長一段路。

「我今天一堂課也沒蹺。」

妳眞正在意的主題。

例如我一直聽到她跟我說話，說她那天一堂課也沒蹺，她的聲音就跟當時一樣有生氣，每次聽到她的聲音，我就擔心其實她早就知道那天眞的會成爲她在基沃尼高中的最後一天。我應該問她，她爲什麼聽起來那麼傷心。我應該聽到她沒說出口的話。我想她那時一直說，講她上的課、講寇特妮的某件事——不論她說了什麼，都已經不見了，消失到遺忘之境。我眞正在意的事。

我打斷她的話，給她看我的成績。她溫柔地看著我，還帶有一點憐惜，就像我看過她看薩爾的眼神，再加上我和她之間獨有的東西，形成一種表情，在我們周圍畫了一道輪廓，讓我突然注意到所有我們不曾告訴對方的往事。我們當陌生人的時間比當朋友還要多很多年，但我幾乎不記得之前的人生了。

「笨蛋，那麼明顯的事。妳和妳那誇張的大腦袋會一路爬到最頂端的。」

「妳跟我一樣聰明。也許比我還聰明。妳只是沒試試看。」

「我要做什麼？一股腦去念密西根州大，要薩爾自生自滅？五年後妳根本不記得這裡。所以我們要珍惜現在，讓妳的古怪大腦醉到最高點。」

「欸，那還用說嗎？*ma chérie*（我的櫻桃）。」我學她的口氣，不過我有點討厭我說她比我聰明時，她沒試著反駁。

「爲了獎賞妳優異的學業成績，太陽一下山我就幫妳調最墮落的馬丁尼，而且妳要用聖餐杯喝。」

「妳竟敢暗示我不敢用聖餐杯喝。」

基沃尼的學生都很焦躁不安，不管是狂熱的越野隊、藝術狂、寇特妮那群人或者中間那些面目模糊的人。可是我們不一樣。我們閃閃發光。學年的最後一天、六月雪、祕密豪宅派對——彷彿我們四個在血管裡注射了某種特別的強效藥劑。

※

我跟萊德和葛瑞格坐前面那輛車。瑪莉娜、小不點坐吉米的車；瑪莉娜坐前面，小不點坐後面。萊德不肯在天黑之前離開銀湖，還帶我們繞了整整四十五分鐘的基沃尼，才以天才等級的迂迴繞路方式，往回基沃尼的路上走，最後轉向科勒爾斯普林斯，赫德森家的避暑莊園就在那裡，沿著漂亮的密西根湖岸占地約一畝。

「那是同一輛車嗎？」這句話萊德講了上百次，他的眼睛從後照鏡移到側鏡，再移回後照鏡。

「跟哪輛同一輛？」

「凱特，從頭到尾都是同一輛！從我們離開妳家就一直跟在後面的那輛。」

葛瑞格說：「這實在蠢得太離譜了。」

可是我不在乎。我喜歡擠在黑暗的車廂裡，坐在萊德旁邊，她平常坐的位置，朝副駕駛座的破窗戶外吐煙。那段安靜的時間包含對派對的期望，對那天晚上的期望，對日後所有我們在一起的晚上的期望。我的手伸進外套口袋，拿出最後幾顆偷來的杏仁，丟進嘴裡，杏仁已經變質沒味道。在這輛車子裡，和瑪莉娜分開，跟他們在一起，我比以前更像是這個團體的一分子。喜歡她不在旁邊時他們對待我的樣子，這樣有錯嗎？我一直在轉收音機，萊德縱容我只聽一、兩句歌詞就轉臺。雖然沒別人發現，但喜歡我的葛瑞格還是喜歡我，往前靠在前座座椅中間。他們對待我的方式就跟對待她一樣，像可愛、脆弱又珍貴的東西。

到了科勒爾斯普林斯，窗戶燈光在樹叢間閃爍，溫暖的小火團忽隱忽現。避暑的人已經來了，在湖景陽臺乾杯，琴通寧在他們的掌心裡冒汗，或者在後院烤棉花糖。孩子們用寬口玻璃瓶抓螢火蟲，放在床頭桌上暫時充當夜燈——最後是由我和媽打開蓋子，把不再騷動的屍體丟進馬桶。好多有錢人做的事我們從來沒做過，或者從來沒做到跟他們一樣漂亮到上得了檯面的程度。我們在燒垃圾的火堆上烤棉花糖，棉花糖還在棍子上就縮小了。我們徒手抓螢火蟲，才剛抓到螢火蟲就逃走了；有時我們會用兩隻手掌去拍，好把螢火蟲發亮的內臟抹在臉頰上。

「這個社區啊。」萊德說著，搖搖頭，不過興奮已經壓過他的恐懼。這裡的美友善而具有傳染力，跟銀湖的美完全不一樣。銀湖在活動屋和我們那些爛車的襯托下，顯得狂野而粗獷。

葛瑞格問：「很嫉妒吧？」

我說：「五十年前，這裡可能沒半個有錢人。」

葛瑞格說：「其實那是錯的。這裡至少一百年前就是上流的芝加哥衛理公會教徒的專區。我相信可能要，把第一個孩子獻給共和黨之類的，才能在這裡蓋房子吧。」

「可是以前有印地安人！」

「沒錯。」葛瑞格拉了一下我的馬尾。「以前有印地安人。」

我們開上赫德森家的長車道時，已經快九點。那棟房子位在莊園深處，以至於附近房子的燈光都小得像針孔。我們把車子停在黑暗的豪宅前，那房子像城堡一樣宏偉佇立在閃閃發光的湖邊，然後我把手伸進吊掛盆栽，撥開常春藤落葉，直到手指碰到冰涼的鑰匙末端。這時我渾身充滿一種前所未有的、過於自信的勇敢，相信自己做了正確的選擇。

我轉身，笑得咧開了嘴，皮膚接觸金屬的地方都濕了。他們沒下車，不相信我眞的有辦法，不相信這眞的是屬於我們的冒險。我記得那一刻的他們，宛如在看一幅畫，他們的臉上有黃色的車燈，他們的容貌是漂亮而溫和的美國味，那五雙眼睛是畫裡最深的顏色。我太愛他們了，他們全部，連我那笨蛋大騙子哥哥都愛，就算他不是爲了擔心我才來。

我大喊：「不給糖就搗蛋！」那是瑪莉娜愛說的話，不過那一次，感覺就像是我的。

瑪莉娜跳下我哥哥的車，大叫：「妳這個賤女人！」然後我們都動起來，從後車廂裡把吉米準備的啤酒拖出來，我一把門打開我們就衝到裡面去，那房子立刻吐出無人居住的霉味，還混和了枯葉和花瓣在掌心揉搓的味道，以及我媽自製的木板清潔劑的化學檸檬味。

進到屋內，葛瑞格和萊德立刻穿過每個空間，把所有燈光都打開，砰砰跑上樓梯，像孩子一樣呼喚彼此，你過來看這個，你相信嗎？我發現他們在三樓最西邊的房間裡摔角，萊德把葛瑞格的頭壓在地毯上，對他大叫，**你聞聞看，你好好聞聞看**。萊德翻身放開葛瑞格，攤倒在他旁邊，男孩鼓起胸膛繃緊各自的T恤。我說：「變態。」葛瑞格翻身，往我爬過來，喉嚨發出嚎叫聲。他抱住我的小腿，讓我的雙腿一彎，倒在他背上，頭垂盪在他兩膝之間，接著我也倒在地上了。瑪莉娜、小不點和吉米走進來時，看到的就是這個畫面，我們三個躺在地板上，笑到不能自己，同時看著天窗，讚嘆從屋裡就能清楚看到的燦爛星空。

我們從地下室開始這一夜。那裡有個吧檯，一眼望去，眞皮深色沙發，撞球桌，還有一臺幾乎跟整面牆一樣寬的電視。因爲房子是蓋在山坡側，法式門打開就是後院。我讓門敞開，讓空氣流通。太陽下山那麼久，空氣終於開始感覺像六月了。往海邊幾步遠的地方，有個造型很古典的低矮煙囪，用藍色磁磚做的，旁邊圍了一圈像奶油一樣軟的長椅，讓我不敢相信那是眞的木頭。瑪莉娜想演酒保，把名字最炫的酒瓶擺在吧檯上——軒尼斯、龐貝藍鑽、檸檬酒。她把酒一瓶瓶打開，聞一下瓶口，再各倒一點點到大肚窄口的白蘭地酒杯裡，啜一口，逼吉米試一下這個或那個。他對她很好，很溫柔，總是在她附近，注意力圍著她打轉。

那時我就眞正知道，他們之間的事不僅明確，也很可能會持續下去，而且就在我眼前加速進行，像一顆小樹苗長成大樹的縮時攝影。**不要**，我想這麼說。**不要**。我坐在高腳椅上，可憐的萊德就坐在我旁邊，我發現，他也知道了，看著我哥遞給我最好的朋友一個乾淨的杯子，替她把她搆不到的一瓶美格波本威士忌拿下來，在她嚐了一口檸檬酒做了鬼臉之後，用我見過最開懷的表情大笑。一切都將改變——我會被丟下來，永遠被他們兩個拋棄，踢到一邊去。自從認識她的那一天開始，這件事就開始發展了；喀答一聲，氣氛轉悲，我第一次心碎的開場音符就此響起。

瑪莉娜推給我們一人一杯她即興創作的雞尾酒。她把手伸向萊德，手指頭扭來扭去，他丟了一顆藥在她的手掌上。我看不出他現在的心情。他喝了一大口酒，然後又吐回去。「我從來沒喝過這麼難喝的東西。」我同意。

小不點把頭歪向葛瑞格的肩膀，忠誠地說：「我喜歡。」萊德拿了一瓶灰雁伏特加，倒在新杯子裡，直到幾乎滿出來。

葛瑞格說：「哇，眞是太厲害了。我應該拍起來。我覺得大家看到有人這樣喝，一定會很佩服。」

「朋友，幾杯而已。」萊德說：「只是一次全倒在一起。」他從口袋拿出一包菸，倒了一支出來，往後院走。我跟在他後面。我也不想看他們。到了外面，萊德從一張長椅下拉出一包木炭，把木炭全倒進矮煙囪裡，再把手上那杯伏特加淋一點在石堆上。他丟一根火柴進去，木炭怒吼，一時間遮蔽了我們的視線，接著煙囪馴服了大火，成爲正常的小火。

吉米出現在門口，說：「你想害死我們嗎？眞是美妙的主意，最好做些最引人注意的事，務必要讓鄰居看見。」

「冷靜點，大個子。沒關係，不會有事的。」萊德已經快要爛醉了。我看得出來酒精正在對他發揮作用，鈍化他的恐懼、焦慮、妄想，任何最近讓他表現這麼奇怪的東西。他是個反覆無常的醉漢，容易發怒，但他也有清醒的片刻。

「別再犯了。」吉米說完，當我們的面把法式門關上。

萊德說：「妳哥很討人厭。」

「對。」

「戴頓是來這裡最快的路，對吧？」

「對，爲什麼這麼問？」

他發了一則簡訊，從手機上抬頭看我，他的臉上映著火光，他的胎記很可愛。

「妳不生氣？」

「看情況。」

「楓樹旅館不再安全了。我手頭有點緊，我有五片搖頭丸要卸貨，也就剩那些而已，其他都沒了。我不能一直把藥放在身上。那時覺得這是安全的地方。只要十分鐘就好，可能連十分鐘都不用。」

「老天，萊德，你在想什麼？」

重點是，我只是假裝而已。我知道他以爲我會生氣，也應該生氣；要擺出有點生氣的態度，維持一下子，並不難。他在乎我的感覺。要是我承認我不怎麼介意他的蠢交易，他就不會再給我這種小小的、討好的關注，那是我難得從他、從任何男孩子那裡得到的關注。如果我可以做到這個地步，闖入赫德森家、一連蹺好幾個星期的課、科學幾乎當掉、偷東西、破壞公物並喝到爛醉，那表示我已經失去了以任何道德高度判斷選擇及行動的能力，那麼這件事又有什麼好在意的？

「我應該先跟妳說才對。妳有過那種感覺嗎？我是說，知道自己不好，知道自己做錯事——就好像看電影一樣，妳可以看到自己每件都搞砸了，可是就算**妳感覺這件事正在發生**，妳還是沒辦法阻止？」

「我懂你的意思。」

「有時我正在做某件事時，我的大腦會對自己大吼，**停下來，不要做，停下來**。」

「可是你還是做了。」

「對，多半時候我還是做了。反正又有什麼意義，是吧？」最後一個問題似乎是額外加上去的，語氣太諷刺了，彷彿他明白自己在說什麼，非得用個笑話，毫無意義的話，來平衡一下。我想告訴他，**你不必裝作不在意的樣子**。**在我面前不必**。

「他們什麼時候到？」

萊德敲了敲他的手機。「應該快到了。他們已經出發了。」他朝我舉杯。杯裡的伏特加只剩不到一吋高了。「乾杯。」

我說：「乾杯。」我們互碰杯子，兩人都一口把酒喝完。

※

萊德的買家出現時，吉米、瑪莉娜、葛瑞格和小不點在湖邊。我說我不太舒服，跟萊德一起留在屋子。瑪莉娜有沒有注意到我常跟萊德在一起？她會吃醋嗎？那時她說，我們去湖邊吧，我喜歡晚上的湖邊。她的辮子鬆了，瀏海凌亂，也太長了。萊德不想去——他說這句話時，看著我，我也不想去，所以我才謊稱不舒服。應該要保護我的吉米，根本不在乎把我一個人留下，單獨跟我看得出來他不怎麼喜歡的男生在一起。吉米並沒有把我當女孩子，就像我也不相信他有特別到可以跟瑪莉娜在一起。可是現在他們之間的火花已經快閃瞎別人了。他們往海邊去，瑪莉娜騎在我哥的背上，空出來的那隻手裡拿了一瓶香檳，小不點和葛瑞格走在他們後面幾步。我們來到這裡沒多久，葛瑞格和小不點就消失在一間臥房裡；十五分鐘後，他們出來時，葛瑞格好像就忘了他對我的興趣。

萊德和我玩了一輪撞球，我連續把四顆球打進球袋，他太驚訝了，拿撞球桿甩了一下吧檯椅。溫和的破裂聲，像撕紙一樣。他把撞球桿舉向空中——球桿在中段用一條漆線連接在一起。重力慢慢讓球桿分成兩段，最後上半段彈落在地毯上，末端木頭參差不齊的那一邊指著我。我一時噁心踉蹌，心想，**我們有麻煩了**。萊德還拿著球桿斷掉的另一半，這時門鈴響了。

他說：「應該是麥卡。」他把斷掉的球桿刺向空中幾次。「這樣有沒有讓我看起來像眞正的毒販？」球桿很多，也許，如果我們把斷掉的那根藏起來，赫德森家的人就不會注意到。還有，他是在跟我調情嗎？

「麥卡？哪個麥卡？」

「我不知道他姓什麼，就是麥卡。像薑一樣滿臉雀斑，富家子，跟瑪莉娜同年級。」

「你是說眞的？」

「什麼？」

「我討厭他。要是超過十分鐘，我要殺了你。」

「我不知道你們有過節。我不會去留意基沃尼高中的八卦。」

「他根本就是對我性騷擾。」

「聽妳說**性**這個字眞有趣。再說一次。」

我不由自主地臉紅，對他搖搖頭，走到屋外。我坐在火窯附近的長椅上，醉得很舒暢，胃很溫暖。北密西根的每個人都有關係；要不是有親屬關係，就是睡在一起，或在同一間陰暗的雜貨店買同樣的番茄。「遍地芳草」會把波特和我媽配在一起，就是因爲他們都是同一個年齡層的單身男女，住在方圓十五哩內的荒郊野外。小不點是寇特妮的姊妹淘的表妹。麥卡和萊德及葛瑞格二年級時都是樂樂棒球隊的一員。我不想讓麥卡看到我。跟酒醉的萊德單獨待在那間房子裡，會讓我是蕩婦的謠言更可信。寇特妮把門拉開。

「凱特。」她說著，從屋裡走出來，再把門拉上。她走到同一張長椅來，在我旁邊坐下。我並不意外。「原來妳在外面，躲我們。」

「對。我不是妳男友的粉絲。不過妳還是來了。」

「我想抽菸。妳告我啊。」

「院子很大。」

「不開玩笑，這地方眞好。我猜這是妳家？我知道這不是萊德家。」

「我們把芝加哥的閣樓豪宅賣了，所以現在我們不是避暑遊客了。我爸提早退休。他想多陪家人。」空中響起嘹亮笑聲，是從湖邊傳來的。是她先開始的。

「妳知道我搞不懂什麼嗎？」她點燃一根百樂門，比較長的那種，十公分長，用鼻子和嘴巴吐煙。

「什麼？」

「妳怎麼會認識這些人？」

「什麼意思？」我本來是想說得凶一點，可是說出口之後，卻好像我是想知道才問她。我確實想知道。事實上，我也無法解釋。客觀來看，如果從某個高度來看我的人生，這件事一點道理也沒有。

「他們是討厭鬼。」寇特妮說：「瑪莉娜根本就亂七八糟。她讓我害怕。我五歲就認識她，她從那時候開始就讓我嚇死了。她是那種，大家都還不知道香菸是什麼的時候，就把香菸拿到遊樂場去的人。妳看起來就不是那種人。」

又有人來跟我說他們覺得我是誰了。如果我不是瑪莉娜、萊德和葛瑞格那種人，那表示我應該跟寇特妮和麥卡他們那一群人玩，躺日曬床，踢足球，嗑搖頭丸。等他們全都去上密西根州立大學，一定會合住一間豪宅。四年後，他們會回到原來的地方，瞧不起瑪莉娜這種人，瞧不起跟他們不一樣的人，天長地久永遠不變。如果寇特妮是我的鄰居，我很可能還是會在現在這裡——只是我會坐著麥卡的克萊斯勒 PT Cruiser 來。但是只要她發現這裡不是我家，她可以用十五塊的時薪請我媽去刷她家的馬桶，她的看法會立刻改變。

我說：「瑪莉娜是我最好的朋友。而且，妳也太虛僞了。妳現在就在抽菸。」

寇特妮說：「凱特，我只是說，妳眞的很正常。妳跟他們有什麼共同點呢？你們要講什麼？」「這是什麼意思？」

她張嘴，吐出完美的大煙圈，接著再吐一個小煙圈從中間穿過去。我雖然不情願，但實在很佩服。

我說：「去妳的。」我也是說得出狠話。

她說：「我眞的以爲萊德早就該死了。他簡直就是反毒宣導的材料。」

她把菸丟進火爐裡。一部分的菸落在火焰外，慢慢乾癟。

她說：「我本來會想偶爾找妳玩，可是現在妳已經受污染了。」

我齜牙咧嘴地回答：「好好享用妳的毒品吧，毒蟲。」

※

後來的事情就有點模糊了。我不記得每個人都從湖邊回來了。一切都像快照的畫面。麥卡、寇特妮和他們的朋友離開後，萊德把手上那疊鈔票甩開；萊德和我坐在地上，靠在沙發上，一瓶喝起來暖暖的、有松木味道的什麼東西來回傳著喝，像用耶誕樹做成的漱口水；他的唇動來動去，他在笑我，因爲我說我想摸他的每個牙縫的黑線，那個空間竟然這麼小，眞好笑。我知道吃的東西放在樓上，而要上樓，我得抓住欄杆，好讓轉來轉去的頭不會把我往後拉。到了最上面，我看到他們。即使在陰暗的房間裡，聚光燈變暗，我還是看得到我哥和瑪莉娜在廚房，瑪莉娜坐在大理石檯面上，上半身傾向他，雙腿鉤住他的腰。她的髮辮幾乎都散了，頭髮一直從耳後掉出來。吉米一次又一次幫她把頭髮塞回去。我看不出來他們的嘴巴在做什麼。這房子裡有一大堆房間，一大堆更衣間，一大堆窗臺和書房，一大堆、數不清的浴室。他們爲什麼就要在大家看得到的地方親熱？我搖搖晃晃走近幾步，不確定應不應該阻止他們，覺得我有那個權利阻止，不知道我看到的是不是愛，是不是兩個相愛的人。我不是早就學到，愛的副作用之一就是不再懼怕後果，讓人做從來不會做的事嗎？下樓梯的時候，我跌倒了，不覺得痛，然後有手伸過來，把我放在沙發上，毯子蓋上我的胸口。外面，他們在講話，風從門口吹進來，都是菸味。有人說，她喝太快了，然後另一個人，男生，也許是萊德，說，我一直無法確定，她長得到底是可愛還是奇怪。然後是含糊的聲音，笑聲。瑪莉娜，我努力想對她好一點，但有時我眞的只想大叫，什麼都不管了。吉米說，她是家裡長不大的寶寶。也許她眞的是寶寶。我想站起來，我想跟他們解釋，問題不是離婚，根本就不是，可是毯子太重了。問題在於，永遠沒人說眞話。

※

我在地下室醒來，燈都關了，我的頭陷入沙發扶手、椅面和椅背之間的三角縫隙。從現在已經關上的法式門看出去，天空暗到看不出時間。跟我一樣大的籃球選手正運球橫越巨大的電視螢幕。萊德坐在斜對角的沙發上，正在看球賽，喝了一口馬克杯裡的東西。

我說：「你可以把聲音打開。」

「她醒了！」

「抱歉我出醜了。希望我沒弄得亂七八糟。」

「沒關係，有瑪莉娜照顧妳。」

「幾點了？」

「凌晨一點零三分，大家都昏睡過去了。好個派對。」

「我沒有。」

萊德在吧檯翻找了一陣，想找個比較「低調」的東西，最後決定了一瓶零點二公升的馬里布蘭姆酒，喝起來有沐浴乳的味道。外面很涼，我很高興穿了厚運動衫，不過不算太冷。我們走到海邊，一路上把酒瓶遞來遞去，草地變成沙地時，就把鞋子脫了。赤腳踩在沙地上，讓我冷得發抖，萊德伸手摟著我的肩。這個動作讓我醒了，但那種清醒的感覺很古怪。也許我本來就醉了，再加上甜甜的馬里布喚醒還在我的血液裡的酒精，但在酒精之下，那感覺以及我自己的身體，還是很明顯。就好像戴了太大的手套要去撿東西，要怎麼控制過多的布料，適應你戴的東西。我扭了一下，離開萊德的手臂，跑向湖邊，雙腳飛掠過地面，一直跑到水波打上小腿，冷到讓我的心臟重設速度。我拉起裙子，往更深的地方走，湖水在我的膝蓋周圍旋轉。水珠和雞皮疙瘩聚集在我的大腿內側。遠方，湖水和天空交會，那就是地平線——看得出來哪裡是天，哪裡是湖，因爲星星就在水邊，而且不像水波裡因爲月光製造出來的星星那樣顫動。密西根是屬於湖、天空與星星的地方，我想起瑪莉娜問我關於死亡的問題，我還是認同我當初的回答。如果溺死在這裡，一輩子都住在這裡，永遠不知道外面更醜陋的世界，那樣的死法也挺美的。

萊德坐在湖岸邊一艘划槳船上。我希望他一直在看我，欣賞我投映在湖水裡的畫面，可是我走過去，爬上窄船，在他旁邊坐好，他的表情都沒有改變。

「你最近怎麼搞的？」

「我不能說。」

「我不會說出去的。」

「妳會。」

我彎折膝蓋貼在胸前，用運動衫蓋住裸露的雙腳。萊德摟住我。我想像過幾百次被男生碰觸的情景？尤其是萊德？他的身體好溫暖——一定比我的體溫高兩千度。這跟我想像的不一樣；不知道爲什麼，我覺得更好也更失落。他的手在運動衫裡摸著我的小腿肚，我放鬆了，靠在他身上，讓頭抵著他的鎖骨。他的手摸到哪裡，震顫的感覺就跟到哪裡，我沉溺在被某人碰觸的喜悅裡。親吻與不親吻之間，沒有過渡——他喝了一大口快要喝完的酒時，我抬頭看著他，他的喉嚨像紙一樣白，我的牙齒離他的喉頭一公分，接著酒瓶在船外的沙地上，他把我的下唇含進嘴裡，我不知道要怎麼辦。

我輕聲說：「嘿，我不知道。也許我們應該停下來。」

他沒有停下來。他繼續吻我，輕輕地把我放在船的龍骨上，跟著船身晃來晃去，一隻手沿著我的大腿往上摸，然後伸進裙子裡。對他來說，我的肚子摸起來是什麼感覺？我柔軟的肚子，跟瑪莉娜的肚子那麼不一樣，讓萊德碰我那裡——握住我的腰，捏了捏——感覺多麼奇怪。他把我的運動衫拉上來，直到蓋住我的下半張臉。他用手蓋住我的乳房，**奶奶，跟胖女生一樣的奶奶**，一隻手一個，並揉捏起來。他舔吮手指摸過的地方。奇怪，奇怪，好奇怪，他的舌頭舔舐我的乳頭，他這樣做真的好奇怪，顯然是因爲他認爲這樣我會有快感。好笑的感覺，彷彿搔錯了癢處。我的喉嚨發出輕柔的聲音，是合唱時我所能發出的最低音。感覺很合適這個情境。不知怎麼地，我有點替他難過，他的手移動得好笨拙，我以爲他知道不需要這麼快。我已經沒什麼感覺了，不像他吻我之前那樣，那時他輕聲呢喃，指尖輕觸，撩撥了我的慾望。他現在做的這些事，完全不像我自己動手時腦袋完全無法思考的混亂急切。那就像水和冰之間的差異。連我的羞愧感，從我的肩胛骨碰到船底的那一刻就浮現的羞愧感，跟我摸自己時感受到的也不一樣。現在讓我羞愧的是慾望本身、我的身體、他的身體、我們笨拙的動作、要是瑪莉娜看到了會怎麼想，還有其實我不怎麼想要這麼做——我卻沒有阻止他。

我的手指穿過他的頭髮，拉了拉他耳邊的捲髮。他吸膩了我的胸部，嘴裡都是他自己的口水，又開始吻我，這時我明白了，重點完全不是我。我只是意外。這個領悟讓我既羞愧又鬆了一口氣。他的手在我的裙子裡一路往上摸，直到他把一根手指塞進我的——什麼？我的屄？我的咪咪？我的陰道？這些字眼都不對；爲什麼沒有更好的字眼？我放聲嘶吼，發出自己無法控制的聲音，並想像自己是瑪莉娜，想像我知道這是怎麼一回事，想像我喜歡這樣、想要這樣——他一定是從哪裡學來的，這一定是他們一起做過的事。她會怎麼做？她會回吻他，她的舌頭會闖入他的嘴裡，她的臀部會抵著他的手，直到他把手指伸出來，拉開褲子拉鍊，把自己擠進她裡面，直到她感覺有東西在裡面猛撲？

結束了，我的雙腿間有黏稠一片，而我現在非常、非常醉了。沒有像網路上說得那麼痛。我不想看他的臉，可是我想要他看我。我要他的指尖回來，我要他的唇貼在我的唇上，品味我的唇型，告訴我他覺得我很漂亮，然後如果我想要，我們可以從頭到尾再來一次——還有我可以決定我們要做什麼，什麼時候做，怎麼做。我討厭自己想要的是——這眞是太陳腔濫調了——兩個人的性行爲是愛的表現，而不是實際上的樣子。

他問：「妳是處女嗎？」

「不是。」

「那妳應該吃一下事後丸。」

「好。」

「如果妳注意我的動作，妳的親吻技術會更好。」他點了一根菸。我看過的書沒有一本形容過剛剛發生在我身上的事——完全不一樣。我會回吻他；從他的手指伸到裡面去的驚訝平復之後，我會先興奮一下，再被同時襲來又清楚分裂的恐懼、自我意識及焦慮淹沒。然後假裝——假裝我很勇敢，假裝我跟她一樣，知道自己在做什麼，彷彿我不是我自己——那也讓我很興奮。

「抱歉。」

「沒關係。」他把我摟在胸前。那感覺比他到目前爲止做過的事都要好，他的手臂貼在我的手臂上，我們的手指交纏。「放輕鬆一點。我會教妳。」

在我的身體裡面，萊德的精子正在游來游去，同樣的精子也曾在我最好的朋友的身體裡，而此刻它們正發揮最大的生物力量毀掉我的人生。我讓萊德高潮了。整件事情發生好快，包括親吻在內，才幾分鐘就結束了。

「凱特，妳是個好孩子。」

「你有點爛。」

他哈哈笑。我的嘴裡有奇怪的味道。我很渴。我感覺脈搏在大腦裡跳動。我們看著湖水撞向湖岸，隨波逐流的小浪，一個接著一個。改變沙子的形狀，又慢慢退開。

他說：「我跟警察說了跟瑪莉娜的爸爸有關的情報。」

「情報？」

「妳知道軌道車，大家都知道。**他們**也知道。我只是給他們幾個他們遺漏的細節。」

「你有跟她說嗎？」她應該會告訴我。她沒有跟我說吉米的事，可是這件事她應該會告訴我。

「有人看到葛瑞格的一段影片。那個白癡把影片放上YouTube。那根本就是公開的網站。影片上什麼都有，我，楓樹旅館，還看得到我製作的地方。我一直收到一個奇怪的信箱寄來的信，一大堆的X，寫的全是，**我看到你了**，或者**哈哈**，之類的。妳知道那種感覺嗎？好像有人一直在看妳？」他揉搓胎記，彷彿想要把它擦掉。我連他的陽具都沒看到，認真說起來也沒碰到——沒有用可以理解它是長得什麼樣子的器官去觸摸。「凱特，我不能坐牢。」

「那你是什麼，線民？」都是我的錯。我出現在他們的生命裡，一個愚蠢的提議，引發了一連串眞實事件，多麼可怕又驚心動魄啊。

「我沒說那麼多。我只是跟他們說軌道車的事。樹林裡，瑪莉娜家附近那個。他們只要那個。」

「那她呢？」

「我不是唯一跟警察說這些事的人。她永遠不會知道是我——她不必知道。」

「前幾天，午餐前，我看到你從基沃尼高中出來。」

「我不知道還能去哪裡。我又沒有律師什麼的。萊西校長是好人。他和雪兒請警察來學校。他們明年要讓我去上法院學校，做社區服務——好過去坐牢。」

「什麼法院學校？」

「非傳統另類教育，這是手冊上寫的。給中輟生、吸毒者念的學校，這是大家說的。妳不能跟她說，凱特。妳見過她爸。妳知道狀況。妳不覺得如果他不在，對她，對薩爾都比較好嗎？」

「我認爲那是她自己的選擇。」

「別這麼說，拜託。」他摟住我的脖子，親吻我的耳朵下面。我大腿內側的雞皮疙瘩又回來了。我要他怎麼樣？我說過了，**有更多人會看到**。萊德親吻我的唇，用我一直想要的方式。我嚐到他的味道，混和了馬里布、菸，還有一種很可能來自於我的鹹味，同時帶著令人發痛的濃厚悔意，我知道，就算我失去上千個那段時間的記憶，也絕對不會忘記這件事。在我們上方，天空，破鏡般的湖面，當然，還有星星——一如我見過的每個人，甚至我自己，那般遙遠而不可知。

※

赫德森家用語音留言解雇了我媽。不到三天，她在科勒爾斯普林斯的其他客戶也打電話來解雇她。每個人都說：「我們沒有工作需要妳了。」媽一直想聯絡珍．赫德森，問清楚是怎麼回事，可是她不接電話。

媽跟我說：「我把那棟房子照顧得妥妥當當啊。」她不怎麼生氣，而是困惑。

我們的清理工作做得還可以——畢竟瑪莉娜和我都是媽的幫手，我們知道該怎麼做——不過我們沒辦法解決斷掉的撞球桿、地下室地毯上的香菸燒痕、劫掠過的酒吧。媽僅剩的少數客戶之一，貝克家打電話來的那天早上，媽用力踢了一下廚房的垃圾桶，把垃圾桶都踢翻了，蛋殼和咖啡渣散落在油布地板上。她甩上房門，把那一團亂留在原地。大概過了一段適當的時間，我才喊：「媽。」我轉了轉她的門把，鎖住了。我可以拿根髮夾把門撬開，不過我決定不去煩她。我回到廚房，把垃圾桶扶正，把垃圾掃乾淨，用消毒水噴一遍那塊區域，跪下用抹布擦。赫德森家的酒吧那麼大，他們怎麼會注意到少了那點東西？

三天。我媽是小偷的閒話，只花了三天就從赫德森家傳到她的其他客戶。我可以想見他們在帆船甲板上，一邊吃餅乾夾高達乾酪，一邊講她的事，銀湖的燈光在岸上閃爍。我告訴自己，媽值得做比幫有錢人打掃更好的工作。可是幾個星期過去，她唯一能找到的其他工作，是在柏特湖附近的熟食店做三明治，時薪十四元，距離我家要二十五分鐘的車程，這時我真希望我能收回那句話。

媽從來沒問我赫德森家的事，我也沒有明確的理由相信她覺得那件事跟我有關。但我還是覺得，不知怎麼地，她就是知道。

她說：「我不知道我們該怎麼辦。」

到了七月，我們，跟二成的密西根人口一樣——媽喜歡這個統計數字——靠領食物券度日了。我很意外地發現，食物券並不是券。買食物的錢存在一張橋卡裡；基本上就是一張簽帳卡，背景是一幅常見的日落時分的麥基諾大橋素描。不知道爲什麼，我有個印象，我們並不是這筆錢的補助對象——媽說得好像橋卡只是暫時的，甚至說她用了某種辦法，好讓我們符合資格，彷彿要一點小騙術，比依法符合政府補助的資格，稍微不丟臉一點。二十幾歲時，我對錢無時無刻不感到焦慮——擔心會失業，失去公寓，窮途潦倒，最後落魄回到密西根。我把這種恐懼跟媽說時，她很生氣地糾正我。她說，妳什麼都有。記得耶誕節嗎？記得那間學校嗎？當然，她說得對。可是我要花很久的時間，才能學會很多紐約的朋友似乎天生就知道的事：不要一拿到錢就立刻花掉，只因爲害怕如果不這麼做，錢就會被拿走，或者莫名其妙消失；如果你有份工作，好好做，在某個程度上，你就可以依賴它；如果發現自己有很大一筆錢，跟別人講這件事是不禮貌的；如果在餐廳或咖啡店，有人說要請你，不必一直道歉，或者立刻回請。我每次加薪，或者只是多了一些錢，我就忍不住想跟別人說。連恩是第一個直接跟我說這樣做很討厭的人。

每個月一次，我們的橋卡補助款會自動入帳。我們家裡的氣氛就看當時離入帳日有多近——入帳當週，在家裡就很輕鬆，但要是過了兩、三週，我又可以感覺氣氛變得很緊繃，冰箱越來越空，媽焦躁不安。用這張卡去買貴的東西——草莓、冷凍蝦、小杯優格——她會覺得很難堪，所以有時候她會在停車場等，要我去結帳。她說，沒有人會期待十幾歲的孩子懂得撙節度日。有一次結帳的女孩子指控我用別人的橋卡——她是故意刁難，因爲她看過我跟媽在一起——媽得進來，插入隊伍，拿出她的證件來解釋，而等著結帳的遊客看了看輸送帶上的高纖穀片，一臉不屑地看著我們。瑪莉娜對橋卡有很多遐想；她一滿十八歲，打算也去申請一張。爲了減少開支，媽把有線電視降級到最基本的功能——吉米和我還附加在爸的手機方案裡，不然我很確定我們也會沒手機可用。

吉米增加他在基沃尼塑膠工廠的上班時數。他排的班很多都是傍晚或大夜班，天亮下班，而且，雖然我不確定，但我懷疑他付的房租超過他應分擔的部分，也許是因爲他覺得害媽被解聘，他也有責任。有時他會把信封放在流理臺上，上頭用麥克筆寫「媽」——我有一次偷偷打開來看，裡面有三張二十元鈔票，像給洗車小弟的小費一樣，折成小三角形。

⁂

派對之後，我看到吉米和瑪莉娜親熱好幾百次，至少看起來如此。只要吉米在家，我總是轉個彎就發現他和瑪莉娜靠在牆上摟摟抱抱，不然就是在沙發上卿卿我我，還有一次，下午一點在浴室裡嘻嘻哈哈，水蒸氣從門下冒出來。那畫面很噁心，我每次看到，那種熟悉的感覺又回來了，在瑪莉娜和銀湖之前的感覺，彷彿世界上其他人都住在一個星球上，地球，而我正隔著望遠鏡從無數光年外的某個地方看著他們。

她說：「我想確定妳沒事。我們不想讓妳不高興。」

我問：「我爲什麼會不高興？」

我們。

她告訴我：「我眞的很喜歡他。」她在我的眼皮上畫了一條黑線，剛剛好在睫毛上面。我板著臉，努力表現矛盾的心情。哪一種比較怪？替他們高興，還是這種走調的不舒服，感覺一切都將改變的煩躁焦慮？

「你們現在是男女朋友了，還是怎樣？」

「不是那樣，沒那麼認眞啦，只是好玩而已。反正，跟萊德分手之後，我算是，什麼都可以吧。他有他自己的問題。他的前任，那個叫珍妮的。」她不覺得這段關係很認眞，還是他不這麼想？誰應該更讓我擔心，更需要我保護？有時候，看到他們在一起時，我納悶我看到的是不是愛。「我想妳不太懂吧。」瑪莉娜說著，換畫我的另一邊眼皮。「妳怎麼會懂？」

「這句話有點侮辱人。」

「哎，凱特，我只是說妳沒什麼經驗。試著爲我高興，不要怪裡怪氣吧。跟萊德分手之後，這正是我需要的。」她說這句話時，直視我的眼睛，彷彿她知道我們在划槳船上做了什麼。她舔了一下指尖，把畫到眼皮外角的眼線擦掉。我不知道該怎麼提起那件事。光是想像跟她說那件事的畫面，我就感覺到如影隨形的焦慮。因爲，要是她不相信我怎麼辦？

「我不能接受妳跟我哥卿卿我我之後，又跟波特做些什麼。」

瑪莉娜說：「好。」她蓋上眼線筆的蓋子。「呃，我們並沒有在一起。」

「他是我哥。而且他是眞的喜歡妳。」她拿著眼線筆在化妝包裡撥來撥去，逃避我的話。

「喂？」

「好啦，」她說：「我不會的。」

「我會跟他說。」

「妳不會說。」她受傷的語氣嚇了我一跳，讓我不再逼她。

「對，我不會說。當然不會。只是拜託盡量不要在我面前舔來舔去。」

「我會盡力克制。但要是他穿著四角褲走來走去，那就很難說了。」

「噁，天啊。好噁心，我恨妳。」

我動了一下，讓我們的膝蓋不再相碰。我希望一星期只休一天假的吉米，可以再多上一點班。我隱約在意她有沒有玩弄他的心。可是因爲我從來沒眞正心碎過，所以我也不知道他處在什麼樣的危險之中。只要他整天工作，我們就可以這樣繼續下去，一切都跟原來差不多。

因爲瑪莉娜的別針壞了，安全地塞在我的某件運動衫口袋裡，又因爲她是那麼快樂，看起來那麼健康——她胖了一點，臉頰多了一點點肉，讓她看起來更可愛也更年輕——我以爲也許她已經減少奧施康定的量。好幾天過去了，她都沒發簡訊給波特；我知道，是因爲她發簡訊給他時，那遮遮掩掩的表情一看就知道，綜合了焦慮和欲望，下唇含在嘴裡，眼神驚惶。她的聲音會變得比較小聲。可是我錯了。派對後兩個星期，我拉開她的背包，想找菸。她衝回家去送薩爾上床，而我不想等二十分鐘，等她回來再說。我在背包裡摸索菸盒，指節撞到一大瓶白色的藥罐，瓶子裡的奧施康定幾乎是滿的，是藥局放在架子上的那種大瓶子，不是開給病人的小瓶子。吉米不喜歡她吃奧施康定——我聽過他們爲了這件事吵架——所以她更偷偷摸摸了。現在她的藥源這麼穩定，她隨時處在亢奮的狀態，她的情緒完全沒有低潮。

我可以當下就打電話到工廠給我哥，跟他說這件事。也許只有他有機會阻止她。可是看到那些藥，知道無論我哥讓她有多開心，以至於她總是玩弄他的頭髮，膩在他的大腿上，跟他通簡訊通到三更半夜，他也沒能解決她的問題，而我那時感覺到的，莫非是某種奇怪、變態的釋懷？我想要自己是她最重要的人，因爲她是我的。

我把藥放回她的背包裡，從來沒跟別人提起這件事。

※

錄影是我的主意——我們把影片貼在葛瑞格的NotYourSanta（不是你的耶誕老人）帳號下，因爲瑪莉娜不想申請個人帳號。葛瑞格傳了幾段影片上去，不過腳踏車那段，萊德在後面製毒的那個，是目前爲止最多人看的。在螢幕上看到那段影片，暫停在楓樹旅館的片頭畫面上，髒污的床墊，電視機上的丙酮，我的胃一陣扭絞，但還是把那種感覺推開了。什麼事都還沒發生。

葛瑞格說：「兩位，我無意冒犯，可是我的粉絲應該不會喜歡女生唱民謠的影片。」他的追蹤者大約有五十人，不過留言還不少。

doublevision11：哈哈，原來是個大藥頭

treatmelikeanangel：Proactive www.proactive.com

dillypickle44_1：哈哈，笑死我了，NOTYOURSANTA是我的偶像

nanabooboo：這傢伙是我們學校的，可是我眞的沒聽他開口說話過

melleryeller：天啊，忍不住一直看吧？

他說的很有道理。

「是啦，可是你已經有基礎了，我們沒必要從頭開始。」我說：「你有觀眾，我們只是借一下而已。」

我用葛瑞格的攝影機來拍——只拍瑪莉娜唱歌。她挑了一首妮科．凱斯的歌，講一個孤單又疲憊的女孩子，希望自己是月亮，主要是因爲這首歌適合瑪莉娜的音域，她也可以用她爸爸的木吉他彈主旋律。我是導演。我讓她安坐在攀爬架的溜滑梯最下面，額頭上綁一條編髮帶，吉他放在她的大腿上。我在她的左右太陽穴上各畫了一個小小的藍色星星——我們一直在開玩笑，說要成立一個樂團，自稱是北極星。有時我們覺得這名字很完美，有時又覺得蠢得不得了。那天有風，她唱歌時頭髮一直吹進嘴裡。唱到高音時，她故意讓聲音顫抖、破裂，裝模作樣到讓我一陣冷顫。我們上傳影片，不到三天，就有超過五百人次點閱。陌生人留言說，**老天爺，這也太會唱了吧？快跟她簽約吧**。**XXXXX辣妹**，**一輩子唱給我聽**。隨著留言越來越多，大部分都寫得很下流，瑪莉娜就不再上網看了。

葛瑞格說：「不過也有很多寫得不錯的啦。」一下子成爲網紅，讓他有點醉了。「我覺得妳應該再錄一首。」

「把任何東西放在攝影機前面，大家就以爲在看什麼專業的東西了。」瑪莉娜說：「況且，我不需要聽陌生人叫我去吸他們的屌，我在現實生活裡就聽太多了。」

我說她唱得很棒，但也許她說的對，她不需要再錄一片。每次她練習彈完一首新歌，開玩笑說要不要再錄點別的時，我就說我不想。我要她不要再自以爲了不起了。

我說：「妳以爲妳是誰？史蒂薇．尼克斯？」

※

夏天讓北密西根變身。基沃尼膨脹到原來的兩倍，每天從早到晚，帆船在海灣裡來來去去。整個冬天幾乎完全空蕩蕩的馬路，塞滿了車子，從銀湖到市區的時間更久了。我們跟遊客分開，在沙丘上紮營。我們在沙丘上找到一塊岩地，沒什麼草，可以清楚看到海，又有點隱私。我們每次去的陣容都很有趣，要看是什麼時候、誰要上班——往往是小不點加入我們，因爲葛瑞格在冰雪皇后找到工作。偶爾萊德也會跟我們去，然後坐在岸邊的毯子上，繃著臉看著我們，他的肩膀曬太陽曬到長雀斑，胸骨上有一撮沾了沙的毛，我發現自己總是很想去摸一下。我們有時會發簡訊，隨便亂聊，在划槳船那一夜過後也親吻——一次是在他的車子上，他送我去「家庭錄影帶」沒成功之後，排檔桿抵著我的大腿；還有一次是大約一個星期之後，在瑪莉娜家後面的兒童攀爬架。那一次我很享受，甚至讓手指晃到他褲子裡的那團硬塊。他說：「不要停。」他的臉是一團模糊的影子，可是幾分鐘後我停手，聽到他的痛苦哀號我還有一股快感。我不是眞的很喜歡他，這點很有幫助，尤其是他跟我說瑪莉娜的爸爸和警察的事情之後，而我們做的事也沒給我太多性愉悅。他的側臉看起來有點像星光電影院大廳掛的那張卡萊．葛倫的海報，再加上我看得出來他想要我時，我心裡那種嗡嗡作響的感覺，對我來說，目前這樣就夠了。

最棒的事只有我跟瑪莉娜單獨到海邊去的時候。我一直很擔心，瑪莉娜跟吉米的關係會讓她越來越少跟我在一起，事實剛好相反——現在我們一天到晚在一起。以前她有時會一聲不響消失一、兩天，毫無解釋，現在，不管她跟我哥哥之間是什麼狀況，那種事都突然停止了。我想是我哥結束了她跟波特的關係。

有天晚上，她爸爸不在家，吉米值夜班，萊德和葛瑞格跟我們一起在穀倉過夜。整個晚上萊德都不理我，一直對著瑪莉娜和葛瑞格講醉話，我坐在懶骨頭上，安靜地喝酒，可憐兮兮地注意到他的牛仔褲管翻上來，露出襪子上方那節毛茸茸的小腿肚。我知道他對我的冷漠表示我在女人味上少了幾分，只要瑪莉娜是這個方程式的一部分，我的分數永遠會輸她。第二天早上我們很早醒來，丟下兩個男生不管。瑪莉娜從萊德的口袋裡偷了鑰匙，指甲掐進我的手臂，免得我一直笑，把他們吵醒。她在萊德的額頭上貼了一張紙條，她觸摸他的樣子是那麼輕鬆自在，讓我突然湧上一股憤怒。**拜託幫薩爾弄點早餐。很快回來。**XOXOXOX。

我一直在等警察出現，可是好幾個星期過去，什麼事都沒有，我開始懷疑萊德是不是說得太誇張了。我要怎麼跟她說萊德找過警察的事，又不提到我跟他睡過？而且無論如何，他還在販毒——偷偷摸摸地賣，只賣給老客戶——跟平常並沒有太大的差別。他發簡訊給買家用的手機，跟他發簡訊給我的手機不一樣，我在他的車上看過一本兒童聖經，我知道那是做什麼用的。

※

我只有一張自己那一年的照片——就是一直放在鞋盒裡的那張拍立得照片。當年我們沒拍幾張照片。那時臉書還很新，多半是大學生在用，所以我們不太會把生活點滴放上網。我曾經傳了幾張照片到家裡的桌上型電腦，也許曾經用電郵寄給自己，我不確定，但現在都不見了，跟那段時間一起消失。拍立得相機是吉米送給瑪莉娜的，拿到的那天，她就帶著相機跟我們一起去海邊。瑪莉娜和我從海邊走回我們的毯子時，葛瑞格拍了那張照片。我記得我還生氣了。跟大部分像我那樣的女孩子一樣，沒有安全感，討厭自己的身體，所以也討厭拍照。照片上呈現的我，跟我那時對自己的感覺是多麼不同啊。

瑪莉娜把照片從葛瑞格那裡拿過來，根據使用說明，晃了晃照片。我們看著照片顯影。我們就在那裡，兩人都因爲豔陽而瞇著眼睛，臉上洋溢著笑容，身體結實，曬得黝黑，帶著水珠而閃閃發光。好美。

我說：「哎呀。」我還是不知道該怎麼把心裡想的話說出來，尤其是那句話需要自信時。

「哎呀是什麼意思！妳簡直是超級名模。」

「我不想看。」我還是把照片拿過來，看著照片裡站在瑪莉娜旁邊的女孩子。現在我很疑惑，我爲什麼花那麼多時間討厭她？討厭她突出的耳朵、她肚臍眼下面的脂肪曲線、她的藥癮、強烈需求和那些亂七八糟的感覺？她有張聰明臉。她看起來很正常，很好玩，就像會在路上和我擦身而過的人，和同樣完美的好朋友手挽著手，是會讓我嫉妒的人。我把照片丟掉，抓起一把沙子丟向照片。

瑪莉娜把照片搶救回來，說：「不要這樣。這是我的。」

我想，我現在可以解釋了。我想我很抱歉，我那時不夠愛她。

※

在克佛碰面之後，爸就沒再接過我打的電話。〈鄉村小路〉唱個沒完沒了。那天吃完飯後，他只發了兩封簡訊給我——第一封是他和貝琪的照片，他們在一間俯瞰尼加拉瀑布的餐廳吃炸蛤蜊（跟蛤蜊一樣開心！），之後不到一天：**想你，小可愛！**他不是傻瓜；他不會再走這條路了。

晚餐時，我問媽：「妳有爸的消息嗎？」

「沒。」她喝一口酒，冰塊撞擊玻璃杯。

我問吉米：「你呢？」

吉米說：「哈，你問對人了。我們從一月開始就不跟對方說話了。」

「親愛的，他可能只是在忙，或者在旅行之類的。妳別擔心。這不是妳的責任。他才是當父母的人。做錯事的他，不是妳。」

後來，那天晚上，媽睡了，瑪莉娜跟吉米去別的地方，我給他寫了一封信。

寄件人：凱薩琳 <catherine46@hotmail.com>
收件人：爸 <spartanfan21@hotmail.com>
主旨：多謝了

我昨天打給你，你沒接。我前一天打給你，在那之前幾天也打給你。自從我們搬上來這裡之後，我可以說一直打電話給你，可是，爸，你猜怎麼樣？你從來沒接電話。

記得你習慣用各種名字叫我嗎？一些三八的名字，像是糖漿、梅爾文、臭大便。小時候，每次你在雜貨店或遊樂場一直喊糖漿、糖漿時，我都覺得那是天底下最好笑的事。

現在我要停止對你有任何期待。我要停止打電話、發簡訊給你，停止在我的腦袋裡問你問題，想著你會怎麼做，或怎麼說，會不會以我為榮。我敢打賭，要是認真想，我可以把那些名字統統想起來。你可以想起五個嗎？我剛剛提到的那三個名字不算。

好像是很久以前的事了，但我想那就是人生吧。

PS. 好笑、好傻又好尷尬的是，我一直很得意我比較像你，而不是像媽或像吉米。這算是年輕時的蠢事吧。

PPS. 總之，我希望你不是死了，而你的無聲無息不是因為加拿大政府還沒有搞清楚誰是你的家人，不然我會很愧疚我寫了這封信。

我沒有再看一遍，按下傳送。

要是他把信刪了，假裝天下太平呢？呃，我會看情況決定要不要原諒他。看他到時候怎麼解釋，看他會不會想要解釋。

因爲我還在這裡。我就在這裡，他丟下我的地方。

對，爸教我怎麼用羅盤，對，他告訴我很多樹的事，對，有時他會載我去看電影，聽我練習合唱團選拔試唱，還有我很小、很小的時候，他把我丟向空中，他會親吻我的額頭，發出魚的聲音，我會一直笑，笑到眼睛睜不開。但那些我故意想忘記的事呢？譬如那一次他和媽互相大吼大叫，他推她，害她跌倒撞到踏步機，他還不停手，結果她的腳卡住，斷了四根骨頭，於是我們在佛羅里達度過全家唯一一次眞正的假期時，她都得穿一種塑膠靴？還有那次他罵媽是酒鬼，然後開始在廚房裡摔東西，我還不到十歲，媽帶我和吉米到旅館去住了一星期？還有我更小的時候，就在我們搬到派克街之前，我躲在大貨車後面，等他終於找到我，他把我的褲子脫掉，用一根木湯匙打我，打到媽都哭了才停？還有他消失的那一整個月，還有貝琪的事，還有我有時候問他問題，他都不回答，只是看著窗外，或看電視，或乾脆走開，讓我納悶自己做錯什麼，爲什麼我不能讓他留下來？

✻

到了八月初，曬了兩個月的太陽，在我身上留下了痕跡，也可能要怪那幾個星期，每過一星期，我都更靠近十六歲。我的皮膚徹底曬成泛紅的棕色，太陽穴旁的頭髮成了白金色。我變成游泳健將。要是爸在雜貨店遇到我，或者在我和瑪莉娜在海邊曬太陽時從旁邊走過去，我相信他不會認出我。

✻

有一天，瑪莉娜和我醉到頭殼壞掉，拿牛排刀在我們的上手臂上刻了一模一樣的傷口，就在肩膀和手肘內側中間，傷口有一吋長。我們的血流得到處都是，笑得好大聲，可以把大家都吵醒，只是沒人在家——我媽跟我們還沒見過的男朋友在一起，吉米在上班，所以只有我們，我們和一大盒幾乎被我們喝光的白酒，我們和牛排刀還有血，我們兩個都很驚訝，居然不怎麼痛。然後，過了幾個鐘頭，在我們不省人事之前，瑪莉娜在沙發上啜泣，說她配不上任何人，我一頭霧水，輕拍她的背，跟她說**才不是**，跟她說**噓**。第二天早上，吉米和瑪莉娜大吵一架，我從來沒見過他們吵得這麼凶。

我聽到他對她大喊：「妳真的是亂七八糟。」他們兩個在廚房，我像蟲一樣蜷縮著身子倒在浴室地板上。「真的噁心死了。瑪莉娜，妳想對自己做什麼瘋狂的事都隨便妳，我阻止不了妳。老實說，我已經試到不想再試了。可是不要拖我妹妹下水。妳做什麼她就跟著做，她才十五歲。拜託妳要有點責任感。」

她說：「那我呢？」她在哭嗎？「你們好像都沒有人想到我。」

「妳真是無理取鬧。」吉米說完，什麼東西摔了一下，然然他們就沒再說話了。

大概有十年的時間，那個疤痕一直在那裡，只要穿無袖的衣服就看得到，一個等號，只是另一半不見了。幾個月前，我出門前照了一下鏡子，發現疤痕不見了，被我的身體吸收得一乾二淨。

❊

在萊德發簡訊給我之前，我已經好幾個星期沒看到他，也沒他的消息。那是八月一個炎熱的夜晚，我熱到把房間的窗戶整個打開，黑色的飛蟲被床頭燈吸引，一直去撞紗窗。瑪莉娜、葛瑞格、小不點和我對萊德的失蹤有各種推論。瑪莉娜認為他認識了某人，這個想法讓我有點不舒服，葛瑞格認為他媽媽生病了。小不點同意他們兩人的看法，完全沒自己的意見，而我，當然一句話也沒說。

萊德一定知道當時我是一個人。瑪莉娜跟吉米去看電影，他是不是先發簡訊給瑪莉娜了？又或者他知道我哥哥的班表，知道他那天晚上休假。心機重也是萊德的天性——我無法篤定他不會用這招。

妳在幹嘛？

你到哪裡去了？

哪裡也沒去

好吧

我生氣地把書闔上。瑪莉娜會喜歡這本，《豪門幽魂》[4]。她喜歡受到驚嚇。

妳只有這句話？

想你

哈哈

真的

然後：寄張照片來

我的手機螢幕很小，而他老是要我寄照片給他。我在瑪莉娜的攀爬架下隔著褲子摸他時，他滿懷希望地說：「要有妳的奶子和屁股。」

放棄吧，不會有那種事

好，那我自己去找妳

我像白癡一樣臉紅了

為什麼？你幹嘛找我？

我想吻妳

我想吻妳。我想像他親吻我的樣子。他的動作比實際上慢，而且把大部分的口水留在他的嘴裡，他還知道我最喜歡什麼顏色，知道我不喜歡義式番茄醬，他身上沒有大麻、菸或啤酒的味道，我們在我的床上，而不是煙霧瀰漫的車子裡，或者抵著樹幹，或躲在我家後院、屋裡的燈照不到的地方。

我還來不及回答，他就回，凱特，我好想再跟妳做。

為什麼？

因為妳好辣

我想了很久，最後才打，胡說八道，再說一次你想對我做什麼。然後我真的有點興奮了。

我想舔妳的緊咪咪

「緊」？

4 舊譯《碧廬冤孽》，亨利．詹姆斯的經典名作。

不，謝了

我拒絕過他嗎？在划槳船的那天晚上沒有，之後那次，他的名字突然出現在我的手機上，約我出去，還有那天晚上，其他人在看電視，他想「出去走走」，我都沒拒絕他。

美女拜託

不要

我要出發了

我說不要，萊德

妳為什麼挑逗我又不認帳？我十五分鐘內到

不要

我把手機調成震動。所以萊德生氣了。那又怎樣。我把我幻想的萊德叫回來，讓他跟我一起躺在床上。另一個萊德在我的耳邊呢喃：「我想舔妳的咪咪。」我跟他說好，我摸了自己內褲濕透的地方，而這一次，我沒有停下來。事後，我一點也不覺得羞愧。只有我，單獨在房間裡，和一支一直嗡嗡叫的手機。

哈囉～～凱特？

喂？

真酷

搞什麼？妳在哪裡？

媽在浴室水槽下面的櫃子最裡面放了幾張驗孕試紙，藏在清潔用品後面。有一次我要找潤髮乳時找到的。瑪莉娜和我爲此笑了好幾個鐘頭。所以她跟我說她的月經快兩個月沒來時，我們兩個很嚴肅地關在我家浴室。她坐在馬桶上，把白色試紙放在兩腿中間。她的尿啪啦啪啦落在馬桶裡時，她問：「要怎麼做才不會弄得自己滿手都是尿啊？」她把試紙放在水槽邊，拉上褲子，洗了洗手。一條藍線出現了。過了兩分鐘，三分鐘，然後是四分鐘，還是只有那一條線。

我說：「沒有多一條。」同時鬆了一口氣，因爲我不會多一個姪子或姪女，也不必疑惑是我哥的，還是別人的。

她說：「眞怪。」然後我們把驗孕試紙拿到樹林裡，做了一場假儀式，像傻瓜一樣把它埋起來，這樣我媽才不會在垃圾桶裡發現它。

※

警車安靜地成一直線開過來，一輛接著一輛。第一輛停在瑪莉娜家的車道上，另一輛快速從我們兩家之間開過去，離開馬路，與後院那堆垃圾擦身而過。它開到攀爬架附近的軌道，衝進松樹林裡，然後只剩一點紅光，閃了幾秒就不見了。

我套上剪短的短褲和背心，到外面去。我心想，**對不起，我不是故意的**。那是被吸乾抹淨的八月底，空氣濕重，即使才上午十點，蟲子就嗡嗡飛來飛去。爲了讓手不再顫抖，我把手塞在大腿下，抵著臨時臺階的火烤木。起身時，我的右手掌多了兩道深深的印痕。一名警察去敲瑪莉娜家的正門。他放下拳頭，歪著頭，彷彿等一整天都沒關係。我知道薩爾在裡面，正在想該不該讓他們進去。「我是小孩子。」薩爾想要我們讓他晚一點睡，留他在旁邊時，就會這麼說：「我不會煩妳們的。」每次聽到這句話我們都爆笑，他怎麼會以為他年紀小，就比較不麻煩。

瑪莉娜衝出我們家，飛快經過坐在前廊臺階上的我，赤腳跑過院子，一邊把頭髮綁成馬尾。她昨晚睡在這裡——不是跟我睡。有時會這樣；她和吉米好幾天不說話，然後某天早上我起床，她就在那裡，坐在我家廚房跟我媽一起喝咖啡，看著我的表情像是在說，唉呦？

她喊：「不好意思，那是我家。」她穿了一件吉米的T恤，底下的短褲幾乎比T恤還要短。她的腿又長又黝黑，兩名警察用眼睛上上下下猛吃冰淇淋。

警察問：「這是妳家，那妳一大早這個時間在那邊做什麼？」他的搭檔靠在車子上，雙手抱胸，繼續看。

「我不知道那跟你們有什麼關係。」

「妳男朋友住那裡？」

「警察先生，你有搜索狀嗎？」我從來不知道她有跟警察打交道的經驗。

「這段尋歡之路還眞方便，只有幾步而已。」另一個警察大笑，腳在土上滑來滑去，又把瑪莉娜當點心似地看著她。

「我問了問題。」

「我們在查一條密報。一直有人說這裡有不法行動，未成年人深夜在附近遊蕩，抽菸、喝酒，而且我們知道這屋子裡有個小孩。」
「薩爾很好。」
「妳還沒大到可以單獨照顧小孩。妳爸在嗎？」
「我快滿十八歲了。你從來沒見過十八歲的人有小孩？」
「我們只是必須看一下。」另一名警察走過來，說：「妳瞭解吧？有人通報，我們就有責任察看。我們得到處看一下，確定一切安好，確定沒人出事。」
「如果你們沒搜索狀，就只好下次再來。」瑪莉娜雙手抱胸。也許他們的目光讓她這時才想到自己沒穿內衣。「你們得等我爸在家時再來。」
「妳爸在哪裡？」
「我不知道。我不是他老婆，不會隨時注意他的行蹤。」
車子裡的無線電傳來聲音，響著數字與雜音。
坐進副駕駛座的那個說：「我們會再回來。盡量把說詞準備好。」他們發動車子，往先前開進樹林裡的那輛車後面開去。

⁂

路上又有更多警車，接著還有一輛難以歸類的大廂型車，全都開往同一個方向。穀倉裡，瑪莉娜一次又一次打她爸爸的電話。到第四次，他還是沒接，她把手機往牆上丟，像那次他丟裝滿冰塊和白酒的水壺那樣。「王八蛋。」她說：「他到底在哪裡。」電池飛出來，掠過水泥地板。

我可以在她憤怒的表情、在她迅速失控的情緒裡看到他的身影。就像一個輪廓壓在另一個輪廓上，兩組線條互相穿透。我們的父母永遠跟我們在一起；沒有手術可以將他們切割出去。薩爾打著赤腳，穿著像睡袍一樣長的T恤，站在樓下那個大空間的中間。我說：「沒事啦，薩爾。」他把一隻手塞進我手裡。我捏了捏他黏黏的手掌。他沒反應。

瑪莉娜試著把電池塞回手機，同時跟我說：「打給妳哥。」

「摔壞了嗎？」

「打給他就是了。」

「妳要我說什麼？」

「說我需要他回來。要他編個說詞，說他病了，或有急事。」

我打給吉米。他沒接。他上班時從來不接電話。**吉米，警察在我們家後面的樹林裡。瑪莉娜說她需要你。快回電。**

「他可能沒聽到電話響。他得把手機放在置物櫃裡。」

「幹、幹、幹。」她說：「可惡，他們找到了，凱特。」

她的悲傷，在她容許自己表現時，總是讓我驚奇，是那麼明智與古老，神喻般的悲傷，而不是像我的悲傷一樣，那麼激動、自憐，十足的青少年。可是那天不是。

不過那是因爲奧施康定，不是嗎？她搭著藥丸飛到某個柔軟的星球，遠離地球悲慘的人生，在那裡看著我們，心疼我們也心疼自己，在那麼高的地方，也許她可以看到開始與結束。可是她是那麼遙遠。水從她的眼睛湧出來，放鬆了她的臉，壓垮了她的肩，它很快來，也很快蒸發。

「他們會把我爸抓去關。」

※

我爲什麼一直這麼做？把她說得比實際上還好、還耀眼，甚至無所不知，美好而不眞實。她可以很壞。她可以感覺出來妳討厭自己哪一點，你如果惹她生氣，她會以牙還牙，她會確定你知道她也很不爽。有時我覺得她是我發明的。彷彿我說得越多，我心目中的她就離事實越遠。我想抓住手裡的沙子，可是我越用力，拳頭握得越緊，沙子就掉得越快。

※

我從沒吃過奧施康定。大學時我試過幾次搖頭丸，輕飄飄地在時報廣場的迪斯可舞廳裡游移，整個世界變成紫色，地鐵上紫色的臉，紫色的淸眞餐車，紫色的樹下長了紫色的植物，茫到我敢發誓，我的周圍全是她，她就是我呼吸的空氣。我在布希維克一間酒吧的馬桶蓋上吸過古柯鹼，脖子上掛著一條螢光棒，外面桌子上有排成金字塔的烈酒杯，一個我幾乎不認識的男人在等我，酒杯全空了，多半是我的傑作。有兩年的時間我一直在偷室友的注意力缺失症用藥，騙精神醫師開藥給我，讓我動作快到沒有記憶。我想我是想要找到她。我想知道她的感覺，想瞭解她爲什麼一直少不了它，而不是我，不是吉米，不是葛瑞格、萊德或薩爾。我想我覺得自己有責任。我有上百次機會可以阻止她。甚至更多。

我用另一種懦弱取代銀湖和屬於銀湖的懦弱。我呵護悲慘的倖存者的愧疚，讓愧疚將自己淹沒，但我從來沒試過奧施康定，因爲我看過它用長長的指甲刮過她，讓她什麼都不剩，只剩一副軀體。我大一時，男友弄到幾顆奧施康定，他拿給我看時，我狠狠甩了他一巴掌，打得自己的手都痛了。我從沒解釋，之後沒多久他就不是我的男友了。

我嚇死了。不論我墜落得多遠，都會有東西把我拉回安全的地方——學校和偶爾學校裡美妙的禮物，傻瓜，善良的男人，還有書，一大堆書，我最常在那裡找到她，在親密的角色裡，露絲和席薇亞在划槳船上，桃樂西雅在早餐桌上，當然還有安娜．卡列尼娜，就在她跳出去之前。

⁂

其他的我不想說了。

⁂

那天晚上社工就來了，兩個女的，一個胖，一個瘦，都頂著一頭乾硬的捲髮，臉頰都呈現中年下垂樣。對我來說，年紀大的女人只有兩種。要不是像我媽，就是像那兩個女人。我不知道這跟結婚很久有沒有關係，結婚是不是會讓人老得不一樣。她們的身體過度使用，總感覺不太屬於她們自己，皮膚被男人過度損耗，像被爪子抓過似的。當時的我，不想要長大變成我媽，但我也不想長大變成那兩個女人。瑪莉娜也一樣。

她們敲門。雖然才八點多，薩爾已經到閣樓睡覺了。八月的密西根，每天晚上那個時間，天空都會先變成紫色一下下，然後就一聲嘆息轉成藍色，進入清涼的夜晚。瑪莉娜在沙發上。我幾乎可以看到她的意識在身體外盤旋。聽到敲門聲，她轉頭，眼睛眨一下，眨兩下，喃喃地說：「叫他們不要來煩我們。」也可能是：「跟他們說沒有人在家。」

吉米還沒回來。誰知道媽在哪裡，也許就在隔壁；我們需要她，可是沒找她幫忙。那天是我和瑪莉娜的緊急事件，我們像團隊一樣一起應付，安撫薩爾，設法警告她爸和波特，最重要的事，想出一大堆天衣無縫的理由，解釋她爲什麼會什麼都不知道，爲什麼那間製毒室跟她一點關係也沒有。努力把細節想清楚。

時間還早得誇張，我們就要薩爾去睡覺，他並沒有反抗。可是我們想唬誰呢？他一上樓，瑪莉娜就像變魔術一樣，把那個白色大瓶子拿出來，而我則試著把瓶子拿走。我把瓶子搶過來，高舉在頭上，罵她是藥罐子，跟她說現在不是嗑到茫的時候。她說：「現在正是時候。哪裡還有更好的時間？」她一把抓走瓶子，衝到水槽前，一直笑，一直笑，還是一樣漂亮，沒有一點病態或像毒蟲的樣子，所以我覺得自己很蠢，把那些藥想得那麼嚴重，不能像她那樣看得那麼輕鬆。她打開水龍頭，水漫過一池泡沫水，裡面積了好幾個星期沒洗的碗盤。她直接配著水龍頭的水呑了幾顆藥，我沒看到有幾顆。那是一個鐘頭，或更久之前的事，然後瑪莉娜就不在了。

那兩名女士站在破掉的大燈下，我看到再過去一點有輛警車，一名警察在車上待命。

我說：「妳們得晚點再來。」

「我們要找瑪莉娜．喬伊納，還有個小傢伙，薩拉曼達？妳一定是他們的朋友凱薩琳？」

「我們今天很累。拜託，也許明天再來吧。」

「很抱歉，但這裡有個未成年的孩子沒有大人照顧，他們不能在這裡過夜。」

「他跟我們在一起。」

「妳們都沒十八歲吧？」

「瑪莉娜的生日就在下個月了。」

「妹妹，讓我們進去。」比較胖的那個說，看來她是負責人。外面很悶熱，她卻穿了件開襟毛衣。「我叫坎蒂絲，這是嬌西。我們是來幫忙的，沒有人會有麻煩，不過妳得讓我們進去。要是妳不讓我們進去，我們只好請警察朋友達基出面了。」

瑪莉娜的狀況明顯很糟糕。我從來沒看過她這樣，幾乎是意識不清的地步。

我說：「瑪莉娜不太舒服。」同時讓她們進來。

她們審視穀倉，眼神很專業，某種社工算數在腦袋裡運算著，把屋裡的狀況一一記在心裡：幾乎難聞難忍的味道、七拼八湊的家具、水泥地板、隨處亂放的碗盤、搖搖欲墜的梯子兼樓梯，還有看起來快跟牆壁分開的閣樓，彷彿隨時會塌落。浴室的門關不緊——我每次上廁所，都會抓住門把，以防有人突然進來。這裡有洗衣機嗎？我從來沒注意到。也許正是這樣，瑪莉娜才把那麼多衣服留在我們家。她們沒地方可坐——廚房桌子旁的兩張椅子，放滿垃圾、報紙、電線和三個莫名其妙的任天堂搖桿。而所謂廚房桌子，也只是張拿掉網子的桌球桌。瑪莉娜橫躺在勉強能容納她全身的沙發上，睡著了，也可能更糟。我從經驗中知道，靠牆的兩張懶骨頭正是一股體臭的來源。

坎蒂絲說：「瑪莉娜。」她坐在充當茶几的矮櫃邊緣，像母親一樣觸摸瑪莉娜的手臂。「親愛的，妳醒著嗎？」瑪莉娜呻吟一聲，轉身面對沙發椅背。她的背心翻到背上，露出一塊難看的瘀青，深紫色夾雜著黑點，就在她的短褲褲腰上。

嬌西大步走向瑪莉娜爸爸的房間。我從來沒進去過。我猜裡面一定都是槍，或是屍體，不然就是跟瑪莉娜一樣年紀的裸女海報。

坎蒂絲問我：「她吃了什麼？」她的口氣裡沒有惡意，沒有憤怒。「沒關係，凱薩琳，妳可以告訴我。我向妳保證，我們是來幫助瑪莉娜和她弟弟的。那是我們的工作，我們不是警察。」

「沒什麼。她只是累了。」

「我想應該不是。我敢說達基警員也不這麼想。瑪莉娜一定吃了什麼，而且我想她現在問題應該很大。」

「她累了。」為什麼我想不出更好的謊言？食物中毒？流行性感冒？

「聽我說。我們要把薩爾帶走。情況就是這樣。要是瑪莉娜也來，她得驗毒，要是她接受驗毒，我想妳我都知道結果會怎樣。」嬌西正在爬梯子。我希望她跌下來。我希望薩爾躲起來。

「她可以住我們家。她只是有點胡鬧而已。拜託不要讓她惹上麻煩。」

我想伸手去拉瑪莉娜油膩的長髮，把她拉醒，把她的頭拉離開沙發。她好大的膽子，竟敢躺在沙發上，在我和這個女士，這個好心的坎蒂絲面前打呼，讓我去應付她一團亂的生活。「拜託——拜託，她只是壓力太大了。」

「妳媽媽在家嗎？她會願意讓瑪莉娜跟你們住一陣子嗎？即使她這樣子？」

「瑪莉娜經常跟我睡。」

「好，所以如果我過去跟她說現在的狀況，她會開門？」

「會。」媽在家嗎？我不知道。薩爾很可能眞的躲起來了。

「凱薩琳，妳看起來是個好孩子。妳現在必須當瑪莉娜的朋友。她需要妳的幫助。」坎蒂絲拉起我的一隻手，包覆在她的雙手裡。她的手掌皺皺的，像天鵝絨一樣柔軟。也許她也有女兒，所以那天晚上她才對我們那麼好。她以前太嚴厲，把女兒逼走，這次她想努力做對，再給我們一次機會。我可以看到那畫面，就像電影一樣，女孩子在樹林裡的簡陋三角屋後面嘔吐，清晨四點，坎蒂絲拿著電話站在那裡，不知道什麼時候報警成了背叛。我不知道是要把手抽開，還是要爬上她的大腿。「我想給瑪莉娜一個機會，妳懂嗎？我不想讓她進入體制。我想給她這個機會，因爲我知道女孩子一旦被吸進體制裡，會有什麼下場。這也表示我不能再看到她這個樣子。」我們一起看著瑪莉娜。她穿著我的短褲，很可能也穿著我的內褲。

薩爾從樓梯上下來，還穿著睡褲，接著是嬌西，薩爾的背包掛在她肩上。他問我：「凱特，我可以住妳家嗎？我會很安靜。」

我蹲下來看著他的臉，說：「我知道，薩爾，你最乖了。不過我想你現在得跟這兩個阿姨走，好嗎？她們人很好，明天等瑪莉娜好一點，我們就去看你。這樣好嗎？」他看著地上，而我明白，他一向只知道人不能信任，別人說的話都不算什麼。他不像我一樣，必須吃過幾次虧，才學到教訓——薩爾預期他會被拋下。

他掙脫嬌西箝制他的手臂，問：「我姐姐怎麼了？」他走到瑪莉娜身邊，推了她一下，她的身體動了動，接著他又用整個身側去推。她發出無法理解的聲音，於是他用小拳頭打她，打在她的兩片肩胛骨中間。他打了一下又一下，看得出來，是想打到她痛。

「別打了。」我抓住他的手。「她生病了。」

「她沒生病，她是嗨了。」

嬌西對坎蒂絲說：「這女孩子可能需要到醫院去。」

「不，不需要。」坎蒂絲這麼回答，可是我不確定她說的對不對。「我測過她的脈搏，她只是昏過去了。」

「薩爾，她病了。」

「我討厭妳。」薩爾大叫：「妳以後不是我的朋友了。」

他吐了一口口水，一團濕濕的東西從我的脖子上流下去。他走出去把門甩上，嬌西開門時，他已經坐在她們那輛車的後座，準備出發。

☼

我從來沒有像那天晚上那麼感激媽。坎蒂絲跟她談過後，我們三個一起去把瑪莉娜抱到我家，放在我的床上。那時瑪莉娜一直在喃喃自語，滿嘴奇怪的話——我哥的名字，我們在哪裡之類的問題，還有一句話聽起來像「西瓜男人」。

坎蒂絲一離開，兩輛車子都開走後，穀倉裡空無一人，連薩爾都不在。這時媽問我：「妳還好嗎？」

「我還好。」

媽沒再問別的問題。她安靜到讓我想哭。我們在昏暗的廚房一起喝了一杯茶，心照不宣地等吉米回來。

瑪莉娜跟我很不一樣，可是有時候，我們在一起時，可以藉由講話、分享笑話或眼神來消除各自的歷史。可是跟媽一起坐在廚房裡，這個永遠乾淨的廚房，裡面總有吃的東西，打開水龍頭一定會有水，每個櫥櫃門的後面都有碗盤，也只有碗盤，我才明白自己錯得多離譜，竟然覺得我和瑪莉娜有那麼多共同點，明白自己有多幸運。因爲這就是眞正的差異。我纖瘦的媽媽，身上有夏多內紅酒的味道，會忘記拔掉熨斗的插頭，愛講花椰菜放屁的老笑話，生氣時齜牙咧嘴，清潔手套放在汽車後座，不肯停止愛我的媽媽，會犯愚蠢的錯誤，喝太多酒，笑聲跟我一模一樣，永遠不會離開的媽媽，我是如此信任她，沒有她的世界完全超越我的想像。那就是我們的不同，而且是巨大的不同，我到現在仍然後悔自己之前從來沒發現。

那天晚上我跟媽一起睡，睡在她的大床上，枕著她那會下沉的舒服枕頭，聽著她每兩、三個鐘頭就會被一聲自己的打呼聲吵醒，然後翻身繼續睡。我愛她，愛她是我媽，也愛她這個人，因爲一切，因爲她是留下來的人。

＊

警察在格雷陵的殼牌加油站逮到瑪莉娜的爸爸。他躲在廁所，坐在水箱上，穿鞋的腳踩在馬桶座上，希望他們沒看到腳就會放棄；那是她去法院下面的牢房探望他時，他跟她說的。

瑪莉娜告訴我：「妳知道上面那個像小山丘一樣的公園吧，牢房就在那裡。在地下，就在市區裡。」

酒鬼就在向日葵花園、裝飾枕木、涼亭下戒酒。裡面的男人都在小小的房間裡踱步，等著移監到下一個鬼地方。

在《基沃尼新聞評論》上關於蘭道．喬伊納被捕的新聞裡，記者安．席蒙斯寫到他站在馬桶上，企圖躲避警方追緝，右手撐起T恤，大喊他有槍，想騙過四名拔槍相向的警員。該篇報導唯一引用警方的說法，是警員達基說的：「我們知道他沒槍，沒有那麼細的槍。」

他被捕後幾個星期，被移送到上半島的一所監獄去。就我所知，瑪莉娜一直沒機會去那裡看他。

※

坎蒂絲幫瑪莉娜在鎮上的穆維派店找到站櫃檯的工作，就在郵局隔壁。她每週一、三、五早上來接她，等瑪莉娜下班再送她回我家。有個週末早上，坎蒂絲跟我們一起吃早餐，並跟瑪莉娜說怎麼申請未成年人的監護權，那是她把薩爾找回來的必要步驟。瑪莉娜說，那叫代理他的親職。代理，loco，也是西班牙文瘋狂的意思，我覺得很有道理，因為我不太能想像她照顧小孩的樣子。陽光從窗戶照進來，讓瑪莉娜的頭髮呈現奶油黃。我不要你們的施捨，瑪莉娜應該這樣跟我說了十幾次。如果妳不要我跟妳睡，如果這對妳來說太沉重了，沒關係，我會睡在穀倉裡。可是我從來就沒有不想要她跟我睡。而且她確實需要我們的施捨，不是嗎？也許那就是坎蒂絲這麼辛苦的原因——幫助瑪莉娜應付體制。她失蹤的媽媽，沒有死亡證明也不可能找到她，請她在監護權文件上簽名，障礙復障礙，解決不完的障礙。

那可怕的一天過後，瑪莉娜醒來，吐了兩個鐘頭之後，她淚流滿面地謝謝我媽，自此，至少在我看來，她似乎百分之百徹底戒毒了。吉米也這麼認爲──他說就是因爲這樣，她才會那麼安靜，她的胃才會那麼不舒服。她會注意看我用過盤子之後怎麼沖洗，並且如法炮製。以前她會自己開冰箱拿東西吃，現在她一定先問過。有一次我進浴室，她在裡面，正從淋浴間的排水孔拉起一團金髮。大多數晚上，她會陪我媽在餐桌上聊一會，問她以前的事，聽得津津有味，那種眞心關注是我做不到的。那幾個星期，瑪莉娜連唱歌都壓低聲音。我們還得特別跟她說，沒關係，在這裡她想唱多大聲都可以。

我們家三個，本是一家人，但有她在，氣氛反而輕鬆許多。也許純粹只是數學問題──我們三個，爲了平衡，需要第四人。

「妳有房子，這樣很好。」坎蒂絲說：「可是妳得讓房子適合住人。妳必須有收入。我們需要看到妳清醒的證據，至少我需要。」

於是，一週一次，穆維的工作下班後，她會留在鎭上，參加聖方濟教堂的戒毒互助會。至少，她說她去了。

※

在快開學之前，我隨口問她，她打算穿什麼。

她說：「我不回去上課了。不過妳一定要穿這套。」

我看著鏡子裡自己的身影，再看看身後的她，正在我的床上翻一本雜誌。那件牛仔褲太緊了。她覺得我應該穿更緊一點的衣服，比我覺得自在的程度再緊一點。她說不能因爲我沒有安全感，就不讓全世界欣賞我的身體。我說不是每個人的大腿縫都有幸比棒球還要寬。

「是啊，我也不回去了。」

「不，我是說眞的，我不回學校了。我跟坎蒂絲談過。凱特，我的成績很爛，去年我拿了個E，妳可能根本不知道E代表什麼吧？」

「那不是成績。」

「我很可能是第一個拿到E的人。他們爲我發明了這種成績，我的成績就是這麼爛。如果我是沒錢的高中生，一定拿不到薩爾的監護權。那有什麼意義？反正我也不會去上大學。坎蒂絲同意我的看法，我們已經談過很多次了。」

「妳會成爲輟學生，妳知道吧？高中輟學生。」

「嘿！我爸媽都是輟學生。」

「那正是我的重點。」

「我可以去考同等學力測驗——我可以一邊工作一邊準備。」

「吉米怎麼說？」自從她跟我們一起住，我發現自己老是問她吉米怎麼說，好像吉米是爸爸，她是小孩，好像吉米和我是她的父母之類的。

「他說我可以去考同等學力，我要的話也可以去社區大學選課。他還說那個小池塘容不了我這條大魚。」她是在用她的方式自誇。好幾個月以前，我鬧脾氣不想去基沃尼高中，他不是也跟我說過完全相反的話嗎？就算沒有明說也暗示過。

✲

然後就開學了。少了她，上學變得有點孤單，但也有好處。我可以不受干擾地順從自己的心意。我專心上課，適時舉手。英文課，我一發言，後面的同學就發出明顯的抱怨聲。我不蹺課，只是還是會在休息時間溜出去，到狗屋或足球場後面的樹雕區，跟葛瑞格及小不點抽菸。我才高三，不過也許是因爲念過康科德，我已經開始收到大學的招生手冊。大部分是密西根的學校，文科很少。我向紐約區好幾個地方索取資料，我想我可能在學費比較便宜的學校裡選一間申請——亨特，這是那間學校的名字。瑪莉娜和我把所有資料攤在我房間的地板上。

她說：「在紐約大學，妳可以主修罪惡。眞是浪費錢，只要活著的人，都會主修罪惡，至少也是輔修。」她喜歡看大學簡介。她花好幾個鐘頭，拿著我的螢光筆畫重點，譬如繼續上碩士班的學生比例，學校有沒有無伴奏合唱團或室內合唱團、文學期刊或校報。她在幫我們兩個研究。

有天晚上，她正在嘮叨市區宿舍的小廚房時，我跟她說：「老實說，瑪，我眞的無所謂。眞的，大學的一切我都不在意，除了地址。」

✲

九月，正要變色的楓葉讓空氣有一股甜味，天氣還很暖和，灣景，鎭上的高級餐廳，讓我們坐在陽臺上。瑪莉娜把皮革菜單立在桌上，兩手放開研究菜單，努力裝作懂法文就表示她瞭解所有菜餚的料理手法。瑪莉娜拿到一點工作獎金，她想到眞正的餐廳吃頓飯，而不是去快餐店。我們毫不畏縮地吃下田螺，看著太陽落在燈塔後面，喝氣泡水，而麵包是沾油吃，不是抹奶油。往後還有無數次這樣的晚餐，這只是第一次。

❊

有時候我會納悶，如果我腦子裡沒有那麼多書鏗鏘作響，我會怎麼說這件事。事實是你所能想像的最遼闊的荒野，也是最微小的空間。事實介於我和她之間，介於我看到的和她看到的之間，也介於我現在理解的，以及她現在什麼都沒有之間。再進一步畫分——介於我的意思和我說出口的話之間，介於我是誰與我看起來是誰之間，介於她說她是誰、她表現出來像誰，當然，還有她**真正**是誰之間，她所有耀眼複雜的特質，她所有不可知的瑪莉娜特質，她所有祕密。想像這所有的面向，每個面向都像文式圖[5]裡的圈圈，中間有個小小的句點，圖表上最黑的一點，人類所知最黑暗的空間。也許那就是事實。但我所說的故事版本，很可惡地就是我們僅有的版本。

❊

她的十八歲生日，我想給她一點驚喜。善解人意的東西；她沒有想到自己想要的東西。那東西必須不花什麼錢，我沒錢可花。我想用這份禮物向大家、向她證明，我比任何人都瞭解她。三角函數上到最後幾分鐘，在太亮的教室裡，我在位子上打瞌睡，突然想到了別針。那天晚上，我

5 Venn diagram，用以表示集合之間的大致關係。

把瑪莉娜的別針從舊運動衫的口袋裡挖出來，對這聰明的主意沾沾自喜。第二天的午餐時間，我把別針拿到修錶店去，他們兩秒鐘就修好，不用錢。

九月二十七日，她滿十八歲那天，離她的死亡不到兩個月，她到薩爾的寄養家庭跟他一起過。我要去，她就是不讓我去。坎蒂絲私下跟我說，薩爾的新寄養媽媽有照顧特殊需求兒童的經驗，人也很好，不是那種爲了補助才收寄養兒童的人。瑪莉娜死後，我去看了薩爾好幾次。那個家看起來還可以，是在市區比較髒亂的區域一間髒兮兮的兩層樓房，小孩子太多，鞋子堆疊在後門附近，每個角落都放了玩具箱，黏黏的舊玩具多到滿出來，可是桌子上永遠有餅乾或布朗尼，笑聲從樓上房間傳過來。

合唱團練唱到一半，瑪莉娜傳簡訊給我。薩爾生我的氣，不肯看我，一直裝作不知道我是誰！

瑪，給他一點時間

討厭

今天是妳生日！！！開心點！！！妳正式成年了！！妳可以幫我買菸了！！

我在努力了

我知道<3

週末她去加班，吉米和我幫她做了一個蛋糕。我們把貝蒂妙廚黃色蛋糕粉倒進一個碗裡，結果碗不夠大，我們加入一把彩色巧克力米時，蛋糕粉整個濺到檯面上。巧克力米可以用橋卡買，糖霜也是。

他說：「妳確定這樣就會讓蛋糕有彩色裝飾嗎？」瑪莉娜跟他在一起，不知怎麼的，讓他更帥了。他看起來比較不像隨時在生氣的樣子。再加上她幫他剪頭髮，剪出了金髮的層次。我懷疑他在談戀愛。他又把大學推遲了一年，我知道這表示他很可能永遠不會去念大學了，瑪莉娜是讓他留下來的好理由。

「爲什麼不是？看起來很對啊。」

蛋糕出爐時，巧克力米都沉到底下。

「我永遠沒辦法確定，凱特，妳這瘋瘋癲癲的自信，是可以讓妳一帆風順，還是死得很慘。」

「呃，我應該要說謝謝吧？」

「我賭妳會一帆風順。妳是我們最後最耀眼的希望，我們的未來就看妳了。」

「你還是可以去念。你可以從春季班開始，還來得及。我敢賭你甚至還能拿到獎學金。」

「對，我知道。可是我已經不想去了。」

「怎麼會？你怎麼會不想去？我不懂。」

「就是不想。」

他從鍋子裡切了一小塊蛋糕，分成兩半，一半遞給我。蛋糕是熱的，底下的巧克力米形成超甜的蛋糕皮。我們在上面塗上一罐半的巧克力糖霜，並且用巧克力把剛剛挖出來試吃的洞補上。

他用藍色的糖膠在蛋糕上頭爲她寫字時，我問：「所以你們兩個要，呃，正式交往了？」他的手臂抽了一下，把生日的「B」字寫壞了。

「眞是多管閒事。我怎麼會知道？不過，我想我希望是吧。」他的皮膚變紅了。「等她準備好。等她的生活稍微恢復正常。如果她想要的話。哎，老天，別再重蹈覆轍了。」

「你問過她了嗎？」

「問過了。」

「她還是一直拒絕？」

「暫時是。」

※

「**我們的最愛生日快樂**」是他寫在長條蛋糕上面的字。這句話太長了，占滿整個白色糖霜，感覺像一張寫滿字的紙。「B」字的圈圈變形了。我們不知道還能用什麼別的話來表達我們的意思。

※

我把蛋糕端出去給瑪莉娜，她坐在廚房桌子旁，穿著牛仔褲和一件我的無領T恤，頭髮綁成公主頭，燭光照亮了她一部分的臉。我們唱生日快樂歌，媽和吉米負責和聲。我把蛋糕放到瑪莉娜面前時，她的眼裡冒出一股濕潤，我想只有我看到了。她吹了三次才吹熄蠟燭，罵自己太愛抽菸了。

「我從來沒有像這樣的生日蛋糕。」她說：「B怎麼了？」吉米聳聳肩，表情洩漏了他的祕密。

我一次又一次回想那一年，而我的記憶往往在這裡暫停。就在這裡，在我們簡陋的組合屋裡，和我們做的太甜的方形蛋糕在一起，九月二十七日，瑪莉娜的十八歲生日，這一刻在我的記憶裡，不知怎麼地跟她的死亡分開了，彷彿她逃過一劫，還活在某處，繼續過日子，而在我寫這個故事的此刻，她是三十六歲，一個我很快就會達到的年紀。看著她，坐在我們家桌子旁。今天是她的生日。她正等著看所有可能會發生的事，會不會發生。我需要讓別人看她。那個公主頭，用我的髮夾夾起來，她的耳朵突出來一點點，燭光從她的耳朵旁透出來，讓她的臉頰顯得粉嫩，她鎖骨的陰影，她所有的想法，所有她想要而我從來不知道的東西，我們沒能挽救的一切。這就是我放不掉的事，我最後一次看到她快樂。充滿希望。

瑪莉娜只有兩樣東西要拆，因爲吉米的禮物很神祕，「在路上」了。媽送的是一本二手食譜，標榜三十分鐘快速上菜，還有一件白色襯衫。「親愛的，我的禮物這麼實際，眞抱歉，不過有小小孩的人都需要知道怎麼快速做出食物來。襯衫是給妳上班時穿。這樣妳就不必每天都要洗現在的那件了。」媽已經在喝第三杯了，而我們都是親愛的。

「謝謝，這是完美的禮物。到時出庭，我一定要這麼跟他們說。『可以在半小時內煮出夠十個小孩吃的東西！』」

吉米說：「妳可以拿我練習。我連玉米片派那種鬼東西都會吃掉。」

「人眞的無法想像以後的事，這眞的很有趣吧？我從來沒想過你們會搬來這裡，現在你們就像我的家人。」她對我們露出她特有的太燦爛又太漂亮的笑容，她有所求時會派上用場的那種。

「快拆我的禮物。」我打岔，說完又討厭起自己。

我用報紙把別針包起來，再用透明膠帶繞了好幾圈，所以超難拆。

吉米問：「是炸彈嗎？」

瑪莉娜把刀子上的糖霜舔掉，把刀子劃進膠帶下。
「妳在哪裡找到的？」她的聲音很平，我的胃往下沉。
「我沒拿，我是在地上找到的，沙發旁邊。」這個謊言是反射動作。
她把別針拿到桌子中央的燭火旁，然後又拿到眼前，像個珠寶師傅正在檢查可疑的東西。
「這東西不見好久，我以爲找不回來了。」她的瑪莉娜特質正在消退，把她變回普通的少女，剛剛的快樂都不見了。除了我，沒人看得出來——媽太醉，吉米太茫了。
「這是妳的別針？」他說著，伸手要拿，可是她沒把別針給他。她按開別針的門，關上，又按開。
「我得拿去修理。我不想跟妳說我找到別針，是因爲我想給妳驚喜！我想修好之後給妳驚喜。」我不知道自己爲什麼要道歉。
「反正它變得跟新的一樣了。」
媽問：「那是什麼？好像有點老氣，不是嗎？」
瑪莉娜說：「是我以前常戴的東西。」然後她把別針的針穿過T恤。

※

十月一如既往地來了。瑪莉娜的監護權開庭的前一天，我們在樹林裡漫遊，練習坎蒂絲要瑪莉娜準備回答的問題，菸一根接著一根，還有一瓶四十盎司的酒傳著喝，讓我們有點醉了。葉子黏在我們穿的運動衫袖子上，我們把帽子戴上，拉緊繩子，抵禦寒意。瑪莉娜出了疹子——在下巴上，一塊鉛筆橡皮擦大小的紅腫。我的月經來了——她的還沒來。我每個月都注意到它該來不來，很嫉妒。空氣裡有苔蘚和腐朽的味道。

我假裝是律師，用誇張的男中音說：「喬伊納小姐，妳在穆維派店負責什麼工作？敘述一下妳每週的行程。」

「聽妳用那種聲音說話，讓我好緊張，而且妳裝得很不像。」她把那瓶酒喝完，小心擺在一棵樹的樹根間，好像我們等一下會回來把瓶子撿起來，並且找個資源回收桶來放。

「妳要我用正常的聲音說話嗎？」

「我一定會搞砸的。我沒辦法在法庭前面講話，況且那些人全都認識我爸。他們看著我的時候，怎麼可能不想到他呢？」

「也許妳應該直接承認。嘿，我知道我爸很糟糕，可是我不是他，我也希望你們做決定時，不要考慮到他犯的罪。妳會冷嗎？」我有點經痛，時有時無，像一波波的壓力。我想回去了，可是開口問說能不能回頭，好像有點白目。

「我希望坎蒂絲可以代我發言就好了。」

「薩爾的想法不重要嗎？」

「要是他們問薩爾想不想跟我住，誰知道他會怎麼說。他最近簡直是可惡的小鬼。」

「也許不要叫他小鬼比較好。」

「只有我知道怎麼對付那個小鬼！」她對著樹梢大叫，「鬼」字叫得有點像唱歌，以至於那個音碰到樹枝再彈開，迴盪在空中。接著，她用比較小的聲音，問我：「妳信了嗎？」

＊

那天晚上我幾乎沒睡。瑪莉娜一直嘆氣、翻身，把毯子拉過去，讓我一隻膝蓋和一隻腳露在冰涼的空氣裡。我知道她想說話，可是我明天第一堂就要寫申論文，不到一個鐘頭要寫出四頁的內容來，讓我有點緊張。她說：「嗯。」本來是嘆息，結果發出聲音，她翻身趴著，把我腳上的被子完全拉走。我用力把被子拉回來，讓她的部分皮膚也露在外面。她低聲說：「對不起。」然後起身，在黑暗的房間裡走了幾分鐘，最後離開房間，把門關上，發出一聲過度謹慎的喀嗒聲。這下子我眞的醒了。我躺在床上，直到窗戶透進灰白的晨光，擔心不知道她到哪裡去，希望她只是去睡沙發，或去找吉米，不要跟波特或更糟的人走了。

就在我的鬧鐘定時將響之際，她打開房門，把燈全打開。

她拿著一個馬克杯，說：「起床了。妳覺得我應該穿哪一件？」

「我在睡覺。」我的鬧鐘響起。

「看吧，該起床了。」她把馬克杯放在層架上，開始去翻我的衣櫃。

「我們已經討論過了。」我下床——基本上只是站起來，因爲我的床墊還放在地上——把她放在一本書上的咖啡杯移開，書本上已經留下一個圈了。「我說過不要把杯子放在這裡。」

她換上一件我媽的直筒連身裙，幾百年前，我就是穿那件衣服去參加康科德的新生訓練。已經有一堆衣服從衣架上被拉下來，丟在床腳。「幫我拉拉鍊好嗎？」

近看，她實在太瘦了，瘦到脊椎像抵著皮膚的大理石，令人不忍卒睹。我自己不好意思穿的紅色蕾絲胸罩，扣在最緊的勾子上——即使是這樣，我還是可以輕而易舉把兩根手指頭塞進她的背部和胸罩之間。「我以為妳要穿黑色褲子配生日禮物那件襯衫。」

我們在鏡子裡互看，瑪莉娜抓起髖骨處的一條線，皺起眉頭。「我覺得穿洋裝看起來比較成熟。」

「這件不合身。」

「我會穿件毛衣，加上厚內搭褲。妳不覺得這件比較好嗎？」

「老實說，我覺得妳穿什麼都沒差，不過妳穿這件洋裝很好看。」我拿衣服到浴室去。在我清醒時，我還是很不喜歡在她面前換衣服。她會穿著T恤和內褲在我的房間活動，可是我總是轉身面對牆壁，解開胸罩勾子，從袖子裡把胸罩拉出來，這樣才不會在她面前光溜溜，就算只有一下子也不行。其實在我們爛醉的那些夜晚，她早就看光光了。在浴室裡，我把水潑在臉上，水珠沿著脖子滑下去，弄濕了背心。媽和瑪莉娜開玩笑說，每次我用過浴室，就好像大象在浴缸裡泡過澡一樣。她當然不記得驗孕試紙的事了。從整個大局來看，那只是一件小事，跟她現在遭遇的事相比，小太多了。她不是壞朋友——我才是。我幫萊德保密，幾乎完全是出於自私。我不想讓瑪莉娜把事情串連起來，發現要不是因為我，坐在電腦教室裡，費心裝酷，鼓勵葛瑞格把那部蠢影片放上YouTube，萊德的事就不會曝光，他也不會向警方供出瑪莉娜的爸爸。我不想讓她知道我把處女之身給了他，一個她從小就認識的男生，一個我很確定甚至不怎麼喜歡我的男生。

我再回房間時，她問：「說真的，我看起來還可以嗎？」她站在鏡子前，臉上乾乾淨淨的，頭髮綁了一個低低的馬尾。

「妳看起來好極了。」

「對，可是，看起來很能幹嗎？」

「對對對。」

「對不起。我愛妳。」

「我也愛妳。會很順利的。」

少了眼線的框制，她的瞳孔顯得更藍，藍得好誇張，幾乎可以聽到那明亮的顏色。她戴了我還給她的別針，穿過右邊領口附近的衣服布料，正是她喜歡的位置。別針跟這件洋裝搭配，看起來有點滑稽。

我摸著自己的襯衫上那個別針的位置，就好像是我戴著別針，同時跟她說：「不要戴那個。」鏡子裡的她看著我。

「爲什麼？」

「我知道妳還有那東西。藥。我知道妳還有一些，我只是覺得妳不該再吃了。我覺得這次妳必須完全清醒。」這是意外。我幾乎不知道自己有這種想法。她眞的會把奧施康定別在衣服上，然後走進法庭嗎？我告訴自己她不會，可是她當然會。最危險的地方就是最安全的地方。所以她才又開始戴那個別針。

「妳要開始指控我了？清晨七點鐘？好像我對這件事不夠認眞？凱特，妳眞可愛。眞支持我。多謝了。」她不再看我了。不直接看，也不透過鏡子看，而她的聲音變得有點激動，大聲到我覺得可能會把媽吵醒。

「不是的。」

「那爲什麼不是別人，而是妳，認爲我會做那麼蠢的事？」

「我沒有，是我說錯話了。」

她嘆氣，眼裡有黃色的閃光。

「我只是不敢相信，妳會這樣指控我。妳這樣看我，好像我慘不忍睹，那樣很不吉利，好像妳希望我搞砸似的。」

「我當然不希望妳搞砸。我瞭解爲什麼妳會有那種感覺——」

「我瞭解妳爲什麼會有那種感覺。」她反駁，用她那種**我是寶貝凱特**的聲音，充滿諷刺。「妳以爲自己很聰明，可是有些事是妳永遠無法瞭解的。妳是我唯一的好朋友，所以不要張大眼睛覺得受傷，不要誤會我的意思。可是妳不懂，我也從來不期望妳或者任何人懂。」

我記得她說的這些話比任何事都更讓我傷心，尤其是因爲她說的對。

※

整個早上，我都對自己說的話耿耿於懷，除了英文課，我很幸福地花了整整五十分鐘，除了《黛絲姑娘》，其他什麼也不想。一下課，我就發簡訊給瑪莉娜，**對不起，加油**。她沒回應，我又寫了，**兩點半對吧？我會盡量蹺掉三角學，反正我有很好的家教老師**。午餐後我就離開學校，繞樹林裡的遠路到鎮上，這樣可以在路上抽瑪莉娜幫我買的菸。一直到三點多，她才回簡訊。

妳能來嗎我在裡面

庭審只花了不到二十分鐘。我一直想多問一點開庭時的細節，可是她只說，情況很難堪，根本是個笑話。兩個老頭認爲瑪莉娜不適合照顧薩爾。她哭了起來，其中一人遞給她一張麥當勞的餐巾紙，很可能是他午餐用剩的，另一個要她到走廊上去，那裡有張長椅，就是給像她這樣出醜的人坐的。我就在那裡找到她，餐巾紙支離破碎握在她的拳頭裡，她的眼睛是乾的，臉頰上有紅色的髒污。不出幾個月，薩爾就會換到新的寄養家庭，在車程要三十分鐘的夏利華。瑪莉娜十八歲了，所以她高興住哪裡就可以住哪裡。她想做什麼都可以，他們不在乎。

現在看來，坎蒂絲不可能眞的認爲這條路可行。也許那只是讓瑪莉娜保持清醒的計畫，給她一個目標，就算只是暫時的，取代她原本的生活動力。我想到坎蒂絲送我和我媽的禮物，一個用轉印紙印了風鈴花的塑膠盆，裡面裝滿了身體乳液，聞起來像一大堆花攪在一起。她跟我們說，我自己做的，不過瑪莉娜說坎蒂絲所謂的「做」，只是把一堆原本就有的乳液混合在一起，裝進新的罐子裡而已。

※

十月初，瑪莉娜輸了監護權官司。那時銀湖的樹似乎就在一瞬間，葉子全部轉成橘色和紅色，燦爛得像火焰。還有一個月，只是我們沒人察覺到。

※

剛開始，她看起來很好。安靜，但是沒什麼狀況，也許因爲事情結束了，知道答案，她感覺甚至有點放鬆。她的家庭破碎了，已經無法修復。她一定感覺有一點自由了。接下來幾天，她還是住在我們家，跟我一起睡，而且我一次也沒聽到她哭，或者醒來時發現她走了。

可是那個週日，我們兩個困在我家，沒有便車可搭，其實也沒地方可去，她告訴我，她想回去她家住。瑪莉娜說：「要整整兩個月的薪水才能付這張帳單了。」無線電話轉成擴音模式，所以房間裡都是電力公司電話保留的音樂。她爸爸被警察抓去之後沒多久，電力公司就把她家的電剪掉了。媽說她運氣很好，到現在還沒有眞正的暴風雪，不然現在水管一定結凍並爆掉了。那天晚上其他人都不在家，吉米跟平常一樣在上班，媽跟一個獸醫去約會，瑪莉娜和我都叫他湯匙（他的眞名是湯姆斯）。我們正在吃穆維的蘋果派，沒拿盤子，直接就著錫箔烤盤吃。瑪莉娜一身的骨頭，只穿了一件我的細肩帶襯衣，一條吉米的運動褲，頭髮上敷了我的椰子護髮霜，味道比蘋果派還強烈。

※

「我不知道妳幹嘛要這樣。妳可以住這裡就好。妳眞的想自己一個人睡在穀倉嗎？」

「那是我家，我在那裡長大。」

「所以呢？」

「所以，」她說，又是那種諷刺的聲音。「所以？所以也許我想回家。也許我不想一直住在這裡了。妳和吉米老是緊盯我不放。」

「妳眞的有夠可惡。」

她把電話塞在手臂下，拿起派盤往走廊甩。我哥哥的房門砰一聲甩上。我大叫：「也許等妳走了，就不會再用我的鬼東西了。」我不在乎。這是週日晚上，而我有份報告要寫。我也受不了她了。

※

吵完架的隔天早上，星期一，她搬出去的那天，她發簡訊給我，**對不起**。過了幾秒，我回她，沒關係，**妳最近事情太多了**

這不是藉口

對，妳一直都很賤

全世界只有妳發簡訊還注意漂點符號

因為我是天才，拜託，**是標點符號**

真要命

什麼？

我只是快無聊死了

那天下午，葛瑞格和小不點送我回家。我知道瑪莉娜在她家，不在我家，因爲穀倉的窗戶亮著，她家前院的落葉掃成一堆。她讓我進去，但沒看我，眼睛在屋內邊緣游移。她的話語落下，打在地上，滾開。她說到獨立，說到終於有時間與空間做她想要做的事，說到專注在音樂上，學彈電吉他。她說的很多話都沒道理。現在她是大人，沒有她爸爸，沒有薩爾絆住她，應該說沒有任何人，所以她需要想清楚要怎麼做，想清楚那代表什麼。她打開冰箱，給我一罐廉價啤酒Natty Ice，自己也開一罐。我比她小那麼多，而吉米並不眞的瞭解她的人生，他們的成長環境差太多了。他是金童。她說，她知道他認爲她一文不值。說完笑得好大聲。「很辣，可是一文不值。」我反駁，可是她聽不進去。她說：「我的家人，妳可以老實說，他沒瞧不起我的家人。妳可以嗎？」她喝掉她的啤酒，開始喝我那一罐。

穀倉幾乎空無一物，桌球桌上的垃圾都清掉了，兩張懶骨頭中比較髒的那一個，正堆在後門外一疊垃圾上頭，水槽裡沒有碗盤，空氣裡有香水的味道，是她從我媽那裡拿的，電子芳香劑。她把牆上薩爾的畫都拿掉了，只留下圖釘孔。瑪莉娜說到上班時惹了一點麻煩，紀錄出了錯之類的，我只是點點頭。她發洩完，我們聊了一下學校的事，過程極其痛苦與僵硬，彷彿我們今天才認識。然後我就走了。她想要我走，我就走。反正我也有點焦慮，一直無法專心，滿腦子都在想今天發生的小事，想著跟我算是朋友的卡洛琳，中午吃飯時問我，我跟瑪莉娜很熟的八卦是不是眞的，想到卡洛琳靠過來，用又敬又畏的口氣小聲地說，**聽說她一次跟兩個男生做**。

我把瑪莉娜從腦中趕出去。她已經沒救了，我就在她面前跟她講話，她也會講到不知所云，而我不想再管她了。因爲她說她需要空間，就是那個意思。她想要不受干擾地嗑藥嗑到茫。我知道，也沒反對。

※

我下一次過去那裡，在穀倉的廚房桌子上看到一根彎曲的湯匙。那應該是十一月的事，接近月底吧。我沒問，也沒說。我一直沒說，直到現在。然後，過了幾天，爲了有地方坐，我把她放在沙發上的外套拿起來，一根針掉出來。是從她的外套口袋滑出來的，十足情境喜劇的梗，如此乾脆俐落，彷彿宇宙要給我們另一個結局。針筒裡有兩、三公分琥珀色的液體。我把針放回去，小心把她的外套披在扶手上。我以爲身爲她最好的朋友，就要幫她保密。我信任她知道自己在做什麼。那年秋天，她連睡覺時都穿長袖。我已經沒那麼天眞了。

※

傍晚，適合踢足球的天氣，瑪莉娜家前院悶燒的火堆讓空氣有種硫磺味；她一直在輪流燒穀倉的垃圾。媽和我剛從雜貨店回來——她的橋卡剛儲值，我們剛結束每個月一次的沃爾瑪大採購，帶回來一袋又一袋的東西，番茄罐頭、豆子罐頭、通心粉、一大包米。我正把東西從車子裡搬下來，讓媽拿去收好，這時瑪莉娜和波特剛好從穀倉裡搖搖晃晃走出來。他們兩人都戴了誇張的墨西哥草帽，泡泡糖般的粉紅色，是那種可以在郡市集贏來的獎品，瑪莉娜穿了一雙高跟靴子，我知道是她媽媽送她的。她有一些類似這樣寶貝的東西，總是要留到特殊場合才用，但永遠沒有這種特殊場合。

我喊：「瑪。」可是她跳上波特的車，關上車門。我朝他們走去，把一袋洋蔥和馬鈴薯留在車道上。車燈閃起，車子開始倒車離開車道。一陣風揚起大量的紙屑灰燼。

「晚一點打給妳！」瑪莉娜隔著半開的車窗大喊，窗玻璃隨之上升。帽子的一小部分被窗框跟玻璃夾住，於是她得搖下窗戶，頭用力一扯，把帽子拉走。帽緣太寬了，我看不到她的臉。

所謂的「晚一點」到來時，她告訴我：「只是出去兜兜風而已。我們只在附近繞一下。」

※

她搬回穀倉後，我們幾乎每天見面，但是她開始抱怨我沒先說一聲就過去——她不止一次唸我，說那樣很沒禮貌。她失去了穆維派店的工作，我逼問她，她說是因爲顧客太喜歡她，讓經理害怕。波特的車常常停在她家前院，就算我哥在家也一樣。她和吉米已經疏遠好幾個星期，我問他，他避而不答，問她，她說他控制欲太強。有一次，她在換衣服，我好像看到她的左臂上有一大塊不規則的瘀青，在手肘內側下方。後來，類似的情況——她轉身背對我——我匆匆瞥到同樣地方，有一排貓抓痕，看起來紅腫發炎。她在我的手機留下幾通毫無條理的留言。其中一通說，妳都看不出來我是嗨還是不嗨。沒人看得出來。我一直問她，妳還好嗎？她永遠回答，我很好。我只是無聊。我只是很累。有天晚上，我和卡洛琳在穆維看書，我從課本上抬起頭，看向窗外，剛好看到瑪莉娜從五三銀行走出來，兩條腿好瘦好瘦，我都懷疑怎麼可能撐得住她。她的臉頰腫了，頭髮打結得亂七八糟。這是我從來不認識的人，我對這個女孩子眞的一無所知。

紐約

有時我會在心裡跟她說話——她，或者年輕時的我。我想這是很奇怪的習慣吧。有件事我們一直意見不合。我跟她說，可是，瑪莉娜。現在是十一月，在紐約是圍巾的天氣。已經二十年了，我不再那麼刻意傷害自己，吃太多藥，什麼都不吃，只是想看我能不能辦到。我去上班，認眞工作，而工作給了我一種從未預期的樂趣。我跟其他人一樣搭地鐵。有時幾天、幾個星期、幾個月過去，好像妳從不曾存在過。我把垃圾袋推進斜槽，聽它落地的聲音。我問連恩他今天過得怎麼樣，躺在床上，蜷縮在他身邊，吸進他顱底的肥皂香。我遵守期限。二十出頭時，我懷孕過一次，五週半，一直到苦澀的結尾，血塊流出來，我才想到妳。我沒跟連恩說過；那是認識他之前的事。我後來沒再懷孕。也許我的身體不允許——也許我已經有過機會了。

當個大人，並不一樣。事實上，跟我們以前要的東西、想像的未來，都不一樣。可是，瑪莉娜，基本上是比較好。有時感覺像個奇蹟，讓我好感激。感謝那些最平凡無奇的事——一杯熱咖啡；連恩發來的好笑簡訊；每個星期六下午，我可以一再閱讀喬治．艾略特；我沒那麼討厭自己的身體；我更愛我媽；我還有時間選擇。色彩沒那麼繽紛，但我很高興我在這裡。

我想像她說，妳太努力想說服我了。

我原諒她這麼憤世嫉俗。她還是十八歲。

重點是，瑪莉娜，我搞砸了很多事，可是每天我都可以再試一次。

※

我媽比我現在這個年紀再多幾歲時，結褵十八年的丈夫，十幾歲就認識的男人，離開了她。於是她推翻原有的人生，從頭開始，一路上制訂屬於自己的規則。瑪莉娜總說，妳媽很勇敢。我只是聳聳肩。她不認同我媽挑選的地方——銀湖是瑪莉娜最大的敵人——可是很喜歡媽只是隨便指著地圖上的一個地點，然後說，那裡一定比這裡好。我那時太生氣了，完全無法欣賞媽的決定，其實這當中的邏輯，比我當時承認的還要多——一個遠離朋提亞克的小鎮，當然有它的魅力。在朋提亞克，每個人都知道爸為了另一個女人，換掉原來的女人，還有銀湖的生活費用，因爲夠便宜，媽才能拿離婚贍養費來買房子。就算最後那房子還是被銀行收回去。我念大學時，吉米告訴我，我們當初會搬到北部去，有部分原因是受到媽的一名網友影響，結果那段關係在我們搬到銀湖沒幾天就失敗了。我完全不知道。即使已經長大，我也不相信吉米的話，直到吉米不得不透露一個名字。吉米說，那個人比他自己說的年紀還要老很多。媽從來沒跟我說過這件事。

現在，媽跟羅傑住在密西根大學校園附近一間小公寓。他們是一對穿防風夾克、吃穀麥的老夫妻，臉色紅潤，身體健康。媽瘦歸瘦，但很有力，二頭肌比我還壯。吉米常跟他們見面——他住的地方離他們八個鐘頭的車程，不過上半島有很多滑雪場。羅傑沒有孩子，也沒什麼錢，所以我會寄支票給他們。他只是個老人；我從來不期待他當我的父親。媽來看我們時，我總是忍不住要把一切說得比實際上更好——看，這是我們昂貴的家具，不斷增加的銀行存款，從專賣店買來的整顆咖啡豆，還有我們養的、不太會引發過敏的長毛貓。我的工作，每兩、三年就有升遷機會，我們功成名就的朋友，我們建立的一切。我是不是過得很好？我是不是發展得很不錯？媽離開時，眼眶有點濕，但我也可以感覺到她的安心。也許她感覺得到這種生活很沉悶，太美好了，要努力的事那麼多，而回收箱裡又有那麼多神祕的瓶子。

我三十歲那一年，一整年我都在戒酒和失敗之間掙扎，然後我得到加薪，開始賺我父母從未賺過的錢。我帶媽到拉斯維加斯去——慶祝我訂婚。我不知道爲什麼我沒喝酒卻選了那裡。那時媽已經跟羅傑結婚一陣子，而我們兩個並肩坐在泳池邊一張寬椅上，伸長兩雙蒼白的腿，然後她告訴我，她終於知道，幸福就是別人問你好不好，而你除了**很好**之外，沒有別的話要說。我們在白色的陽光下做日光浴，兩具身體互相呼應——我的比較柔軟，她的比較脆弱，皺紋在她的手臂和大腿頂端，還有腹部蔓延交錯。每天晚餐時她都說，親愛的，喝一杯就好，手裡拿著棒球大小的高腳杯，裡面的紅酒是我付錢的。如果妳是酒鬼，那我是什麼？於是那些夜晚，我多半也喝了。賭城像艘太空船，滿天可笑的星光，我們兩個把一大堆硬幣丟進投幣口，用喝起來像脫臭劑的紅酒把自己灌醉，彷彿吞下城市本身發射的光芒。媽和我，我們玩得很開心。後來，回到紐約，參加戒酒會時，我沒把那些酒算進去。連恩問的時候我也沒說。我是跟我媽在一起，我怎麼能拒絕她？

住在銀湖時，我沒有一次想到她一定很辛苦。財務問題。第一次落單，還年輕，但也中年了，沒有學位，沒有工作經驗，沒有眞正的未來。我眞惡劣。媽會帶男人回家來，關上門，把音樂開得很大聲，混合著古怪的碰撞聲和浪漫的歌詞。我還記得她的性生活讓我很害怕，她竟然在**我們家裡**做那件事，這股反感在男人離開之後還逗留許久，也比我對爸做同樣的事情所感到的憤怒還要激烈。我跟瑪莉娜說這件事，以爲她會同情我，站在我這邊，可是她不讓我說下去。她一向把我媽媽當人看。現在，我終於也這麼做了。

※

每個人都有祕密的生活。不過有好朋友的女孩子，就會認爲祕密生活是可以拿來分享的東西。那些夜晚，瑪莉娜和我逗留在兒童攀爬架那裡，一直講話，講個不停。有那麼一小段時間，我們兩個都不孤單。像個縮小的月蝕般重疊——先是明亮，然後黑暗。

她死前那幾個星期，我們已經漸行漸遠。等我搬去紐約，我們幾乎一定會失去聯絡，加入其他對姊妹淘的行列，共享一段短暫而密切的友誼，然後，一如友誼常見的結局，隨著年紀與距離而淡去。但以前那些承諾，我每一個都相信。要是有任何大人跟我說，事情會改變，我會同情那個人。對妳的事，我會這麼認爲，但是我們之間不會。是的，我會離開，可是她也應該會來。而且，她不是來了嗎？剛到紐約時是八月，整個城市熱到我渾身濕透，她一直跟我在一起，就算不是一直在我的思緒裡，也在我做的事情裡。我在一間酒吧找到工作，服務生全是愛爾蘭人，難道不是她要我在必要時大聲一點，在晚上勇敢帶著現金走路回家？她是我發誓的憑據，是我決定要怎麼讓男人看我或者不看我的指標，她是我中心的鋼，有時是她本身，有時是失去她這個事實。在那一年之前，我只是個軟綿、無形的女孩子，等著某人過來，告訴我我要當什麼樣的人。

我在這個城市裡到處與她的回憶共飲，把自己喝進急診室和計程車的後座，製造了許多我想不起來但仍然後悔的場面，然而我還在這裡，還活著，是個成熟的女人，設法稍微控制自己的人生。最近我已經很少喝到不省人事了。可是每次我喝了一杯、兩杯或三杯後停下來時，欲望之獸就開始怒吼，那也是我再一次最靠近她的時候。不過，還是有某種東西拉住我，不讓我走太遠。我以前以爲是因爲害怕，但那太看得起她了，因爲她那麼做並不是勇敢。喝到失明也不是勇敢。

她一直在騙我——波特的事，吉米的事，她人在哪裡，爲什麼去那裡，她吃了幾顆藥。我眞的是她最好的朋友嗎？或者我只是個附屬品，因爲她喜歡我哥才來討好我？

我聽到她說，不要這麼沒安全感，我以爲妳早就長大想通了。

密西根

瑪莉娜的屍體是在一個週一上午，吉米最後看到她不到二十四小時後被發現的。在貝爾河流進金水酒吧後面那片樹林大約半哩的地方，她臉朝下泡在河裡。一名來自格羅斯波因特的登山客來度長週末，在有點偏離步道的松樹林間，看到她的外套，鉤在河裡的石頭上。深藍色，在樹林裡很顯眼的顏色。那個星期溶過雪，以十一月來說，天氣暖得有點不尋常，只是她穿著減掉標籤的破爛Keds鞋往那個方向走，天色應該漸漸暗了，天氣開始變得又像冬天，所以文件上才說，她必定是踩到新結的冰而滑倒，她，在那片樹林裡長大的密西根女孩，頭狠狠撞了一下，以至於失去意識。那裡除了樹還是樹，她到底要去哪裡？

登山客說，她的皮膚看起來像蛋殼，好像一摸就會有裂痕。

如果瑪莉娜是滑倒的，那一定不是因爲冰。

嚴格說來，我們最後一次在一起，是她的屍體被發現的前一天，週日，就在她跟吉米碰面之前，可是我不肯讓那天成爲我們的結局。瑪莉娜應該也不想。

我們穿著春天的夾克，在市區公園裡閒晃，眼線太粗，菸夾在耳後，皮膚上有斑點，可是那麼有彈性又那麼年輕，我好想把手伸進記憶裡，用力搖晃我們兩個，叫她們不要再抱怨皮膚了。

每次街角那間麵包店的門打開，咖啡香氣就飄出來。一隻野火雞繞著涼亭走得趾高氣昂，像個自大的老頭，我們一邊呱呱叫，一邊張開手臂朝牠衝過去，把牠嚇得一跛一跛離開，也讓自己笑得前俯後仰。後來我們在長椅上坐下，我開始講某件事，可是不到幾分鐘，她就完全躲進手機裡。

一個平凡無奇的週日，閒散無事，不過就是把我們平常做的事挑幾件來做。幾封簡訊來回後，她告訴我，吉米要來法院附近那個路口接她，他們要去抽根大麻，在吉米上班前消磨一點時間。

她說：「一起來嘛。兩個鐘頭後他就要去上班了，到時候我們可以做妳想做的事。」

「我實在沒心情坐在後座聽你們兩個拌嘴，或者欲擒故縱地打情罵俏。」

「別這樣，凱特，不然妳還能做什麼？」

「妳就不能之後再來找我嗎？」

我的包包裡有本《盲眼刺客》，已經看了三十頁。我有四塊錢的現金，再加上幾個銅板，足以買杯可無限續杯的咖啡，也許還可以加一小塊檸檬罌粟籽蛋糕。

「我的菸都給妳抽。」

「叫吉米在上班前讓妳在穆維下車就好。」

「好吧。妳要準備好。我不想到裡面去。」自從瑪莉娜被開除後，她連從店門口走過去都不願意。如果必須像以前一樣，跟我在穆維派店碰面，她都會在後面的巷子等我。

我陪她走出公園，到吉米要接她的路口。她拉了拉馬尾的橡皮圈，把髮根撥亂，讓頭髮蓬鬆一點。她問：「這樣有沒有好一點？」她的髮質又直又好，不管她多努力想裝性感樣，不用幾分鐘就又變順了。

我說：「絕對有。」看到吉米開著媽的車出現，慢慢停在大湖鞋店外的停止燈號前，我就走了。我甚至沒等他把車子開過來停在路邊。我們沒有擁抱——畢竟，我們已經約好等一下又要見面，何必擁抱呢？

我喝了四杯咖啡，看到一百六十頁，突然發現已經六點多。我看一下手機，什麼都沒有。在最後那幾個星期，她這樣無聲無息也不算奇怪。我發簡訊給葛瑞格，過了一會他來接我，送我回家。我們兩個都猜瑪莉娜可能找到波特，或者去做別的事。

結束開始時，誰認得出來？在我看來，我們的生活往往存在許多意外。

※

警察問我瑪莉娜和我那天做了什麼事時，我說謊了。他們問我們爲什麼分開，瑪莉娜要去哪裡，我說我不知道。我坐在那間不懷好意的小房間，跟我在電視上看到的一模一樣，對著眼前留著鬍子的兩名警察，那是我唯一能做的事。我說，我不知道。我不知道。他們問起她袋子裡的奧施康定，我假裝很意外。他們說，所以妳不知道她要跟妳哥見面？我哭了起來。後來吉米問我爲什麼說謊，難道我眞的以爲他跟瑪莉娜發生的事有關。我不知道要跟他說什麼。坐在那裡，面對排山倒海而來的問題，我最強烈的感覺是愧疚。是我殺了她，我幾乎這樣說。

大學念了兩年，選修了一門鑑識科學後，我申請一份瑪莉娜的驗屍報告。因爲當年沒有啓動刑事調查，所以很容易核准，尤其是我跟負責檔案的職員說了我的名字，我在上哪一門課，還有我跟他女兒羅拉念同一所高中。雖然瑪莉娜的屍體對麻醉劑、大麻、嗎啡檢驗出陽性反應，顯示死前那陣子她施打過海洛因，不過她的正式死因是吸入液體導致窒息，起因是溺水並持續泡在水裡。在報告的總結裡，法醫表示由於瑪莉娜跌倒、撞到頭，在她的口鼻沒入水中「相當長」一段時間時，她很可能毫無意識。「持續泡在水裡」這句話讓我很震撼，也許這表示調查結果值得存疑，也許波特或某人可能涉案，也許事情沒有我知道的那麼簡單。可是我去問教授時，她解釋，很多溺斃的案子，特別是瑪莉娜這種，死亡超過二十四個鐘頭後才驗屍，溺水的直接證據都可能因為屍體開始腐壞而遭到破壞。我發現這些話令人感到安慰。想到瑪莉娜當時已經窒息，總好過她失去意識，吸進含鹽的河水，泥沙卡在她的喉嚨深處。我也知道，當年的驗屍結果在處方藥濫用這方面非常不值得信賴，也因此導致社會遲遲未能注意奧施康定及黑焦油海洛因惡意擴散的危險。對很多奧施康定的使用者來說，後者就是下一步。

當然，報告並沒有提到她那天為什麼進入樹林。那是我願意付出一切知道的事，她在找什麼，除了我和吉米之外，那天下午還有沒有別人看過她，還有，考量她的用藥習慣，她的行動能力受到體內毒品損害的程度有多少？我想像過太多次，以至於那段回憶，就像是我自己的親身經歷——太陽浮在湖上，瑪莉娜走過穆維派店，往樹林走，而我在穆維裡面看書。起初她走在林間步道上，常綠木和地衣偶爾點綴其中，可是幾分鐘後，她就偏離步道。她應該會想順著河流走，這很像她的作風。有時，我讓自己相信是波特，發生了某件事，他推她，他用雙手把她的臉壓在水裡，他打開她的嘴、她的血管，強迫她接受他餵給她的東西。我想要責怪某個人。但是也許她只是去走一走。也許她只是滑了一跤。也許她從頭到尾都打算轉身，回來找我。千百萬個也許，但沒有一個夠好，夠對，讓她發生的事有點道理。

整體來說，警方和媒體都用事不關己的態度來處理瑪莉娜的事。發現她的屍體的報導充滿聳動的文字，但沒有多少是事實——有幾個細節，包括薩爾的名字和年紀，都寫錯了。雖然奧施康定放在一個沒貼標籤的處方藥瓶裡，我也找不到相關單位採取了什麼正式的行動，去調查一個十八歲的女孩子是在哪裡拿到那麼多藥。報紙頭條上，「持續泡在水裡」換成了「本地少女溺斃」。

※

吉米不太說這件事。他跟瑪莉娜在一起的那一個鐘頭，有四十五分鐘浪費在山古迪音樂城後面的停車場，他們在那裡合抽了一根大麻。不論我有多想，我都進不去那裡。他不肯跟我分享。他想保留那件事，讓那輛速霸陸裡只有他們兩人，讓那最後一小部分的她，只留給他自己。當時我為此討厭他，可是現在，我想我瞭解了——如果他說了，他會改變它，他會消磨掉那段記憶。

有一段時間，他很執著下午五點十二分這個時間，彷彿在那一刻，他可以做什麼事，情況就會有所不同。他告訴我，她從他的杯架上拿了一隻藍色原子筆，在她的牛仔褲大腿部位畫了一隻貓。可是他有沒有注意到，她的行為怪不怪，有沒有一直看手機？她有沒有亢奮，比平常更嗨，他有沒有看到她的手臂？這些他從來沒說。可是上一次我問的時候，距離現在大概五年前吧，沉默許久，他告訴我，她一直低聲哼唱超優合唱團的〈Santeria〉開頭那幾句。翻來覆去就是同樣那幾句，彷彿她不記得其他歌詞。他記得當時自己心想，她一定是那天上午，或者前一晚聽了那首歌。那是我第一次聽到這件事，這一點讓我害怕。離發生的事情越遠，就越難跟他談起——有什麼好說的？他會這樣問，有時候，他會直接要我別說了，口氣又急又凶。

山古迪的監視器顯示他們把車子停在停車場；另一名證人看到，五點左右，她在公園附近下了他的車，這表示她照我們說好的，走到穆維派店附近，可是，爲了某種原因，她決定不來找我。要是我就在外面等。要是我那天都跟她在一起。要是我從來沒叫葛瑞格把那段影片放上網；要是我阻止萊德去找警察。要是我自己吃掉那些藥。要是我把事情說出來。要是根本沒有我也沒有她。

那年冬天，有一次我問吉米：「是我們的錯嗎？」隔壁的穀倉黑暗又冰冷，像個不等待任何人的時間膠囊，也許除了薩爾吧。他說：「不是。」他盯著冰箱裡面看。「不管她做了什麼，都是她自己做的。」

※

我大概一年跟吉米見一次面，通常是在耶誕節。他生日時我打給他，我生日時他打給我，我們聊個二十分鐘、半小時，情況總是比我預期的更好、更輕鬆。小時候的我們流露在我們的聲音裡，是歷史悠久的兄妹默契。他逗我，問起連恩，我鬧他，裝得比實際上更小、更無能。我哥糾正我時，就算他是錯的，我也不會反駁。他住在上半島一個以前開採銅礦的小鎮，那裡的崖面交錯著綠色的礦脈，吉米說，黑熊會跑到他家的屋後平臺。連恩和我兩年前去過他那裡，我們租一輛車，一路從底特律開過去，路上順便去了一趟媽那裡。那是一間木造房子，布置得像租來的——牆上掛著尋常的風景畫，格子地毯，客房裡用的是會癢的藍色毯子，我哥在裡面擺了一張上下鋪，我想不通爲什麼。到了冬天，吉米會在窗玻璃上加貼保溫膠膜。他在蘇必略湖岸蓋避暑別墅，賺的錢沒我多，不過沒差多少。他是獨立的承包商，收費會加上稅金。他越來越結實，每次我看到他，都以爲他可能胖了，但是我們一擁抱，我知道其實不然。長大的他，跟爸一點也不一樣，除了敘述事情的時候，他會捏緊雙手，迫切地希望逗你笑。跟他交往四年左右的女人住在離他兩、三哩路的地方，有自己的房子。他們沒有同居，也沒計畫同居，至少他是這樣跟我說。我從來沒見過這個女人，珍妮，但她在所有他講的事情邊緣出沒，也出現在他偶爾寄來的照片裡。在我爲這個女人創作的故事裡，她曾經遇過壞男人，有過悲慘的遭遇，所以她永遠沒辦法完全對我哥敞開心胸。我喜歡這個故事，勝過另一個版本，當中他才是不肯敞開心胸的那個人。

※

雖然幾乎確定瑪莉娜的死亡日期是十一月十八日，但她的屍體是十九日才被發現，所以我認爲那才是她的忌日。因爲對我來說，十八日那天，她還活著，活得完整、巨大、討人厭——刻意不接我的電話，正在做某件她一定很快就會跟我說的事。

十一月十九日後十二天，我滿十六歲。每年都一樣，瑪莉娜死了，我又多了一歲。

※

瑪莉娜死後那幾個星期，我開始害怕自己一個人。不管日夜，我都一再檢查身後的櫃子門，覺得好像有一雙眼睛隔著細縫看我。

我會一連昏睡十二、十四個鐘頭，要不然就完全不睡。那段時間多半充滿媽的身影——媽把我的床單拉掉，媽幫薩爾整理好幾箱的東西，媽把冰棒的塑膠包裝頭剪掉，媽把車子停在路邊，因爲我確定輪子有問題，媽在沃爾瑪大賣場的結帳走道上摟住吉米，他的臉空白得有如一張紙，一切都枯竭了。甚至瑪莉娜的葬禮事宜，大部分都是媽處理的。

媽看起來還是比實際年齡年輕。除了手，因爲遺傳和多年的打掃工作，一點也沒有女人味。到了五十歲，她的無名指和食指已經沒辦法伸直，晚上會因爲大拇指根部那塊肉抽痛而睡不著。十幾歲時，有時會害怕看到她巫婆般的手放在大腿上，充滿了血色，看起來很不開心，跟她的臉、纖瘦的身材，和當時還沒白的頭髮都不搭。科學怪人的手，操勞過度的手。搬到紐約後，我沒再爲了賺錢而幫人打掃，但還是在我的手上看到她的手。我擦上指甲油時，整隻手看起來很荒謬。我現在比較瞭解我媽了，因爲我已經知道，以她那樣的條件要在社會上生存，是什麼樣子。我把乳液按摩進我的指節裡，我母親的指節，按摩進龜裂的皮膚裡，同時我也想到她，瑪莉娜，如果她再多活幾年，她也會把她的母親找回來，以這種小小的、肉體的方式，只要她做她自己就好。

※

瑪莉娜在聖方濟教堂辦葬禮——她父親從頭到尾坐在第一排號哭，薩爾穿著難看的小西裝——之後幾個月，媽安排我回到康科德當寄宿生，念高四。她聯絡學校，解釋狀況；她恢復了我的獎學金，在基本需要上又額外加了一點。我的奶奶提供了最後五千元，還改變態度，因爲媽不知道用什麼辦法讓她相信，我有危險。我無法想像她們兩個對話是什麼樣子。我爸的母親向來跟我們沒有往來。也許她對爸的事感到愧疚，用那種方式來補償我們。媽要我寫一大篇感人肺腑的感謝信給她；我用花體字寫了整整兩頁，寫到手抽筋。

少了瑪莉娜，其實就沒什麼好記得的了。匆促、潮濕的春天，接著是匆促、炎熱的夏天。一疊不斷更換的書；桃紅色的夜晚、微波食品和空菸盒。有個酒醉的夜晚，我、小不點和葛瑞格，窩在我的房間裡，聊她。小不點一直哭，趴在大腿上，發出動物般的叫聲。我還抱住她，可是我感覺到一種冰冷、厭惡的同情，那是麻木無感的開端，將跟著我一輩子，尤其在別人表露情緒時就會自己冒出來。葛瑞格說：「一定是波特。」他咕噥著他的理論，不是蓄意殺人，而是過失致死，電視上那一套，她跌倒，他棄她不顧，他不想牽扯進去。他迷戀她，跟蹤她，我們都知道，不然他爲什麼老是在附近出沒？他沒跟蹤她，我知道，可是我沒說，沒有打斷他的話，告訴他，多半時候，都是瑪莉娜主動跟波特聯絡。

最後，沒有瑪莉娜把我們連在一起，萊德、葛瑞格、小不點和我就斷了聯絡。七月，萊德被捕，監視器拍到他破壞一個鱒魚養殖場，距離瑪莉娜家只有幾哩路。葛瑞格在鎮上的胡克乾洗店找到工作，也報名了社區大學。他沒有註銷YouTube帳號，不過把上面的影片都撤下了。有時我隔著車窗看到他們其中一人，或者在海邊，或者就在馬路對面。我們沒停下來講話。就我所知，他們都還在銀湖。

我在康科德念得不太好，沒有高一時那麼好，也沒有我想像的那麼好。宿舍是淒涼的水泥隔間。自助餐廳供應酸奶油牛肉、焗烤乳酪盤、大鍋辣豆醬，我靠蘋果和板豆腐活下去。每到週六，我簽名離開學校，走到最近的雜貨店，偷酒架最下層雜牌的大瓶伏特加。回到宿舍，我把伏特加倒進塑膠水壺，放在共用的迷你冰箱裡。我的室友，一名來自墨西哥市的嚴肅女孩子，很怕我，很可能知道我常喝醉，也一定知道我蹺了很多課，不過她沒有去告狀。海星融入新的團體，我們的互動僅止於在走廊上遇到時善意地點個頭。我真心的冷淡和刻意追求的自我毀滅，給了我一種酷女的氣質，於是我發現沒人敢靠近我，大家對我是既敬又畏。我的成績一落千丈。我會好幾個星期不寫作業，然後突然卯足了勁寫報告或做計畫，用一次特別出色的成績免於被當。我最好的朋友是我的樓友潔西卡，她有阿德拉的處方箋——有一次，急著想要一顆藥，幫助我在一個晚上寫出十四頁的報告，我用一件外套換來二十毫克的橘色藥丸。我用學生證把藥丸壓碎，把桌子上的粉末舔得一乾二淨。潔西卡大笑時，我對她比了中指。天冷時，我穿三件厚棉T，一件件往上加。我的體重一直掉，最後變得跟瑪莉娜一樣瘦。我跟一個人緣很好的男孩子當過短暫的床伴，他叫亞歷罕卓，他的耳朵上有好幾個擴大的耳洞，吻我吻得很認真。我第一次幫他口交時，他說他愛我。他射精時，臀部往前抵著我的喉嚨，又熱又苦，跟鼻滴劑的味道沒差多少。他說那句話時，我沒有感覺，後來，在他的窄床上，他聽到我跟別人親熱過，他把我抱在胸前，哭了起來，我也沒有感覺。大部分的早晨，天剛亮，我把鬧鐘按掉，從宿舍後門偷偷溜出去，晃到校園邊一排半圓形的松樹林，抽我總有辦法弄到的菸。我喜歡看日出。我喜歡可以信賴這種荒唐的美——大筆一揮的色彩，一群盤旋的鳥，越飛越高，越飛越散——看著日出，沒有她，我感覺自己是多麼大又多麼空洞。

※

感恩節，我選擇留在學校，不回銀湖。說服媽需要一點功夫，不過我說我快被作業淹沒，也有很多同學留下來準備申請大學的資料，最後她同意。春假，我如法炮製。不過寒假我就沒選擇了；宿舍關了。

吉米來接我那天，他坐在宿舍大廳一張扶手椅上等我，他的頭髮蓋到眼睛，引起女同學一陣熱烈的興趣。她們拉著行李箱經過時，假裝沒看他。一路長征北上，我們兩個人在車上都很安靜。在爬滿常春藤的康科德建築之間過了幾個月，突然又看到我們那棟房子，在沒有鋪砌的短短車道盡頭，讓我覺得有說不出來的可憐，那等於總結了我們家的失敗——一個有著小窗戶的灰白方塊，位在一條都是拖車屋和三角屋的路上，被雪、樹林和瑪莉娜家的穀倉的陰影包圍。那穀倉像毒氣一樣，發射出空洞。天氣跟我第一次見到她時一樣。雨雪。車子還沒停好，媽就出來了。她一直說，妳好瘦啊，摸我的頭髮、肩膀、手臂，想牽我的手。她現在還這樣，每次在一起，就一直碰我，彷彿要向自己證明，我，她的浪蕩女兒，是眞的。

除了一天以外，待在銀湖的十四天裡，我幾乎都在沙發上度過，看電視看到覺得我的腦袋變成一團糨糊。我可以感覺瑪莉娜的房子就在那裡，空無一人，但還是繼續呼吸，並且看著我們。我睡很多，也吃很多。也許，我正在減低對阿德拉的依賴。媽開始跟羅傑談起遠距戀愛，那是她在網路上認識的一名滑雪用品店經理，最後會成爲她的第二任丈夫。她拿著電話在家裡走來走去，一邊做事一邊跟他聊天；新年那幾天，她開車到安納保去，跟他一起慶祝舊去新來，把吉米和我單獨留在家裡。我們兩個都不到午夜就去睡了。

預定回學校去的前一、兩天，我想著她，靜不下來，於是拿了菸，把腳塞進一雙媽的靴子裡，開始往後面走。我刻意繞過她家，這樣就不必經過院子裡我和瑪莉娜經常碰面的那塊地方，我們兩家之間的凹陷處。我經過攀爬架，在那裡，我第一次碰觸到萊德的陰莖那跟他極不相稱的絲滑皮膚，在那裡，我和瑪莉娜編寫了可笑的愛情歌曲。樹林變濃密了。我在裡面做過許多事，我邊走邊想起來。那裡，瑪莉娜和我有一次坐在那棵傾倒的樹上看日出，那裡，一團樹根從積雪裡露出來，我有一次喝醉酒，蹲在那裡以最快的速度小便，同時禱告不會有人看到。

在那個潮濕的冬日，一排排凍僵的松樹在我的四週向外延伸好幾哩，松針上覆滿白雪，了無生氣。在空地那裡，積雪完全沒受到破壞。一條禁止擅入的條子還擔負標記軌道車的任務，軟綿無力地掛在手把上。那天沒風，鄰近社區燒垃圾的火堆傳來燃燒的味道，氣溫熱得反常，熱到我開始流汗——每走一步，靴子就陷入積雪到小腿的高度，所以我得一路拖著腳步，把雪推到旁邊，自己開一條扭曲的步道來。

我去摸那條警戒條，用指尖把塵土擦掉，露出底下的亮黃色。自從剛到銀湖不久的那一天，出來走一走意外發現它之後，我就沒有這麼靠近過這輛軌道車。跟瑪莉娜來的那幾次，她必須去跟她爸拿東西——我突然想到，也許，她是去找波特的——她都要我在樹林裡等她，這樣他們才不會看到我。她說，這是爲我好。跟銀湖大多數的拖車屋一樣，這輛軌道車也是架在空心磚上。黑漆脫落了，窗戶上的漆脫落得特別嚴重。有些地方顏色已經完全剝落或刮除，所以可以透過骯髒的玻璃看到也漆成黑色的另一邊。

我爬上一排積雪的石頭，我想那應該是階梯，然後用力拉動滑門，沒有預期門會動，沒有預期門突然滑開，然後又卡住，剛好開了夠我鑽進去的寬度。

裡面，日光與漆暗的窗戶相抗衡，於是黑暗顯得特別激烈，黑得發亮。室內比外面更冷。眼睛適應黑暗後，可以看到這本來應該是輛餐車——一邊牆面連了幾張桌子，只不過原本的椅子或者雅座之類的東西早就不見了。其中一張桌子上刻了「M＋R」，字母像我的手那麼大。我的左邊有個水槽，一張長桌，桌上只有杯子、破掉的玻璃和一條警戒帶，很可能是警察留下來的。還有半袋的紙尿布，讓我打了個冷顫。碎玻璃在我的靴子底下嘎吱響，左邊最遠的牆面上有張海報，一個女孩彎腰，頭垂在膝蓋間，把臀部扳開，兩邊臉頰中央各有一個菸燒的洞。我從其中一扇窗戶看出去，一個沒上黑漆的圓圈成了窺看外面的小孔。玻璃上有一層夾雜了地衣的冰，不過我貼得很近，還是看到了外面，看到我爲了踩出一條路來，被我的靴子踩亂的積雪。那條路突然出現，看起來像是由從太空而降的人製造，好像也沒有要通到哪裡去。

⁂

來回銀湖和學校的兩段車程，讓我和吉米的關係永遠改變了。只有他知道我們沒有爲瑪莉娜做什麼事。光這樣看著他，放在方向盤上的手，骯髒的牛仔褲，下巴上一天沒刮的鬍碴，感覺就像用我的大拇指去壓瘀青。他把收音機轉到排行榜前四十名的頻道，聲音大到我們沒辦法交談。暖氣機把熱風吹進我的眼睛。我們兩個各盯著一邊的馬路。我想說點什麼，卻沒辦法開口。我現在甚至更明顯感覺到那種靜默。他在女生專用的停車場抱了我一下，把我的臉壓在他的外套上，我那時幾乎做了——我不知道，也許是哭著向他道歉，請他當我的哥哥吧。當我把身子扭開，機會也消失了。他說：「我愛妳。」我回他：「下次見。」

高四的最後半年，我的成績繼續惡化。每次跟媽講話，她就細數生活費、學費、書本與制服、每堂課的平均費用，浪費掉的錢。我想，我後來再去念康科德，可能有點太遲了。不過我確定，成績單上的校名，是亨特學院接受我入學的唯一原因。我最後只申請了兩間學校，亨特就是其中一間。我在東哈萊姆一棟有貓味又太擁擠的公寓租了一間無窗的房間，媽湊齊了錢，幫我付了保證金。我的房間是最便宜的，一個月五百元。不友善的室友、大樓門口的塗鴉，還有同一個街區的炸雞店，櫃檯跟用餐區以防彈玻璃隔開，這些都讓媽和吉米很緊張。我想他們也鬆了一口氣。他們的犧牲結束了。我是這個家庭的獻禮。我會去大城市念大學，也因此，往後跟他們截然不同的人生經驗，會把我和他們永遠分隔開來——相對的，我也會擁有更美好的人生。他們已經盡了一切力量，把我送到那裡。接下來就看我自己了。

我如自己所願，踏出了離開的步伐，而且沒有一次停下來回頭看。

紐約

薩爾遲到了。我感覺處在一整天最糟的狀態，彷彿經過冷凍乾燥程序，全身乾癟。解方是一杯酒。我選了圖書館附近一間木板裝潢的酒吧兼咖啡館，布置得像避暑小屋——牆上掛了好幾束乾燥薰衣草，旁邊是電力時代之前的黑白人像。我坐在一張松木薄板做成的桌子旁，窄窄的板凳，我一動，椅腳就歪一邊。咖啡粉和烹調的蒸氣讓空氣有點朦朧。我閉上眼睛，壓住太陽穴，想消除太陽穴的悸動，同時看到圖書館裡那個女孩子被帶出去，兩名警察各抓住她一隻手臂。門叮噹響，把一陣冷風帶進來，可是一直不是他。一名服務生走過來，我點了一杯檸檬茶，連自己都感到意外。

不過這時，他就在那裡。高個子的年輕人，金髮、淺色眼睛，穿了一件灰色拉鍊運動衫，胸前有Polo標誌，褪色的牛仔褲，白色網球鞋，橘色針織帽。他環顧四周。我稍微站起來，揮手。他走在靠太近的座位間，寬大的身軀和梅西百貨的袋子一直撞到座位上的人。他有她的五官，可是擺在他身上就不太搭——他的鼻子和嘴巴太精緻，讓他的臉顯得有點秀氣。我瞭解到，瑪莉娜存在過，那感覺從未如此真實。她曾經活過，而我們是她剩下來的。

他坐下時，膝蓋撞到桌底下的木板，讓我的茶潑灑出來。他說：「對不起。我在地鐵裡迷路了。」他的口音。他摘下帽子，丟進袋子裡，伸手摸了一下後腦杓，露出一頭剪得很短的泛白金髮。他有點胖；我以爲會看到一個優雅的小男生。

「我應該選別的座位。」

他說：「啊不，沒關係。」

「要幫你點什麼嗎？來杯酒，還是吃點什麼？」過去與現在相撞擊，那是一種時空錯亂、近乎暴力的感覺，但在所有感覺之上，我最想要的，還是喝一杯。我又感覺到那神智清楚時的切膚之痛，碰觸到我的一切東西，都好痛。音樂太大聲，感覺太大聲，人太大聲。酒可以模糊銳利的邊緣。服務生等好久還沒來。薩爾正在說他太太在附近一家服裝店裡，他很感謝他不必跟去。

他說：「妳知道，我只能坐在椅子上，就是店家幫男人準備的椅子上，等她。」有時我覺得可以從男人說這些話時的語氣，聽出他對太太的感覺，而薩爾的語氣中帶著驕傲。我爲他高興，也這麼跟他說了。薩爾說紐約是個很有意思的地方，但他永遠不會想住在這裡。不過，他告訴我，他太太愛死紐約了。他的脖子上有個刺青，一個小小的黑錨。我突然想起跟他一起站在銀湖家的浴缸裡，如何拿著一把紅色把手的剪刀，幫他修剪耳朵上方的頭髮，而瑪莉娜坐在洗手檯上指揮。

他點了一杯啤酒。我看著護背的菜單，停了半晌，又要了熱水。如果一次只做一個決定，似乎就辦得到了。點水。任何別的東西，都好。每次薩爾想把手臂放在桌子上，整張桌子就會倒向一邊。我們隨便聊了一會，然後他告訴我，他在我以前的自由接案網頁上找到我的資料。他太太——我後來瞭解，他們才結婚幾個月——鼓勵他去尋找認識瑪莉娜的人，因爲他跟眞正的家人之間沒有太多連結，那些連結也不是他想保存的。他說，少了根源，有時他有一點茫然。他提到父母，我好一會才明白，他指的是養父母。他有份穩定的工作，在上密西根的一個度假小鎮，克羅斯村，管理一家湖邊酒吧。他承認他幾乎不記得我——只記得我人很好，很害羞，還有我常跟他們在一起。他三不五時會跟葛瑞格聯絡，是葛瑞格跟他說我在紐約。

薩爾一直讚美瑪莉娜，說她漂亮、聰明。對他來說，她也有一種神話般的氣質。她的死是「悲劇」。他沒特別提到毒品——也許他是眞的不知道——不過他說她有自己的心魔。他告訴我，因爲她，他努力要當個更好的人，他的聲音裡有一點不好意思，有一點哽咽。他從來就不愛念書，但他一輩子都努力避開尋歡作樂。大家不瞭解蘊藏在其中的危險。不過他喝得很急，一大口讓杯裡的啤酒明顯變少，一次少掉好幾公分。光看他喝，我就感覺嚐到了啤酒味——那一口冰涼、酸澀、那舌頭上的嘶嘶氣泡、那澄黃小麥味。她死的時候他還那麼小。他一直說那是意外，所以我也附和他。薩爾說，瑪莉娜對他來說，與其說是姐姐，更像是媽媽，也因爲那樣，他從來沒有眞正認識過她。

他問：「她是什麼樣子？」

我試著解釋。他又點了一杯啤酒。我還是說：「水。」邊說邊喝，說了好多好多。

我們擁抱道別時，所有我知道他永遠不知道的事，所有他渴望知道的關於她的細節，就像個實體一樣存在於我們之間。我把瑪莉娜的別針放在一個封住的信封裡給他，裡面還有一張手寫的字條。他接過去時，說也迷信，我感覺鬆了一口氣。一個存在許久的詛咒，終於解除了。

第二天早上，我走了半哩路，到公寓附近的一間教堂。我在八點十五分抵達，遲到有點久，我差點轉身離開。進到裡面，我跟著紙製的指示牌到地下室一個房間，拿了一杯咖啡後，在後面一張椅子上坐下。大約有十五個人，都跟我一樣，一副要上班的打扮。他們一個接著一個站起來，說自己的故事。我以前也說過自己的故事，但也許那不重要。等大家都安靜下來，我舉手，報出名字。一個坐前面的女人沒聽清楚。我又說了一次。

密西根

我們眞正的結局，我最後一次看到瑪莉娜，是那個無聊的週日在公園見面的前幾天。那天是平日，應該是星期四吧，十一月，只有一個冷字可形容。我們兩個坐在攀爬架上，雙腳往地面垂盪，雪下得好慢，要一輩子才會落到臉上。她取笑我整天沒回她簡訊，說我現在太忙了，忙到已經忘了她。

她說：「我知道妳這種英雄崇拜的階段只是暫時的。」

「哎，閉嘴啦。」我把頭歪一邊，靠在她肩上，越過她的下巴曲線看著天空。她的頭髮搔癢了我的額頭。世界像個傾斜一邊的碗——超大，但我們看得到盡頭，天空與地面相接的弧線。

「我只是正在做準備。妳很快就會離開這裡。上大學，或者到任何地方去，成爲妳會成爲的人。」

「妳覺得我會成爲什麼樣的人？」

我好想知道。即使是在那時候，我都以爲她可以告訴我。就在不久的將來，我們兩個在我們的未來裡，近在咫尺——第一次吃壽司，在某個城市街道上呼喊彼此，重要工作的第一天發簡訊要對方加油，戀愛又失戀，堅強度過沒有父親的日子，學會穿高跟鞋走路、自己修剪瀏海、不一次把錢花光，還有學會解釋喜歡什麼、不喜歡什麼，學會在眾人面前講話，一個人開車漫無目的閒晃，一年沒見後相互擁抱，把頭髮留長、再一次剪掉，漫不經心度過無數容易遺忘的時光，唱至今仍喜歡的老歌，說記得某次、某次、某次嗎？我相信那兩個女孩子，大一點、也有智慧一點的我們。

「不管妳要什麼，」說著，她親了一下我的頭皮，發出好大一聲**呣嘛**，像卡通裡的媽媽。「等妳到了那裡，都努力不要忘記，好嗎？答應我要回來看我。我會變成一個養一堆貓的老太婆，我會需要陪伴。非常需要，因爲我很可能會一輩子困在銀湖。」

「妳不會困在這裡的。」

她說：「答應我。」我答應了，如此輕而易舉的謊言，感覺就像眞話。

我不知道我們在那裡待了多久。一個小時？更久？時間更晚了。我們坐起來，拍打雙腿，讓腳暖和起來。我準備要回家了，但爲她多待了一會。反正我也沒別的地方去，還沒有。我們彎曲膝蓋，跳下木製平臺，表演古老的特技，拍掉手掌上凍人的雪花。我們手挽著手，穿過百碼左右的草地，一直走到我們兩家之間那一排垃圾桶，雪花黏在我們的靴子上。銀湖一片安靜，雪中的拖車屋幾乎稱得上漂亮，拖車屋的窗戶都是暗的，路上沒有半輛車。

「要過來一下嗎？我幫妳看數學作業。」

我說：「瑪，我還得早起。」她聲音裡的需索令我有點心煩。

然後我們就進屋去了。我們其中一人先轉身，另一人已經消失不見。兩個女孩子，進去我們各自空蕩的家裡，在世界盡頭的兩端，幽暗的房間相隔只十幾呎。其中一個很快就睡著，對她來說，前方還有無數個日子，除了那一天，永遠在幾乎要遺忘的時後，這個結局都會一次又一次發生，無論我多麼不情願。也許那就是所謂的失落。不論你喜不喜歡，那就是會發生。不肯放你走。

瑪莉娜——看，我沒忘記。

我寫下來了。

獻詞

感謝母親Elizabeth，感謝她的耐心、理解，並相信我的想像力。媽，謝謝妳讓這本書——及其他一切——成爲可能。妳的堅毅與優雅鼓舞了我。也感謝我的兄弟姊妹，凱爾西、威爾及泰勒，謝謝你們聰明驚人的腦筋。我很驕傲是這個家族的一分子。

謝謝我的經紀人Claudia Ballard，謝謝妳一直相信這個企劃，相信我的意見，也謝謝妳耀眼的洞見，妳一定有這方面的超能力。我很感激有妳在我這一隊。

我的編輯Sarah Bowlin的聰慧與付出，改變了這本書與這個作者。Sarah，謝謝妳幫我找到屬於我的路。我還是相信我們也許可以再出一本書。希望我有這麼幸運。

謝謝WME經紀公司的各位，尤其是Laura Bonner、Caitlin Landuyt、Cathryn Summerhayes及Matilda Forbes Watson，謝謝你們代理《我記憶中的瑪莉娜》，將這本書順利推向全世界。

欣悅地感謝Henry Holt出版公司諸位聰明又有格調的娘子軍，讓我的出版經驗興奮而毫不痛苦：Leslie Brandon、Gilian Blake、Maggie Richards、Barbara Jones、Molly Bloom及其他工作人員。特別要感謝Caroline Zancan半途接收我，以及感謝Kerry Cullen收拾殘局。

感謝Moyer一家人，尤其是Marcy和Dan。在我的人生可以輕易改變方向之際，你們的支持給了我追求寫作的力量。我永遠不會忘記這份恩情。

深深感謝一路上教導我的老師，感謝他們的引導與智慧，也感謝他們的書：Michael Delp、Jerry Williams、Irini Spanidou、Jonathan Safran Foer、Lorrie Moore及David Lipsky。感謝非常友善與鼓勵人的Anton DiSclafani及Eden Lepucki。

還要感謝紐約大學藝術創作碩士班，包括Deborah Landau及行政人員，足以改變世界的教師群，以及寫作班的同志們。

我要好好擁抱我在Catapult的同事。特別感謝Jenn Kovitz和Leigh Newman，也感謝Andy Hunter創造了一個重視作者的工作空間。Amy Kurzweil、Max Winter與Jess Arndt：加入了你們的想像力，這本小說更好看了。

對我優秀的朋友和不屈不撓的鬥士們獻上無盡的感謝：Anna Breslaw、Becky Dinerstein、Rachel Fershleiser、Rebecca Kauffman、Halimah Marcus、Whitney Mulhauser、Julia Pierpont、Zoe Triska、及Margaux Weisman。不管是犀利的閱讀意見、作者式的憐憫，還是優惠時段的歡樂，感謝你們給我的一切。

這本書要特別歸功於我的朋友Lea，她的精神與回憶將永遠與我同在。以及我的姐姐，Kelsey。還有我在密西根的其他姊妹淘們——妳們知道自己是誰——感謝有妳們同在的佩托斯基夏天。她們給了我嘗試的機會，也讓我一路靠寫作回到過去。

最後，我想感謝Gabe Habash，這名讀者太聰明了，讓我非嫁給他不可。下一本書要獻給你。

藍小說 280

我記憶中的瑪莉娜

作者—茱莉・邦廷
譯者—鄭淑芬
主編—嘉世強
編輯—張瑋庭
企劃經理—何靜婷
封面設計—Jupee
內頁排版—極翔企業有限公司
發行人—趙政岷
出版者—時報文化出版企業股份有限公司
10803台北市和平西路三段二四〇號三樓
發行專線—（〇二）二三〇六—六八四二
讀者服務專線—〇八〇〇—二三一—七〇五
（〇二）二三〇四—七一〇三
讀者服務傳真—（〇二）二三〇四—六八五八
郵撥—一九三四四七二四時報文化出版公司
信箱—台北郵政七九～九九信箱
時報悅讀網—http://www.readingtimes.com.tw
電子郵件信箱—liter@readingtimes.com.tw
法律顧問—理律法律事務所 陳長文律師、李念祖律師
印刷—勁達印刷有限公司
初版一刷—二〇一八年七月十三日
定價—新臺幣三六〇元
（缺頁或破損的書，請寄回更換）

時報文化出版公司成立於一九七五年，
並於一九九九年股票上櫃公開發行，於二〇〇八年脫離中時集團非屬旺中，
以「尊重智慧與創意的文化事業」為信念。

我記憶中的瑪莉娜/ 茱莉・邦廷（Julie Buntin）著；鄭淑芬譯 . – 初版 . – 臺北市：時報文化, 2018.7
面； 公分 . –（藍小說；280）
譯自：Marlena
ISBN 978-957-13-7464-2

874.57 107010091

ISBN 978-957-13-7464-2
Printed in Taiwan